FOLIO POLICIER

Hervé Jaouen

Hôpital souterrain

Denoël

© *Éditions Denoël*, 1990.

Hervé Jaouen est né en 1946 à Quimper où il fait carrière dans la banque après des études supérieures d'économie. Ses premiers livres lui valent, au début des années 80, d'être considéré comme « un des prophètes les plus doués du néo-polar et un des plus originaux des romanciers français » *(Le Magazine littéraire)*. Il est reconnu comme l'un des maîtres du roman noir français.

Soucieux d'élargir sa palette et sans renier un genre auquel il demeure attaché (*Hôpital souterrain* a obtenu le Grand Prix de la littérature policière en 1990), Hervé Jaouen a aussi exploré d'autres voies : le roman *(L'adieu aux îles, Le fils du facteur américain)*, les notes de voyage *(Journal d'Irlande)*, la littérature pour la jeunesse *(Le cahier noir)* et tout dernièrement le roman érotique *(Les douze chambres de M. Hannibal)*.

Deux thèmes sont souvent présents dans ses ouvrages : la critique sociale et l'Irlande, une île, l'île Verte, où il se rend le plus souvent possible afin d'assouvir d'autres passions entre deux visites au pub, la pêche à la mouche et l'aquarelle.

à M. John Rault et M. Colin D. Vibert, avec toute ma gratitude pour l'aide qu'ils m'ont apportée.

Toute ressemblance avec des personnes existant ou ayant existé serait fortuite.

Du plus loin qu'il se souvînt, l'angoisse était présente, changeante, protéiforme – parfois colombe apprivoisée qui se niche au creux de la poitrine et respire faiblement; tantôt cafard qui ronge, lime ses pattes les unes contre les autres, écrivant une musique aux aigus métalliques; souvent fleur vénéneuse éclose le soir et fanée au matin; toujours livre impénétrable dont les pages de papier bible s'envolent au moindre souffle et desquelles s'échappent, ainsi que des moucherons, des hiéroglyphes en grappes, angoisses illisibles.

Oui, du plus loin qu'il se souvînt, il avait craint que ces angoisses des matins et des soirs ne se réunissent un jour jusqu'à former une boule qui l'étoufferait.

Et dès que sa fille vint au monde, il craignit pour sa vie.

Il avait craint l'accident à la sortie de l'école, l'empoisonnement, la strangulation, la noyade et autres peurs somme toute normales et banales d'un père fou d'amour, mais jamais il n'aurait imaginé, du fond du puits de ses terreurs nocturnes, qu'Angeline eût pu disparaître sans laisser de traces.

La mort, en un sens, procure l'apaisement. Ses formalités – l'avis d'obsèques, la tombe, les tiroirs que l'on vide, les vêtements que l'on distribue, les photographies que l'on barre d'un trait noir – tempèrent le chagrin.

Au contraire, dans la tragédie d'une disparition, la diva qui chante la douleur est capable de tenir la note *ad vitam aeternam*. Et il ne sert à rien de se boucher les oreilles : l'épée chauffée à blanc transperce tout, même la raison.

Par déformation professionnelle, Pierre pensa à l'*absence* – à l'article 115 du Code civil.

> *Lorsqu'une personne aura cessé de paraître au lieu de son domicile ou de sa résidence, et que depuis quatre ans on n'en aura point eu de nouvelles, les parties intéressées pourront se pourvoir devant le tribunal de grande instance, afin que l'absence soit déclarée.*

Dans vingt ou trente ans, à l'heure de préparer sa succession, il saisirait le tribunal de grande instance afin que soit déclarée l'absence d'Angeline. Afin que ses frères et sœurs (à condition qu'il ait d'autres enfants – « Pas d'Isabelle, en tout cas », pensa-t-il sans étayer cette restriction) puissent jouir de ses biens, de sa part en déshérence.

Il se remémora l'article 113 du Civil.

> *Le tribunal, à la requête de la partie la plus diligente, commettra un notaire pour représenter les présumés absents,*

*dans les inventaires, comptes, partages
et liquidations dans lesquels ils seront
intéressés.*

Mentalement, il rédigea le jugement.
« A la requête de son père, Pierre ROUSSEL, notaire, à la fois père du présumé absent et notaire requis, et vu les pièces et documents produits, à savoir les pièces et documents relatifs à l'enquête de la police britannique concernant la disparition d'Angeline ROUSSEL, alors âgée de 7 ans, le 10 juillet 1987, au lieu dit Meadow Bank, paroisse de St. Lawrence, île de Jersey ; vu l'enquête du procureur de la République, le tribunal déclare l'absence d'Angeline ROUSSEL. »
L'absence... Un joli mot qui implique l'idée de retour.

Le capitaine Ellington toussota pour le tirer de sa rêverie. Il ferma la porte de son bureau et prit la place qu'occupait Isabelle deux minutes auparavant, donnant ainsi à l'entretien qui allait suivre un ton moins officiel, plus cordial. Il avança la main et serra le genou de Pierre.
— Il nous reste près d'une heure et demie... J'ai fait mon boulot... J'ai fait mon boulot, n'est-ce pas ?
— Tout à fait, je n'ai rien à vous reprocher.
— A vous de faire le vôtre, maintenant.
— Comment cela ?
— Parlez-moi de vous. Racontez-moi votre voyage à Jersey. Depuis le début. Nous allons enregistrer votre récit.
— Ça nous mènera à quoi ?
— S'il vous plaît, monsieur Roussel, essayez de vous concentrer. Reprenons depuis le début et

n'omettez aucun détail. C'est dans le détail que se trouve la solution. Voyez-vous, le détail est notre pitance et nous n'en sommes jamais rassasiés.

Le policier britannique enfonça la touche *enregistrement* du magnétophone. Pierre posa sa voix et d'un ton théâtral commença ainsi son récit :

« Nous avions roulé quatre heures et nous avions vu le soleil se lever... »

I
VISITE DE L'ÎLE

1.

Angeline compara l'entrée de l'hôpital souterrain à un trou de souris.

— Comme dans les dessins animés où le chat veut toujours manger la souris, tu ne trouves pas, papa?

— Si, convint Pierre.

Il ferma la voiture à clé et jeta un pull sur ses épaules.

— Mettez-vous quelque chose sur le dos, les filles, il doit faire frais là-dedans.

— Tu crois? dit Isabelle. Pourquoi tu fermes la bagnole, alors?

Pierre dut rouvrir la portière avant. Isabelle prit le paletot bleu marine d'Angeline.

Ils franchirent la grille gardée par deux hommes en uniforme kaki. Pierre se demanda si c'étaient des militaires et, par déformation professionnelle, se posa une question de droit public : A qui appartenait l'hôpital souterrain? Ministère? Commune? Association?

Au fond de l'entrée dont le béton était blanchi à la chaux — ainsi que l'ensemble de l'ouvrage comme ils s'en apercevraient bientôt —, la lumière verdâtre du guichet de la billetterie brillait sur l'écran noir du premier tunnel. Pierre déchiffra le panneau *admission charges* et prépara de la monnaie.

Dès qu'ils eurent pénétré dans le tunnel, le froid leur tomba dessus. Angeline réclama son paletot. Elle se défit de son sac-panda, enfila le vêtement de laine et repassa les sangles de son sac sur ses épaules. Comme d'autres visiteurs arrivaient en groupes nombreux, Angeline provoqua un bouchon à la sortie de la chicane d'accès et Isabelle s'énerva.

— Aussi frileuse que son père. Ah! quel beau couple vous faites!

Pierre ne répliqua pas. Les gens ne s'impatientaient nullement. Il paya. Des flèches indiquaient le sens de la visite. L'hôpital était une véritable ville souterraine. Les nazis semblaient l'occuper encore. Dans la salle radio, un homme en uniforme vert-de-gris, assis sur un siège à dossier réglable, leur tournait le dos et manipulait les boutons d'un poste émetteur-récepteur. A sa gauche, son lit était fait au carré. A sa droite se trouvait une table avec un générateur et différents outils rangés impeccablement. Les bottes du radio étaient cirées. Sa nuque semblait rasée de frais.

— C'est un bonhomme ou un mannequin? demanda Angeline.

— Un mannequin, ma douce.

— Ben dis donc, il est drôlement bien fait, hein papa?

— Ah ça, on peut dire qu'ils ont soigné la décoration, dit Isabelle.

— Le décor, dit Pierre.

— Toujours à pinailler, répliqua Isabelle.

Pierre n'entendit pas. Il était ailleurs. « Parti » en une fraction de seconde. Son privilège : s'isoler. Isabelle le lui reprochait, violemment. « Jamais là quand il faut... Tu pourrais pas prévenir quand tu t'en vas ? J'aime pas parler aux murs. »

Pierre était en train de supposer que les Allemands s'étaient rendus sans se battre. Il les imagina sortant du trou de souris, mains sur la tête, abandonnant à l'intérieur armes et bagages. Comment expliquer, sinon, l'abondance d'objets personnels qui donnaient à cette reconstitution un réalisme saisissant ? Par exemple, ce bureau d'officier supérieur (celui du commandant de l'hôpital ?) auquel il ne manquait rien : table à rallonges, large fauteuil, secrétaire à rouleau, armoire en bois blanc verni, photographies – dans le même cadre, deux photos se chevauchant : portrait d'une jeune femme blonde qui riait aux éclats et, à côté d'elle, sérieux et intimidés, deux petits garçons debout près d'un banc à la lisière d'une forêt de sapins. Leur époux et père, se dit Pierre, avait taillé ce crayon, avait pressé ce tampon – sur le buvard était-il possible de lire, à l'aide d'un miroir, des condamnations à mort ? –, avait dicté des lettres à une ordonnance qui, avant de s'asseoir sur ce tabouret, avait lissé sa jupe droite sous ses cuisses. L'homme au crâne rasé avait porté ces lunettes, allumé cette lampe en métal chromé, commenté des plans épinglés sur ce panneau vert bouteille où l'on avait écrit au pochoir le mot *Anordnungen* (front du nord ? ordre du jour ? – Pierre ne parlait pas allemand), salué le drapeau nazi punaisé au-dessus de la table, croix gammée noire sur cercle blanc dans un carré rouge. Un bidon toilé et un pot à tabac étaient posés sur le radiateur. Des paperasses étaient éparpillées sur la tablette du secrétaire.

Ils suivaient le mouvement des groupes qui se déplaçaient par poussées soudaines, se formant et se déformant au gré de l'intérêt porté aux documents, aux salles, aux armes, aux souvenirs. On s'attardait ou on passait rapidement, la mine blasée. Les couloirs paraissaient interminables. De chaque côté de la voûte couraient des fils et des tuyaux qui renforçaient l'impression que l'on déambulait dans le ventre d'un sous-marin. On frissonnait, en proie à la claustrophobie.

La salle de soins postopératoires provoquait ou les rires gênés ou le silence et la chair de poule. Dans toutes les mémoires rejaillissait le souvenir d'un séjour à l'hôpital, la mort d'un proche ou l'angoisse de la maladie.

De part et d'autre d'une allée centrale recouverte de linoléum marron foncé, deux rangées de cinq lits se faisaient face sur un sol cimenté et peint en vert, le même vert que les meubles de chevet – des cubes métalliques, sans grâce. Les couvertures étaient kaki et les draps pied-de-poule. Un seul lit était occupé.

Le malade gisait sur le dos, le drap et les couvertures remontés jusqu'au menton. La tête, bandée, reposait sur le côté. Angeline remarqua qu'« ils » avaient laissé les oreilles dégagées. On en voyait une et elle était en feuille de chou. « Peut-être qu'ils n'ont pas pu la bander, hein papa ? » Les yeux entrouverts fixaient, sur la table de chevet, divers instruments médicaux dont une lancette et une seringue dans un haricot. L'homme était sous perfusion, branché à deux goutte-à-goutte, une bouteille blanche et une bouteille rouge suspendues à une potence à roulettes.

— Il n'a pas bonne mine, hein papa ?
— C'est le moins qu'on puisse dire, ma douce.
— Ils ont dû se fendre la pêche les mecs qui ont

peinturluré ce mannequin, dit Isabelle. C'est ce qu'on appelle un teint cireux.

Une Anglaise lui fit comprendre par une mimique qu'elle partageait les mêmes sentiments. Isabelle grimaça.

— On peut même plus parler entre nous...
— Il n'en a plus pour longtemps, dit Pierre en anglais.

Le groupe éclata de rire.

— Pourquoi ils rient, papa ?
— Parce que j'ai dit une grosse bêtise.
— Quoi, papa ?
— J'ai dit que le malade, enfin le mannequin, allait mourir bientôt. Tu comprends ? C'est drôle de dire ça d'un mannequin.
— Trop fort pour nous, ton humour britannique, dit Isabelle.

Pierre attendit que les Anglais se soient éloignés. Puis il dit à Isabelle :

— Depuis qu'on est entrés là-dedans tu es agressive. Je ne comprends pas. C'est toi qui as voulu venir, non ?
— Ça va, râle pas ! Ça m'énerve un peu d'entendre tous ces gens jacasser et se marrer sans que je pige un seul mot. Et puis il y a ces voûtes. Tu trouves pas que c'est un peu chiant ? Ça doit taper sur le ciboulot. Le cerveau se fatigue à force de chercher un angle droit au plafond.

Elle alluma une cigarette.

— Moi aussi j'ai un peu peur, dit Angeline en prenant la main de son père.
— T'en fais pas, ils risquent pas de te sauter dessus.
— Reconnais que c'est un peu angoissant pour un gosse.

Isabelle haussa les épaules. Un autre groupe les poussa jusqu'à la salle d'opération. Là aussi, le souci du détail était surprenant. Lancettes, scalpels, bistouris, aiguilles, ciseaux, cisailles, cathéters, compresses étaient disposés, dans des cuvettes, sur les étagères d'une desserte à grandes roues caoutchoutées. Deux lavabos, un paravent, une énorme suspension, des appareils de contrôle, deux potences et une table en métal gris, inclinable au moyen de manivelles, complétaient le tableau. Pierre regretta un peu que les responsables du musée n'aient pas poussé un tantinet plus loin leur goût du Grand Guignol : il aurait aimé voir un chirurgien au travail, en train de scier une jambe ou de fendre un ventre.

– On va ailleurs ? dit Angeline.

Elle avait pâli. Cette salle était sinistre.

Ils visitèrent d'autres pièces – réfectoire, bibliothèque, chambrées – et Pierre se rendit compte que l'hôpital était en forme de H. La salle d'opération et ses annexes constituaient le trait d'union entre les deux couloirs principaux, eux-mêmes perpendiculaires à de courtes impasses, parfois simples alvéoles à usage de placards, souvent réduits d'une dizaine de mètres carrés. Dans un de ces culs-de-sac, une demi-douzaine de personnes attendaient quelque chose, frileusement serrées les unes contre les autres, bras croisés, épaules rentrées. Tous n'avaient pas eu la prudence de prendre un pull.

– Rien à voir, dit Isabelle, on se tire. Et puis ça caille.

– Attends...

Au fond du bunker, à hauteur d'homme, une large meurtrière vitrée retenait l'attention des gens. Au-dessus d'elle était accroché un bazooka et, à mi-hauteur entre l'ouverture et le sol, une banquette courait d'un mur à l'autre. On devait y poser les armes et munitions.

Les lumières s'éteignirent et il y eut des murmures d'approbation. Une sirène hurla et la meurtrière s'éclaira. Les spectateurs s'agglutinèrent contre la vitre et se haussèrent sur la pointe des pieds. Pierre souleva Angeline à bout de bras.

Attaque navale. La baie de St. Aubin, vue du haut de la colline de St. Lawrence. Des fusées parachutes illuminent la mer. Ombres chinoises des croiseurs. Eclairs. Les canons tonnent. Les sirènes hurlent de plus belle. Cris, bruits de bottes. Les renforts arrivent. Une mitrailleuse entre en action. Les balles traçantes filent en direction de la plage, découpent le ciel en pointillés qui se croisent et se décroisent.

— Papa, j'ai peur, dit Angeline.
— Oui, on s'en va, dit Pierre.

Dans le couloir, il posa sa fille par terre. Isabelle les attendait, impatiente, une nouvelle cigarette aux lèvres.

— Alors, qui a gagné? dit-elle.
— On sort, maman?
— Minute, on n'a pas tout vu.
— Je croyais que tu en avais marre?
— J'ai jamais dit ça.

Ils marchèrent assez rapidement jusqu'à l'extrémité du couloir et parvinrent à l'opposé de l'entrée de l'hôpital. Le porche, autre trou de souris, était fermé par une grille. A l'extérieur, la nature était à l'abandon. Des levées de terre, couvertes de ronces et d'orties, bordaient un fossé. Ils rebroussèrent chemin.

— On sort, maman?
— Tout de suite, dit Pierre.

— Y a pas le feu, merde, faut tout voir, maintenant qu'on y est. Faut boire le truc jusqu'à la lie.
— La coupe.
— Quoi, la coupe?
— La coupe jusqu'à la lie.
— Merci, mon chou. Mais regardez-moi ça si c'est pas beau!...

Elle venait de tomber en extase devant des galeries inachevées dont l'accès, fermé par des portes grillagées et cadenassées, baignait dans la lumière glauque d'ampoules jaunes. La plupart de ces galeries n'étaient que de grossiers boyaux obstrués d'éboulis, à l'instar du tunnel qui prolongeait le bloc sanitaire – deux lavabos longs de trois mètres, en forme d'auge, surmontés d'un tuyau et de robinets. D'autres percées recelaient quelque mystère. Il aurait fallu se faire petite souris pour aller voir, sous la pierre noire et luisante, où cela menait, au-delà d'étais pourris et enchevêtrés. Plus inquiétantes étaient les trouées équipées de rails, assez larges pour permettre le passage d'une voiture à cheval. Des trouées considérées comme dangereuses avaient été murées de briques rouges qui transpiraient d'humidité. Un seul boyau semblait en activité. Ils comprirent pourquoi : c'était le théâtre d'un autre « son et lumière ».

Une sirène d'U-Boot retentit – Tuuut! Tuuut! Tuuut! –, les ampoules de la galerie pâlirent, vacillèrent puis s'éteignirent. Fous de terreur, des mineurs hurlèrent. Les gardes-chiourme crièrent : « Achtung! Achtung!... » Explosion. Coup de grisou. Rougeoiement. Souffle puissant. Un nuage de poussière ocre emplit la galerie. Puis revint le silence.

— Incroyable! dit Pierre.
— Comment ils peuvent fabriquer cette poussière? dit Isabelle.

Angeline se mit à pleurer.
- Ne pleure pas, ma douce, c'est du cinéma.
- Viens, dit Isabelle.
Elle prit sa fille dans ses bras. Des Anglais regardaient Angeline d'un œil compatissant.
- Connards ! dit Isabelle.
- Papa, donne-moi la main, dit Angeline.
- Une minute, ma choute...
Il avait envie de fumer. Il fumait peu. Une cigarette de temps en temps. Trois ou quatre au cours d'une soirée. Isabelle l'enviait d'être capable de mesurer son plaisir. « T'es pas un mec, t'es une machine... Un ordinateur qui se programme. Trois clopes par jour, à heure fixe. T'es pas normal. Quand on fume, on ne compte pas. »

Il fouilla dans le sac d'Isabelle, à la recherche des cigarettes et du briquet. Un bouquin sur les sorcières de Jersey s'y trouvait aussi. Il en fut un peu surpris.

Il alluma sa cigarette et marcha devant, vers la sortie.

L'avant-dernière pièce avant la chicane de la billetterie faisait office de bazar. On y vendait des cartes des îles, des livres, de la confiserie, des souvenirs *made in Taiwan*, des fac-similés d'affiches nazies.

> Notice: Louis Berrier, a resident of
> Ernes, is charged with having released
> a pigeon with a message for England.
> He was, therefore, sentenced TO DEATH
> for espionage by the Court Martial and
> SHOT on the 2nd of August.
> August 3rd, 1941, Court Martial.

Condamné à mort pour avoir lâché un pigeon voyageur avec un message pour l'Angleterre. Et exécuté. Le 2 août 1941.

Suivait, juste avant la sortie, un mémorial, une dernière salle aux murs couverts de photographies commentées : jeunes gens, garçons et filles, saisis à un moment de bonheur, bras dessus bras dessous, levant leur verre, courant, luttant dans les prés, en knickerbockers, chemise claire et pull sans manches, jupe et chemisier blancs, clignant de l'œil sous le soleil, la main en visière ; photos de famille, de fiançailles, de pique-niques, de régates, de baptêmes, de mariages, moments de gaieté et d'insouciance, qui contrastaient avec la sécheresse des commentaires tapés à la machine à écrire – *John and Mary Coudray arrêtés à St. Peter le 3 mai 1943, morts en déportation ; Robert Deregnaucourt, fusillé le 10 janvier 1941* –, caveau d'une immense famille – les mêmes patronymes revenaient fréquemment – et l'on cherchait, ainsi que Pierre, des rescapés, on était soulagé d'en découvrir, soulagé pour soi-même car l'on se disait que dans les mêmes circonstances on en aurait réchappé. Photo avant l'arrestation, photo pendant l'épreuve du camp – *Tom Mahé parmi ses compagnons de misère à la libération de Dachau* –, photo en homme âgé, portrait récent avec enfants et petits-enfants. Parfois, séduit par la beauté du visage d'une jeune fille, on se hâtait de lire le texte, espérant qu'elle avait survécu. *Marie Dufour, condamnée à deux ans de prison, morte à la prison de Caen,* espoir déçu. Des femmes étaient en larmes et Pierre retenait les siennes. Il revint sur ses pas, dans la boutique, afin de reprendre ses esprits et qu'Isabelle ne le voie pas dans cet état, les yeux embués, et ne l'accuse, avec son air de se ficher de tout, de sensiblerie ou de pusillanimité. Il feuilleta des revues, parcourut des quatrièmes de couverture et releva l'incongruité, à quelques mètres des témoignages terribles, de la profusion de gadgets fabriqués en Asie du Sud-Est : soldats en plastique, reproductions d'armes allemandes, fanions nazis.

Il sentit une présence dans son dos.

— Hello. dit Isabelle.

Il la trouva belle et lumineuse. Ses yeux brillaient. Avait-elle pleuré, elle aussi ? Cette seconde précise où il la découvrit à ses côtés, après son « Hello ! », appartiendrait à ces instants fugitifs et rares, pensa-t-il plus tard, où l'image de l'autre est idéale. Aucune femme au monde, dans ces moments, n'aurait pu rivaliser avec cette sombre chevelure, souple et épaisse, avec ces yeux pers étoilés de jaune clair, avec ces lèvres charnues, avec ce corps difficile à éveiller mais si pervers, quelquefois.

Le charme fut rompu. Le temps redevint ordinaire. Il chercha Angeline des yeux.

— Où est Angeline ? dit-il.
— Mais avec toi.
— Pas du tout. Pas du tout, répéta-t-il.
— Mais enfin !
— Je marchais devant vous, tu la portais dans tes bras.
— Elle t'a rejoint.
— Où ça ?
— Dans la pièce, là où il y a les photos.
— Je ne l'ai pas vue.
— Elle doit y être, ne t'inquiète pas.
— Je ne m'inquiète pas, mais tu avoueras que...
— Que quoi ?

— Je la croyais avec toi.
— Elle n'est pas en sucre, elle peut bien marcher.
— Ce n'est pas la question.
— Oh! écoute, elle ne peut pas être bien loin.

« Espérons », se dit Pierre. Il se traita d'imbécile. Cet « espérons » sous-entendait qu'Angeline aurait pu disparaître. Pensée loufoque. Disparaître! Pourquoi pas se volatiliser? Elle était certainement plantée devant les montagnes de confiserie, dans la boutique. Suivi d'Isabelle qui affichait son air agacé des grands jours, Pierre bouscula quelques personnes, zigzagua entre les groupes.

— Tu ne la vois pas? dit Isabelle.
— Non, grogna Pierre.

Son estomac se crispa. Il connaissait cette sensation par cœur et la redoutait : le vide à la place des entrailles, envie de manger n'importe quoi, vite, vite, très vite, souffle coupé, douleur au plexus, fébrilité mentale, ni les mains ni les lèvres ne tremblent, c'est l'angoisse, l'oiseau apprivoisé, le cafard et son crin-crin lancinant, les hiéroglyphes.

Lisibles, cette fois.

— Non, je ne la vois pas, souffla-t-il.

Il n'osait dire ses craintes, il n'osait pas partager avec Isabelle — partager ou évoquer, et non pas discuter car ils n'en avaient pas le temps, et Isabelle répliquerait à coup sûr : « Tu es dingue! », réfuterait, sanctionnerait, lui balancerait un seau d'eau au visage, l'eau glacée du ridicule —, partager l'hypothèse qu'il échafaudait à toute allure, courant après les raisons de ne pas y croire, comme s'il était *un autre* qui filait devant lui, un fou qui se serait échappé de lui-même, nu, échevelé, montré du doigt tandis qu'il crierait à la ronde : « *ON* a enlevé Angeline! »

— Je vais demander à l'entrée, dit-il.
— Quoi, qu'est-ce que tu vas demander ?
— Si on l'a vue sortir.

Isabelle haussa les sourcils et fit une moue dubitative.

— Ne bouge pas, dit Pierre.

Il se glissa sous le tourniquet de la billetterie et la caissière le gratifia d'un regard scandalisé. Le garde en uniforme s'approcha, les mains dans le dos.

— Vous n'avez pas vu une petite fille sortir ?
— Une petite fille ?
— En robe blanche, avec un paletot bleu et un sac-panda.
— Ah non, je n'ai pas vu de petite fille.

Pierre mesura des yeux la hauteur du guichet : si Angeline était passée par là, la guichetière ne l'aurait pas aperçue.

— Un problème, monsieur ? s'enquit le garde.
— Euh, oui. C'est la seule issue ?
— Que voulez-vous dire ?
— On ne peut pas sortir d'un autre côté ? C'est la seule entrée et la seule sortie, n'est-ce pas ?
— Pas vraiment, dit le garde. Il y a d'autres issues, mais elles sont condamnées.
— Ah ! fit Pierre, soulagé.
— Quel est votre problème, monsieur ?

L'homme était courtois. Rien d'un flic. Rien d'un flic français, se dit Pierre. Il mesurait un bon mètre quatre-vingt-dix, devait peser ses deux cents livres et, bêtement, la stature du gardien le réconforta.

— Notre petite fille, dit-il, on ne la trouve plus.
— Comment est-elle ?
— Une petite fille de sept ans, brune, les cheveux mi-longs, habillée d'une robe blanche et d'un paletot bleu marine. Avec un sac-panda sur le dos.

En décrivant Angeline, il nourrissait le cafard, l'endormait. Il se rapprochait d'Angeline, il la faisait apparaître à ses côtés.

— Je suis désolé, je n'ai pas vu votre petite fille sortir.

— Ah! elle est donc à l'intérieur.

— Certainement, monsieur. Cela arrive souvent que les enfants se perdent dans les couloirs. Voulez-vous que je vous aide à la retrouver?

— Ne vous dérangez pas, dit Pierre, je vais y aller.

Que je vous aide à la retrouver... La question était affirmative. Le garde ne doutait pas. Il avait l'habitude de ce genre d'histoires. Comme dans les hypermarchés. « Le petit Philippe Dupont informe sa maman qu'il l'attend à la caisse centrale! »

Isabelle fumait, les bras croisés, le teint pâle, déhanchée comme un mannequin qui pose.

— Il n'y a pas d'autre sortie.

— Ah bon, tant mieux.

— J'y vais. Reste ici, au cas où...

Pierre reprit les couloirs dans le sens de la visite. Il interrogea des groupes qu'ils avaient croisés ou distancés.

— Vous n'avez pas vu une petite fille?

— Celle qui était avec vous, tout à l'heure?

— Oui, oui.

— Elle s'est perdue? Pas étonnant, c'est un véritable labyrinthe. Si on l'aperçoit, on vous la ramène.

— Oui, merci, ma femme attend à l'entrée.

Son cœur cognait. Il avait envie de crier. Il invoquait de toutes ses forces une image. Des images. Angeline déambulant dans les couloirs, regardant à droite et à gauche. Angeline et son panda, sa queue de cheval, ses jambes frêles, ses chaussures de tennis. Il appelait Angeline, elle se retournait, il lisait

« Papa ! » sur ses lèvres, elle se précipitait vers lui et il l'embrassait dans le cou.

Angeline assise par terre, pleurant toutes les larmes de son petit corps.

Angeline dans les bras d'une étrangère qui la rassure en anglais – « Tu vas la retrouver ta maman, ne pleure plus ».

Angeline qui essaie de se faufiler entre les barreaux de la herse, là-bas au fond, près de l'autre trou de souris envahi par les herbes et les ronces. Un Anglais tente de l'arracher aux barreaux. Elle ne veut pas. Elle s'accroche. Elle croit qu'ils sont sortis par là.

Angeline disparue. Angeline qu'il ne reverrait jamais. « Tu n'es qu'un imbécile ! » dit-il à voix haute. Il ricana. Il était impossible qu'Angeline ait disparu.

Il traversa la salle d'opération, regarda sous les lits de la salle de soins, fureta dans toutes les pièces, puis rebroussa chemin, à contrecœur. La pensée qu'Angeline et lui pouvaient se croiser indéfiniment, se manquer à chaque détour – l'un pénétrant dans une pièce au moment où l'autre la quittait –, le fit frémir. Il avait fait les trois quarts du chemin en sens inverse et interrogé une douzaine de personnes lorsqu'il fut persuadé d'avoir adopté la mauvaise tactique : Angeline s'était égarée à proximité de la sortie, à quelques pas de l'exposition de photographies et c'était là qu'il la retrouverait. Il hâta le pas. Egarée, Angeline... Comment ? Comment avait-elle pu échapper à la surveillance d'Isabelle ? Pendant qu'elle regardait les photos ? Lui-même aurait pu oublier Angeline. En proie à une fascination morbide, ivre d'émotion, il avait vécu pendant plusieurs minutes dans les camps de concentration, contre les murs criblés de balles, auprès du condamné qui creuse sa fosse, sur l'échafaud, la corde autour du cou, et puis enfin au bord d'une route, déclenchant le tir d'une mitrailleuse et anéantissant une colonne ennemie. Seul. Sauvé et décoré. Héros. Compagnon de la libération.

Il divaguait. Il pensa : « Compagnon de la libération d'Angeline ».

Il désirait tant voir apparaître sa silhouette qu'elle s'inscrivait dans son regard, tel un fil incandescent que l'on a fixé, dont le cristallin a gardé la mémoire, et qui éclot dans l'air quand l'on cligne des paupières.

Rien.

Alors, il imagina d'autres retrouvailles : Angeline sanglote contre la hanche de sa mère qui lui tapote la joue – « C'est fini, c'est fini... » – et bientôt ils rient : « Pouh! Quelle émotion! J'en ai les jambes coupées. – Tu as eu peur, hein papa?...

– Pierre, ce que tu peux être tarte! Qu'est-ce que tu croyais? On n'est pas au Pakistan.

– Au Pakistan?

– T'as pas entendu ça à la radio? Ils enlevaient des gosses de quatre, cinq ans pour les vendre à des émirs. Paraît que c'est formidable, les mômes, comme jockeys pour les courses de chameaux. On les attache dessus et plus ils gueulent, plus les bestiaux courent vite. »

Seule. Isabelle était seule. Seule avec un garde qui lui parlait. Isabelle secouait la tête, non, non, et répétait : « *I don't understand.* »

– Il faut appeler la police, dit Pierre.
– La police? Tu te rends compte, le cirque que ça va faire?

— Elle n'est nulle part.
— C'est dingue, elle n'a pas pu disparaître en fumée.
— Il faudrait être plusieurs, quadriller l'hôpital, surveiller chaque couloir.
— Tu parles d'une histoire!
— Et alors? L'important est de la retrouver.
— On ne peut pas ne pas la retrouver, dit Isabelle en détachant distinctement chaque syllabe.
— Vous n'avez pas trouvé votre petite fille, monsieur? demanda le garde.
— Non, dit Pierre, j'ai parcouru tout l'hôpital et...
— Nous allons lancer un appel.
Le gardien entra dans le box vitré de la billetterie, décrocha un micro, coupa la musique d'ambiance et tendit l'appareil à Pierre.
— Allez-y, monsieur.
— Tu préfères que ce soit toi? dit Pierre.
— Non, vas-y.
Elle alluma une cigarette. Elle était à peine plus nerveuse que d'habitude. Cela rassérénait Pierre et l'agaçait à la fois.
— Qu'est-ce qu'il y a? dit-elle, intuitive. Tu voudrais que je me ronge les ongles, que je me bouffe les mains, que je déchire mon chemisier, que je me roule par terre? Elle est là, dans un coin, ton Angeline.
— Pourquoi *mon* Angeline?
— Oh! ça va, tu m'as comprise...
Pierre se racla la gorge, impressionné par le micro. Il allait s'adresser au vide.
— Angeline, tu m'entends?
Méconnaissable, sa voix résonna dans les haut-parleurs proches.
— Angeline, tu m'entends? C'est papa. Maman et

moi, on t'attend à l'entrée, tu sais, là où on a acheté les billets. Viens vite.

Il hésita, rendit le micro, puis il le reprit pour ajouter :

— Si tu n'es pas sûre de retrouver ton chemin, attends-nous là où tu es. Ou demande aux gens. Dis-leur *I am lost*, ça veut dire je suis perdue. *I am lost*. Tu te souviens de nos leçons d'anglais ? *My name is Angeline, I am lost*. A tout de suite, ma douce.

— Ne soyez pas inquiets, dit le garde.

Pierre alluma une cigarette. Le tabac, ajouté à l'angoisse et à la faim — il était près de treize heures —, lui donna un léger vertige.

Des visiteurs, en sortant, jetaient des coups d'œil à Pierre et Isabelle. Certains avaient compris le sens de l'appel. Un couple d'Anglais interrogea le garde. Ils hochèrent la tête et proposèrent leurs services. Le garde accepta et les pria de rester à proximité. Un groupe de quatre jeunes français se présenta au tourniquet.

— Vous avez perdu votre petite fille ? Celle qui portait un panda ?

— Oui, vous l'avez vue ?

— Ben, avec vous. Pas depuis. Vous avez besoin d'un coup de main ?

— Je ne sais pas. Oui, peut-être. Plus nombreux on sera pour fouiller...

— Okay, dit un des adolescents.

— Elle ne peut pas être bien loin, dit une des filles.

— Oui, dit Pierre, il n'y a pas d'autre issue.

Les mêmes phrases se répétaient. Echo. Echo en rafales. Bientôt roulement de tambour. Sonnerie aux morts.

Le garde consulta sa montre, décrocha un interphone, prononça quelques mots rapides (« Petite fille... Française... perdue. ») et une minute plus tard trois autres gardiens arrivèrent au pas de gymnastique. Le gardien de service donna des ordres.

— On ferme la porte. Toi, John, tu restes à l'entrée et tu surveilles les gens qui sortent. Tu ne laisses entrer personne. Vous les gars, avec moi. On cherche une petite fille de sept ans, en robe blanche et paletot bleu. Elle a un sac en forme de panda. Ses parents l'ont perdue il y a environ... une demi-heure. Ce sont des amis à vous? demanda-t-il à Pierre en désignant les quatre adolescents.

— Non, mais ils se proposent de nous aider.

— Bien, suivez-moi.

Ils l'accompagnèrent jusqu'à la maquette de l'hôpital.

— Nous sommes ici. L'hôpital est un grand H...

Le garde distribua les rôles.

Une heure plus tard ils se retrouvèrent tous au même endroit. Bredouilles.

— Il faut prévenir le centenier de St. Lawrence, dit le gardien-chef.

Il composa un numéro de téléphone.

— Centenier? dit Pierre.

Isabelle haussa les épaules. Elle pleurait. Elle avait craqué. Pierre en fut étrangement heureux.

2.

Pierre...
Nous avions roulé quatre heures et nous avions vu le soleil se lever. En arrivant au port de Saint-Malo, je souriais, paraît-il.

— Pourquoi souris-tu ? m'a dit Isabelle, ma femme.

Question surprenante, n'est-ce pas ? A laquelle j'ai dû répondre : « Hein ? Quoi ? Je souriais ?... »

Isabelle a la fâcheuse manie d'entrer sans frapper dans mon petit monde intérieur et de claquer toutes les portes à la volée. C'est terriblement traumatisant. Je souriais ? Et alors ? Ça prouvait que j'étais heureux.

— Je te signale aimablement que nous sommes garés en zone interdite.

J'ai levé les yeux. Bien évidemment, la place que j'avais trouvée sans difficulté était réservée à l'administration du port. J'ai remis le moteur en marche et j'ai juré.

— Papa, tu as dit un gros mot ! Tu me dois un franc !

— Tu permets que je sourie ? ai-je demandé à Isabelle.

Elle a haussé les épaules. Dans le rétroviseur, j'ai

souri à ma fille, Angeline. Les paupières gonflées de sommeil, elle a repoussé sa couverture (il faisait drôlement frisquet à trois heures du matin, quand nous avions quitté la ferme), arrangé ses cheveux qui lui tombaient dans les yeux (il n'y a rien de plus ravissant que des petites mains qui font des gestes de jeune fille), s'est accoudée entre les sièges avant, sa place favorite d'où elle voit le paysage s'engouffrer à travers le pare-brise, et m'a dit :
– On est arrivés, papa ?
– Oui, ma belle.
– C'est le gros bateau, là-bas ?
– Non, celui-là va en Angleterre.
– Où il est celui qu'on prend ?
– Derrière la forêt de mâts, de l'autre côté du port de plaisance.
– J'espère qu'il ne partira pas sans nous.
– Ne t'inquiète pas, ma poule, il part à huit heures et il n'est que sept heures.
J'aime bien être en avance car, je l'avoue, les voyages m'angoissent, ainsi que les désagréments inattendus – par exemple ce parking plein à craquer.
– Pire que le métro aux heures de pointe, a dit Isabelle.
J'aurais pu lui faire observer que sa remarque était idiote dans la mesure où elle n'a jamais connu le métro aux heures de pointe. Je n'aime guère ces phrases convenues.
– Mais non, mais non..., ai-je temporisé.
Isabelle exagère tout, tout le temps. Et j'ai certainement tort d'interpréter ses remarques comme des critiques directes à mon égard. Me rendait-elle responsable de l'affluence ? C'eût été ridicule. Nous étions en juillet et les îles Anglo-Normandes attirent énormément de monde. Je me suis bien gardé

d'exprimer ces pensées. Face à Isabelle, je préfère me taire. Je sors toujours perdant des joutes verbales – doux euphémisme, vous vous en doutez, pour des engueulades à froid qui se terminent en bouderies dans lesquelles ma femme se complaît et dont souffre Angeline. L'expérience m'a enseigné à feindre l'indifférence. Aux échanges réels je préfère les dialogues imaginés – et non pas imaginaires. Je peux vous en donner un exemple.

— Tu exagères! aurais-je dit.
— A peine!... Ça promet!... On va se marcher dessus, à Jersey!...
— Compte les voitures, tu verras bien... (J'estime qu'il faut étayer une argumentation par des chiffres – les chiffres sont incontestables.) Tout juste une centaine, sur ce parking. A quatre personnes par bagnole – et encore, je compte large –, quatre cents touristes...
— Ton optimisme béat me sidère.
— Optimiste, moi, tu rigoles?
— Pourquoi je rigolerais? Ça ne m'amuse pas du tout... Pour une fois qu'on prend des vacances, être obligés de jouer des coudes...
— Dis donc, Jersey c'est une idée à toi!
— Et voilà, on m'accuse! C'est ma faute, maintenant! Bon, puisque ça commence comme ça, inutile d'insister, on rentre à la maison.
— Isabelle, je t'en prie, domine-toi!
— Maman, je veux prendre le bateau!
— Tais-toi! Les enfants se taisent quand les parents causent! Se dominer, facile à dire! Monsieur ne s'énerve jamais, monsieur est cool, monsieur est flegmatique, monsieur est juriste, monsieur garde son calme en toutes circonstances! Eh bien j'en ai marre, moi, d'être la tête de Turc de la famille. Fais demi-tour ou je prends le train pour rentrer!...

— Isabelle, on ne va tout de même pas...
— Pas quoi ? Regarde-moi tous ces cons, t'as envie de te mélanger aux beaufs ?
— O.K. Isabelle, tu as gagné...
Vous comprendrez aisément qu'il vaut mieux éviter ces éclats.

J'ai tourné en vain autour du parking bitumé – des voitures qui arrivaient de la ville me collaient à la roue après avoir commis la même erreur que moi, c'est-à-dire s'être garées en zone interdite – et j'ai lorgné du côté d'un terre-plein en cours d'aménagement où le vent de nord-ouest soulevait une poussière ocre jaune (des automobiles stationnées là depuis plusieurs jours en étaient recouvertes). Je m'attendais à une remarque d'Isabelle, dans le style : « Ah non, pas là-bas, on va se dégueulasser !... »

— Ben qu'est-ce que t'attends, vas-y ! m'a-t-elle dit.
— Je vous dépose d'abord, avec les valises.
— Et j'aurai l'air de quoi, à poireauter toute seule avec ma fille ? D'une veuve ou d'une fille-mère ?

Elle me rendait nerveux. J'avais des crampes d'estomac. J'ai fait grincer la boîte de vitesses, la voiture a bondi en avant, nous avons traversé la rue et nous avons roulé en cahotant sur le terre-plein poussiéreux. J'ai coupé le contact et nous sommes sortis. L'air était vif. Angeline m'a pris la main.

— Saint-Malo ! ai-je dit d'un ton faussement enjoué, Saint-Malo intra-muros, ses magasins de souvenirs, son port de plaisance, ses corsaires, son musée de la Marine.
— On visitera, papa ? a dit Angeline.
— Au retour, ma poule, on restera une journée dans le coin.
— On verra ça, a dit Isabelle.

J'ai tiré les deux valises à roulettes du coffre –

« Enfin des valoches qui ne soient pas en carton bouilli, avait dit Isabelle. Avec les vieilles on avait l'air d'immigrés, manquait que la ficelle autour... » Non pas que nous ayons vraiment eu besoin de valises convenables, jusque-là. En effet, hormis un court séjour à Paris pour montrer la tour Eiffel, l'Arc de triomphe et le palais de Versailles à Angeline, et deux semaines au rabais dans le Massif central, nous n'avions pas voyagé. Nous n'en avions pas les moyens. Après la naissance d'Angeline Isabelle avait demandé un congé sans solde. Quant à moi, j'investissais... Tout en travaillant comme clerc chez un notaire, je préparais une thèse de droit maritime (je me voyais devenir un expert international), que je n'ai pas terminée. J'ai choisi la facilité : notariat. Je me suis associé, je me suis endetté à titre professionnel (j'ai racheté la moitié des parts d'une étude, un million de francs, environ cent mille livres sterling – voyez, c'est une somme), et à titre personnel. Isabelle est tombée amoureuse de bâtiments de ferme sur une dizaine d'hectares de bois et prairies. Et dès que nous nous y sommes installés, elle a définitivement renoncé à gagner sa vie. Remarquez, aujourd'hui je gagne la mienne – la nôtre – très confortablement. Si j'en crois les statistiques, nous appartenons maintenant à ces 50% de Français qui partent en vacances et à ces quelque 20% qui partent à l'étranger.

— A l'étranger, tu parles! dirait Isabelle. Jersey, une heure et demie de bateau, faut pas confondre avec les Seychelles.

Mais je lui prête là, sans doute, de très mauvaises pensées.

La gare maritime de Saint-Malo – que vous connaissez, je suppose – est un ensemble de bâtiments bas que l'architecte a intégré au site en utilisant des matériaux nobles, bois et granit. A droite s'élèvent les mâts des grands voiliers amarrés aux pontons du port de plaisance. Au-delà, dominent les hauts murs de la ville reconstruite après la dernière guerre.

Détails inutiles, me direz-vous – non ? ah bon –, à sept heures du matin une brise acide soufflait de la mer. J'ai remonté le col de mon blouson. Isabelle a jeté un paletot sur ses épaules nues. Elle n'est pas frileuse. En débardeur largement décolleté devant et dans le dos, ses cheveux mi-longs libres sur son cou de cygne (il y a un peu d'emphase là-dedans, mais il est vrai qu'on la complimente souvent sur son port de reine et sur ses cheveux épais, d'un noir de jais, qui acceptent toutes les coiffures), ses jambes longues et fines serrées dans un jean en toile tilleul, elle avait l'allure d'une déesse guerrière qui décide du sort des combats et désigne ceux qui doivent mourir – elle fusille les gens du regard, je vous assure –, et je la regardais, fier qu'elle eût chaussé des escarpins vert foncé plutôt que ces abominables godillots genre « tennis » que les gens se croient obligés de porter dès lors qu'ils jouent les touristes. Angeline était vêtue d'un jean bleu pâle, d'un chemisier blanc, d'un pull bleu marine à encolure en V, et sa queue de cheval balayait la tête de son panda sac à dos. Dans le ventre du panda il y avait tous ses trésors : le nounours à dormir, des livres, un paquet de bonbons à la menthe et des barres de céréales au chocolat. Angeline prenait très au sérieux son rôle de voyageuse. Elle m'encourageait, s'inquiétait de moi.

– C'est pas trop lourd, papa ?
– Ils auraient pu goudronner partout, ces enfoirés, a dit Isabelle.

— On arrive sur le bitume, ai-je dit.

Nous avons zigzagué entre les voitures et nous sommes entrés dans le hall de la gare maritime, volière bruyante où attendaient des jeunes gens sans bagages (en balade, l'aller et retour dans la journée) et des clubs du troisième âge. Les couples avec enfants étaient rares et je me suis dit que nous étions des originaux, que nous ne suivions pas les troupeaux sur les plages surpeuplées du Midi. Cela m'a fait plaisir, je l'avoue, et j'en ai remercié Isabelle qui avait insisté pour que nous visitions Jersey. Comment aurais-je pu prévoir?... Mais il vaut mieux éviter ce type de réflexions qui ne mènent à rien, n'est-ce pas?...

Je suis observateur, et vous ne serez pas déçu : les détails seront abondants et puisque aussi bien vous en êtes avide et qu'à votre avis aucun n'est inutile, je n'en serai pas avare.

J'ai remarqué l'alignement des guichets des compagnies maritimes et des agences de voyages. En face, séparés du hall par des barrières, se trouvaient les bureaux de la police des frontières et de la douane qui encadraient deux sorties marquées A et B.

Des gens stressés arpentaient le hall. D'autres, mal réveillés, étaient vautrés sur les chauffeuses en skaï.

J'ai roulé les deux valises dans un coin. Je ne sais pas si ces choses-là se disent : je déteste rester au beau milieu d'une pièce. J'ai vérifié que j'avais bien la carte d'identité d'Angeline. Je brûlais d'envie de demander à Isabelle si elle avait bien la sienne, alors que je savais parfaitement que nous n'avions rien oublié. Isabelle m'a deviné.

— Je l'ai, a-t-elle dit.
— Je vais faire enregistrer les bagages.

J'ai supposé que cela se passait comme au cinéma, dans les aéroports. Je me suis dirigé vers le guichet de la compagnie qui m'avait délivré les billets.
– Monsieur ?...

L'hôtesse avait la morgue et la désinvolture de celles – ai-je pensé gratuitement – qui tranquillisent les passagers, distribuent la Nautamine et les sacs en papier imperméabilisé.

– Les billets, ai-je bredouillé, vous devez les pointer ?
– Au guichet départ, m'a dit la fille en riant (elle plaisantait avec une collègue assise au fond du bureau).
– Et les bagages ?

Elle ne m'écoutait pas.
– Et les bagages ? ai-je répété.
– Pardon ?
– Les valises, vous les enregistrez ?
– Vous les prenez avec vous.
– Ah ? Bon, merci...

J'ai allumé une cigarette bien que d'ordinaire je ne fume pas si tôt.

– Il n'y avait aucune formalité à remplir, ai-je dit à Isabelle.
– Comment ? Faut qu'on trimbale ces valises ? Sympa !
– Bah, jusqu'au bateau... Allez, on va se prendre un café avec un croissant.
– Un jus d'orange ! a dit Angeline.
– Tout ce que tu voudras, ma douce, lui ai-je promis.

Isabelle est imprévisible. Autant elle se glorifie parfois de mépriser les mères popotes et se vante de n'être qu'une tête de linotte qui se fiche de l'ordinaire (il lui arrive de ne rien prévoir à dîner et ces soirs-là elle déclare tout de go : « Bouffer, toujours bouffer, mettre la table, débarrasser la table, quelle galère! J'en ai marre, chacun se démerde, tapez-vous un sandwich, il y a tout ce qu'il faut au frigo... »), autant s'amuse-t-elle, de temps à autre, à grossir le trait en sens inverse. Ainsi, la veille de notre départ de la ferme, elle avait voulu préparer un en-cas, remplir deux thermos – café et jus d'orange –, beurrer des tartines (« A trois heures du matin on n'aura pas faim et en attendant le bateau on sera bien contents de se mettre quelque chose sous la dent... »). Je l'en avais dissuadée, prétextant que nous aurions le temps de prendre un somptueux petit déjeuner à la gare maritime.

Au fond du hall, une enseigne *Cafétéria* et une flèche lumineuse clignotaient. Tirant mes valises, j'ai traversé des groupes à grand renfort de « Pardon! »...

— Dis-moi que c'est pas vrai! Non mais quelle bande de locdus! a dit Isabelle en se cassant le nez sur la porte fermée.

Aussi incroyable que cela puisse paraître, le bar était fermé, à sept heures quinze du matin, un mois de juillet, au plus fort des départs.

— On va se taper le bateau le ventre creux, a dit Isabelle.

— J'ai soif, papa! a dit Angeline.

Il n'y avait même pas un distributeur automatique de boissons.

— Je n'y peux rien, ai-je dit, comme pris en faute.
— Je ne te reproche rien, a dit Isabelle.
— Tu as l'air de...
— De quoi, encore?
— De me rendre responsable.
— Je t'ai dit quelque chose?

— Non, mais...
— Arrête de déconner... Ça me fout en boule, un point c'est tout.

Elle s'est mordu la lèvre inférieure en se tordant la bouche — une espèce de rictus qui ne l'enlaidit pas vraiment — et quand elle se mord la lèvre il vaut mieux éviter son regard, ça je l'ai appris en huit années de mariage. Il y a des couples qui peuvent s'engueuler, « à loisir » si j'ose dire, s'envoyer des : « Crève salope ! », s'abreuver d'injures, de mots crus, et se rouler l'un sur l'autre un quart d'heure plus tard en plaisantant de ces excès. Quant à moi, je sais que les répliques cinglantes (que je n'aurais aucun mal à concevoir mais qui me viennent à l'esprit *a posteriori* car je suis ce qu'on appelle un « secondaire ») seraient définitives. Et s'il nous est arrivé parfois de nous accrocher violemment — tout en gardant pour soi ces répliques — nous nous sommes toujours arrêtés à temps. Malgré cette mesure, la convalescence — c'en est une — a duré des semaines entières.

— Eh bien, poireautons ! a dit Isabelle.

Elle s'est assise sur une valise.

— Quand est-ce qu'on va prendre notre thé ? a dit Angeline.

— A la Saint-Glinglin, a dit Isabelle.

— A Jersey, à l'hôtel.

— A condition que ce ne soit pas trop tard, a dit Isabelle. On ne sait jamais... Trop tôt en France, trop tard en Angleterre...

— En Angleterre ? Je croyais qu'on allait à Jersey, a dit Angeline.

— Jersey, c'est en Angleterre, a dit Isabelle.

— Pas tout à fait, ai-je dit.

J'ai tenté d'expliquer à ma fille cette histoire de

plusieurs pays en un, la Grande-Bretagne qui comprend l'Angleterre, l'Ecosse et bref tout le reste.

— Si tu crois qu'elle peut se fourrer ça dans le crâne..., m'a dit Isabelle.

Sans être tabou, ce sujet-là doit être évité : je suis persuadé que ma fille est une surdouée. Il y a des signes qui ne trompent pas. Vous en connaissez beaucoup, vous, des petites filles de sept ans qui lisent des romans de trois cents pages ? Qui préfèrent le texte aux images ? Qui demandent sans cesse la signification des mots ? Qui possèdent un tel vocabulaire que leurs petits camarades ne les comprennent pas ? Isabelle n'est pas d'accord avec moi, là-dessus. Elle se paie ma tête : « Mon pauvre Pierre, tous les parents pensent la même chose, tu n'as qu'à interroger l'institutrice... Les braves papas et mamans imbus de leur rejeton, qui veulent faire sauter une classe, voire deux, à leur chère progéniture, c'est monnaie courante... C'est la croix que portent les enseignants du primaire... Imagine... Dire à ces gens-là, sans les vexer, que leur gosse est *normal*... »

— Vise un peu ce troupeau, a dit Isabelle, c'est ça le panurgisme, non ?... On dirait une bande de clodos qui se précipitent aux guichets de la soupe populaire...

Une file se constituait devant la sortie A. Les gens s'agitaient, se levaient, s'interrogeaient du regard, interrogeaient les panneaux d'horaires, se mettaient en rang et se bousculaient.

La voix lasse et condescendante d'une hôtesse a résonné dans les haut-parleurs.

« Votre attention, s'il vous plaît... Les passagers du Trident, départ 7 h 45, sont priés de se présenter à la sortie A... *Your attention please. Passengers...* »

— On part, papa ?

— Tout à l'heure, ma douce.
— Quels cons! a dit Isabelle, vous allez voir...

Empoignant une valise, elle s'est précipitée vers la sortie B. Ses talons claquaient et les roulettes de la valise grinçaient sur le sol carrelé. Angeline lui a couru après. L'effet recherché par Isabelle a été immédiat. Des voyageurs lui ont emboîté le pas, d'autres ont douté avoir bien entendu qui n'étaient pas concernés par l'appel mais qui ont néanmoins pris armes et bagages dans la précipitation, si bien qu'une file quelque peu hagarde s'est constituée devant la porte B. File qu'Isabelle a aussitôt quittée.

— Tu as vu? m'a-t-elle dit.
— Bravo.

Un second appel a été fait et nous nous sommes retrouvés en fin de queue, en B.

— Tu es contente? ai-je dit à Isabelle.
— J'aime chouchouter mon libre arbitre.

J'ai donné sa carte d'identité à Angeline. Très fière, elle l'a tendue au douanier, puis au policier qui lui a accordé un vague coup d'œil.

Les douaniers doivent s'amuser comme des petits fous. On ne sait pas s'il faut soutenir ou éviter leur regard (baisser les yeux, comme à la messe au moment de l'élévation — je ne le faisais jamais et j'avais l'impression de commettre un gros péché), les saluer, leur dire bonjour. On raconte que les passeurs de capitaux, d'or ou de drogue sont toujours accompagnés d'un gosse afin de tromper l'attention des douaniers, ou de leur inspirer confiance. Du coup, les couples avec enfants sont suspects, non? Les douaniers de Saint-Malo n'ont pas fait preuve d'originalité : ils ont porté leur dévolu sur deux jeunes gens barbus et chevelus qu'ils ont accompagnés dans une pièce, sans doute pour les fouiller.

La foule s'est dispersée dans une salle d'attente équipée d'une chicane (« Le tri des bestiaux à la foire », a dit Isabelle) qui menait au quai d'embarquement. Plutôt que de jouer des coudes, nous avons « gardé notre libre arbitre », comme dirait ma femme, et nous avons franchi la passerelle bons derniers. Deux marins ont pris nos valises et les ont rangées sous une bâche, sur le pont arrière.

A la grande joie d'Angeline, nous étions enfin à bord de l'hydroglisseur. Et là, bien entendu, j'ai compris (et Isabelle aussi) le pourquoi de la bousculade. Les meilleures places étaient prises, sur le pont supérieur. Nous avons dû descendre, ce qui est désagréable car on a beau se raisonner, on s'imagine un tas de choses, qu'on sera coincé à l'intérieur en cas de naufrage, qu'on n'aura aucune chance de s'échapper.

En bas, de chaque côté d'un couloir central, les fauteuils étaient répartis en deux rangées, l'une de cinq sièges, l'autre de trois. Il ne restait pas trois places côte à côte.

— Charmant! a dit Isabelle.
— On en a pour une heure et demie, ai-je dit, mets-toi ici avec Angeline.
— Et toi, papa?
— J'irai un peu plus loin, ou là-haut à l'extérieur.
— Et si je suis malade?
— Tu ne seras pas malade, ma belle.
— Manquerait plus que ça! a dit Isabelle.

L'hydroglisseur a viré et a mis le cap sur des îlots proches. Puis il a lancé ses moteurs, des gerbes d'eau ont fouetté les hublots (Angeline a eu peur), le navire a levé le nez (on croit qu'on va décoller) et a pris son allure de croisière, un peu moins de soixante-dix kilomètres heure – c'est fantastique.

La mer était lisse, un vrai lac. L'hydroglisseur tapait un peu quand il franchissait le sillage d'un cargo ou d'un ferry. Des passagers ont pâli et, inquiets, ont cherché des yeux la porte des toilettes.

Sans perdre de temps, trois hôtesses ont distribué des prospectus – listes des produits détaxés vendus à bord – que les gens se sont mis à consulter comme des menus.

Les membres d'une famille dispersée dans les deux rangées se sont interpellés : « Tu prends du Ricard, Albert ? Moi j'en prends deux. – On a le droit à trois litres, non ?... – Ben, trois alors !... Et deux cartouches de Gauloises. On paie comment ?... Vous acceptez les cartes ?... »

Je me suis calé dans mon fauteuil et j'ai lu une brochure offerte par la compagnie maritime – des notes historiques sur les îles Anglo-Normandes, rédigées en anglais. Sur le moment, j'ai pensé que j'avais bien fait de me remettre à l'anglais (j'ai longtemps hésité entre le droit et lettres modernes et tout en étant inscrit à la faculté de droit et sciences économiques je préparais un DEUG d'anglais) et aujourd'hui, bien sûr, je m'en félicite. Cela nous permet de nous passer d'un interprète, n'est-ce pas ?

— Tout à fait, a dit le policier, tout à fait, Mr. Roussel. Votre anglais est remarquable. Mais continuez, je vous prie...

3.

« Tous ces types sont bâtis sur le même modèle », pensa Pierre.

On avait arraché le centenier de la paroisse de St. Lawrence aux travaux des champs. Massif, taillé pour la lutte, gêné par ses bottes et par ses cuisses monstrueuses, il trottina jusqu'à eux, le souffle court.

— Alors, qu'est-ce qui se passe?

Le gardien-chef le salua et lui résuma brièvement les circonstances de la disparition d'Angeline et les vaines recherches. Sa célérité renforça Pierre dans l'idée que les gardiens étaient des militaires à la retraite. Des sous-officiers.

— Pas étonnant, dans ce labyrinthe, dit le centenier.

Pierre traduisit.

— Pourraient se renouveler un peu, dit Isabelle, labyrinthe, labyrinthe, on a compris... Ils pourraient pas s'activer un peu?

Pierre ne voulut pas lui rétorquer – lui rappeler – qu'ils se trouvaient à l'étranger, qu'il leur fallait respecter les procédures, et qu'il ne possédait pas, en outre, le vocabulaire nécessaire : mots vifs, déplaisants ou injurieux, argot des engueulades, dont auraient usé de bons Français moyens, chez eux (« Merde alors, assez discuté ! Qu'est-ce que vous branlez ? Pouvez pas remuer votre gros cul ? »). Cependant, il ne pouvait comprendre que ce brave type rougeaud, à l'air ahuri, représentât « la police ». Les flics, c'étaient des Rover, des Jaguar, des sirènes, des girophares, des chiens policiers, des hommes en treillis, des échelles de corde pour descendre au fond des puits. Au lieu de cela, le flegme britannique : on le priait de répéter ses explications, on en goûtait la saveur, on les mâchouillait, on bredouillait les mêmes paroles réconfortantes, voire condescendantes – ces Français, ils s'affolent pour pas grand-chose ! – et Pierre devait acquiescer d'un hochement de tête plein de civilité. Et Angeline, pendant ce temps ? Prostrée dans un coin, contre un mur humide ? Quel mur ? Ils avaient fouillé l'hôpital mètre carré après mètre carré... Un instant effacée – le temps de cette conversation inutile avec le centenier –, l'inquiétude renaissait, lancinante.

— Bon ! conclut le centenier, je ne vais pas déclencher une enquête pour ça.

— *Pour ça* ? répéta Pierre.

— Calmez-vous, dit l'autre.

Il avait senti dans ce *pour ça* ? de Pierre une hargne qui le poussa à se démener un peu. Il passa des coups de fil à des gens qu'il appelait par leur prénom.

Au sein du groupe qui avait participé aux recherches et parmi les badauds qui s'étaient agglutinés autour du centenier et des gardes, on parlait à voix basse.

— Vous devriez manger quelque chose et boire une tasse de thé, dit le centenier à Pierre et Isabelle. Ça vous remonterait.

Le marchand ambulant, sur le parking, vendait des sandwiches. Pierre se força à avaler le sien. Il but un verre de lait.

— Nous retournons à l'intérieur, dit-il au centenier.

— Inutile, mes hommes ne vont pas tarder.

Lorsque les vingteniers arrivèrent, Pierre pensa à ces pompiers bénévoles que la sirène appelle dans leurs ateliers, dans leurs boutiques, dans leurs étables. Ils étaient une dizaine et affichaient, tout en écoutant les instructions du centenier, ce sérieux des gens modestes qui se mêlent des affaires publiques, qui se croient investis d'une mission et qui n'ont aucun sens du dérisoire parce qu'ils sont imbus de leur rôle. Pierre se souvint des mimiques et ordres comminatoires de « commissaires » d'une course cycliste villageoise qui avaient pris possession de la route et refoulaient les voitures avec la belle assurance d'officiers subalternes interdisant l'entrée du quartier général de l'état-major au *vulgum pecus*. Ces gens-là étaient du même tonneau. La même crasse : civisme d'opérette.

La suite lui donna tort. Il se confondit en excuses. Intérieurement.

En moins de cinq minutes, après avoir éliminé les hypothèses simplistes et énuméré les endroits inconnus des visiteurs – malgré le vocabulaire technique et le brouhaha de la conversation, Pierre comprit qu'il s'agissait de tunnels d'aération et de puits d'évacuation –, ils adoptèrent un plan de recherches. Pierre les débita d'un seul mauvais point : ils s'aperçurent qu'il leur faudrait des lampes de poche et aucun d'entre eux n'en était équipé. Deux hommes s'en allèrent dans une Ford.

— J'ai plus de cigarettes, dit Isabelle en froissant son paquet vide.

— Va en acheter.
— A Saint-Hélier ? Comment veux-tu que je conduise cet engin avec son volant à droite ?
— Dans la boutique. Va voir dans la boutique, là-bas.

Un coffee-shop, avec un rayon librairie, journaux et cartes postales, occupait le bas du parking. Tous les regards convergèrent vers Isabelle. Maîtresse d'elle-même, elle marchait d'un pas égal et Pierre l'admira. Lui, il en était certain, aurait pu servir de modèle à un peintre en train d'exécuter une commande : l'allégorie de l'angoisse. Teint verdâtre, yeux cernés, lèvres sèches. Un tic nerveux, un de ces tics dont on croit qu'ils sont visibles alors qu'ils restent prisonniers sous la peau, faisait sauter ses paupières. Son estomac était lourd d'une vague nausée et ses oreilles bourdonnaient. Il croyait sentir une odeur de café frais et entendre des cris lointains. Les cris d'Angeline ?

— Excusez-moi, monsieur, lui dit le centenier.

Lui avait-il parlé ? Ne l'avait-il pas entendu ?

— Excusez-moi, nous y allons... Il serait préférable que vous ne bougiez pas d'ici. On va vous donner des sièges et vous allez vous reposer avec votre épouse.

Isabelle était revenue. Elle avait acheté une cartouche de cigarettes.

— Il voudrait pas qu'on poireaute dans un bistrot, tout de même. Ça la foutrait mal.

« Vis-à-vis des *spectateurs* ? » pensa Pierre.

Un des gardes les fit pénétrer dans une pièce à usage de bureau : trois tables, des chaises, une machine à compter les pièces de monnaie, des sacs de jute, un jeu de fléchettes, un jeu de cartes et une cafetière électrique. Le garde la brancha et leur dit où trouver des tasses, du lait et du sucre.

Ils restèrent seuls.

Ils se regardèrent dans les yeux. Sans amour, pensa Pierre. Sans aucun sentiment d'aucune sorte. Ils étaient vides.

– Dis-le que c'est de ma faute! lança Isabelle. Allez, dis-le, t'en crèves d'envie!

– Voyons, qu'est-ce que tu racontes?

Ce reproche ne l'avait pas effleuré. Faute? Ils la partageaient, la faute, si faute il y avait.

Isabelle écrasa sa vingt-deuxième ou vingt-troisième cigarette de la journée. « Il y a des circonstances fuminatoires », aimait-elle dire pour justifier les deux paquets qu'il lui fallait, certains jours – des jours qui ressemblaient aux autres jours, en ce qui concernait Pierre. Il lui servit une tasse de café. Elle y trempa ses lèvres.

– Dégueulasse!...

« Pleure, mords-toi les lèvres, explose, l'adjurait Pierre, mais je t'en prie, ne reste pas comme ça, à tirer sur ta cigarette, l'air de t'emmerder. »

La semaine suivante, il conviendrait avec lui-même que c'était à cette seconde précise qu'il avait découvert que sa femme ne lui était plus rien. Qu'elle n'existait que par Angeline. Et que s'il eût donné sa vie pour qu'on retrouve Angeline – encore que cette expression toute faite ne signifiait pas grand-chose puisqu'en associant Angeline à lui-même il réfutait sa propre mort, car *retrouver* Angeline signifiait *avoir la joie de la retrouver* – il aurait bien volontiers échangé Isabelle contre sa fille.

Cette pensée était horrible. Il s'efforça de sourire. Isabelle fumait, les yeux clos.

Vers dix-sept heures, le centenier fit irruption dans la pièce, tira sur son pull qui lui remontait sur le ventre, s'éclaircit la gorge et dit:

Visite de l'île

— Elle n'est pas dans l'hôpital.
— Impossible ! dit Pierre.
— Quelle bande d'enfoirés, dit Isabelle, il serait temps d'appeler les flics. Les vrais.
— Désolé, dit le centenier, mais nous avons...
« ... Fouillé chaque pouce de terrain, sondé chaque puits, exploré chaque galerie », conclut Pierre.

De nouveau hébété, il mit en marche le moteur de la Corsa et suivit la Vauxhall du centenier jusqu'au centre de Saint-Hélier.

— Bonjour Peggy, dit le centenier à l'hôtesse en faction dans le hall de l'immeuble de la police officielle. Est-ce que le capitaine Ellington peut me recevoir ? Une affaire urgente.

La fille — « Encore un uniforme », pensa Pierre — décrocha son téléphone.

— Le capitaine Ellington est libre. Vous connaissez le chemin.

— Je peux vous demander un service, Peggy ? Appelez le connétable et passez-le-moi dans le bureau d'Ellington.

4.

Pierre...

Six mois de cours du soir, à raison d'une heure par semaine. Enfin, une heure payante, suivie d'une heure gratuite car j'avais sympathisé avec mon professeur et nous allions prendre un café dans un bar, après la première heure. Deux heures pour le prix d'une...

Une annonce dans un journal local, vous savez une de ces publications gratuites qu'on distribue dans les boîtes à lettres... J'avais téléphoné. Le type était irlandais et avait un poste d'assistant dans un lycée voisin. Nous étions convenus du prix et d'un rendez-vous hebdomadaire. J'ai dit « cours du soir », tout à l'heure, n'est-ce pas ? Cours du matin, en réalité. Le samedi, de neuf à dix. Isabelle avait râlé. Elle ne pourrait pas faire la grasse matinée. Je la réveillerais. Je lui ai rappelé qu'Angeline entrait au cours préparatoire et qu'elle aurait classe le samedi. Fini le bon temps. Puisqu'il faudrait se lever, je m'occuperais d'Angeline, je la ferais déjeuner, je la conduirais à l'école puis j'irais à mon cours d'anglais. Isabelle pourrait continuer à se la couler douce. « Dans ces conditions, a-t-elle dit, je ne vois aucun inconvénient à ce que tu te cultives. En pure perte... Parce que si tu crois que quelque chose peut pousser dans une cervelle desséchée par le droit, tu te fourres le doigt dans l'œil. » Isabelle est plutôt négative, vous l'avez compris...

A neuf heures, je sonnais à la porte de l'appartement de Louis – il portait ce prénom bien français. En fait d'appartement, ce n'était qu'une grande pièce, dans un immeuble décrépit, au-dessus d'une quincaillerie chichement éclairée par des ampoules nues de vingt-cinq watts, poussiéreuses avec ça, à tel point que je me souviens m'être demandé comment, à l'intérieur, un œil normal était capable de distinguer un clou d'une vis.

Rasé de frais mais le visage bouffi de sommeil, Louis m'ouvrait sa porte. Malgré la fenêtre grande ouverte, la pièce sentait le tabac blond. Même au cœur de l'hiver, cette fenêtre était ouverte afin, supposais-je, de chasser les odeurs de nuit – le lit se trouvait dans un angle et pas une fois je ne l'ai vu défait. Quelques pots de crème et des tubes de fond de teint sur la tablette du lavabo indiquaient la présence – épisodique ou régulière? – d'une jeune fille. J'aurais aimé déceler le parfum de cette inconnue. La fenêtre ouverte, c'était certainement pour cela, aussi. Je veux dire, pour ôter toute trace de sa présence... La pudibonderie britannique. Ou le savoir-vivre, oui, vous avez raison.

Lors de notre contact par téléphone, Louis m'avait précisé qu'il était irlandais, pour ajouter tout de suite après – comme si sa nationalité était une tare – qu'il avait vécu à Londres et qu'il avait un pur accent anglais.

Nous échangions quelques considérations sur le temps, Louis servait le thé – dans des chopes en faïence ébréchées, un thé brûlant, et nous nous réchauffions les mains –, et nous commencions à travailler. Au début, nous avions pris comme base de travail un roman d'Hemingway (*Le soleil se lève aussi*), très vite abandonné. Outre que Louis éprouvait quelques difficultés à me faire comprendre des tournures typiquement américaines, ce canevas n'était qu'un carcan dont nous nous sommes débarrassés pour converser librement. Les sujets ne manquaient pas et chacun apportait à l'autre le meilleur de sa culture. Nous cherchions les expressions les plus courantes, anglaises et françaises, en trouvions l'équivalent et Louis affinait son français autant que je perfectionnais mon anglais. C'est pourquoi la notion de cours a très vite disparu. S'il en avait eu les moyens, Louis aurait refusé l'argent que je lui donnais. Manière de rendre cette politesse – le billet que je laissais sur la table –, Louis offrait le café dans un bar voisin où la conversation engagée dans la chambre se poursuivait avec des apartés en français quand je sentais que Louis voulait approfondir un point de grammaire ou de vocabulaire. J'éclairais sa lanterne et il poussait des exclamations de joie : « Mais oui, voilà! Je n'avais jamais compris cela! Bien sûr!... », en se prenant la tête à deux mains.

Louis était socialiste et militait au sein d'Amnesty International.

Un jour, sa porte est restée close. Le lendemain, dimanche, j'ai téléphoné de chez moi. Une fille m'a répondu.

– Louis? Vous voulez parler à Louis? Vous n'avez pas lu les journaux?... Mais qui êtes-vous? Ah! son élève!... Ah oui, il me parlait souvent de vous...

— Parlait ?... Il est parti ?
La fille a répété :
— Vous n'avez pas lu les journaux ?
— Non...
— Louis a été assassiné, samedi avant. Samedi soir... Trois coups de couteau...

Sa voix s'est brisée. Elle a raccroché. Je n'ai pas osé rappeler. Je suis allé à la rédaction d'*Ouest-France*. On se rappelait le fait divers. A la sortie d'un bar fréquenté par des marginaux, Louis avait voulu séparer deux types qui se battaient — c'était un idéaliste, il ne croyait ni à la méchanceté ni au danger de côtoyer une société interlope.

L'un des types avait sorti un cran d'arrêt et tué Louis.

Tué, pas assassiné. Il n'y avait pas eu préméditation. Voyez-vous, je pensais à cela tout en feuilletant le prospectus de la compagnie maritime, tandis que l'hydroglisseur filait vers Jersey. Je pensais à la traduction de « préméditation » en anglais et aux difficultés que nous aurions eues, Louis et moi, à nous expliquer réciproquement la nuance entre meurtre et assassinat.

Je me suis levé, j'ai fait un signe à Angeline qui berçait son ours en peluche (Isabelle contemplait la mer), et je suis monté sur le pont fumer une cigarette.

La mort de Louis était un pur hasard, elle n'avait aucun rapport avec moi, n'est-ce pas ? Le destin...

Des adolescents ont piaillé, tapé des pieds et applaudi : la côte était en vue.

5.

Le remords taraudait Pierre. Il avait abandonné Angeline. Quitter l'hôpital, c'était fuir, c'était trahir. Tant qu'ils avaient fouillé, attendu, discuté avec les gardiens et le centenier, ils ne s'étaient pas éloignés d'elle. Mais dans leur départ de St. Lawrence il y avait une forme d'acceptation. Honteuse acceptation : maintenant, Angeline avait disparu. Pour de bon. « Portée disparue », pensa-t-il. Et il était coupable d'admettre la disparition. Un seul pas de plus à faire et il tomberait dans la fosse sombre et fangeuse de l'ultime acceptation : « Nous ne la reverrons plus. »

Bien qu'enveloppé et rond, le capitaine Ellington, ramassé sur lui-même, était musclé et puissant, on n'en doutait pas ; un corps inébranlable, qui encaisse aussi bien qu'il esquive – et sa souplesse surprend l'adversaire –, avec quelque chose de félin : le crâne chauve, plat comme celui d'un chat, et les oreilles pointues, très curieuses ; et l'œil : pénétrant, lumineux, éclairé de l'intérieur. « La force publique », pensa Pierre. Et l'espoir revint. Mise en mouvement, cette force ne pouvait pas échouer.

— Centenier, dit Ellington, le mot a dû vous sembler... exotique, ou désuet, ou folklorique, n'est-ce pas ? Vous a-t-on expliqué l'organisation de la police dans les îles Anglo-Normandes ? Non ? Eh bien, je crois qu'il serait bon que je le fasse, en préambule.

Pierre protesta. N'allaient-ils pas perdre du temps ?

— N'ayez crainte, mes hommes se préparent, nous sommes déjà informés (le centenier haussa les sourcils). Eh oui, centenier, une petite fille qui disparaît, cela nous concerne. J'attendais votre visite. Mais revenons à nos moutons – le temps que je vous fasse un résumé et mes hommes seront fin prêts... L'île est gouvernée par un bailli qui dispose, pour le maintien de l'ordre, de deux polices. La police dite « honoraire », représentée ici par M. le Centenier de St. Lawrence à qui vous avez déjà eu – hélas ! – affaire, et la police dite « officielle », à laquelle j'appartiens et qui est semblable à toutes les polices judiciaires du monde occidental. La police officielle est payée par la Couronne d'où le terme *payed police* pour la distinguer de la police honoraire, purement bénévole. On nous appelle encore la *town police*, la police de la ville, les honoraires exerçant plutôt dans les campagnes. On retrouve là, bénévolat en moins, une certaine analogie avec votre gendarmerie et votre police nationale. J'ai sous mes ordres 200 hommes, 200 flics compétents, entraînés, formés aux méthodes modernes d'investigation, 200 types qui ont les mains liées. Eh oui. Si bizarre que cela puisse vous paraître, nous ne pouvons démarrer une enquête que sur ordre du connétable. Nous devons avoir en main l'équivalent de votre commission rogatoire. Qui est le connétable ? Tout simplement le chef de la police honoraire.

Police est un bien grand mot. Moi, j'appellerais ça la justice de paix. Juste bonne à régler les crêpages de chignons, les problèmes de bornage d'un talus inculte, ou à réprimer – ou à encourager – l'ivresse sur la voie publique.

— Capitaine, vous allez un peu loin, dit le centenier.

— L'île est divisée en douze paroisses et à la tête de chaque paroisse est élu un centenier qui a sous ses ordres des vingteniers. Ces mots nous viennent tout droit du Moyen Age. Le centenier avait cent hommes sous ses ordres, le vingtenier vingt. On nous bassine avec des contre-vérités : les centeniers seraient indispensables, ils sont près de leur population, etc. Et nous, nous faisons figure d'étrangers. Balivernes... Si nous n'étions pas là, ce serait le foutoir. Policiers, le paysan du coin, le tenancier du pub, le professeur à la retraite? Ils vont filer les toxicomanes? Ficher et surveiller les mafiosi? Elucider des meurtres? Ne plaisantons pas. Alors, êtes-vous en train de penser, c'est la guerre des polices? Pas du tout. Ils font leur boulot et nous le nôtre, quand sonne notre heure. Mais avouez que vous n'avez pas eu une totale confiance, avant de pénétrer dans ce bureau. Et vous aviez raison.

— Je ne vous permets pas, dit le centenier.

— Je me permets, dit Ellington.

Puis il ignora le centenier et commença à poser ses questions, mécaniquement, comme s'il égrenait un chapelet.

— Nom, prénoms...
— Passeport ou carte d'identité...
— Adresse en France...
— Résidence à Jersey...
— Prénom de la petite fille...

– Heure précise de sa disparition...
– Comment était-elle habillée ?
– Signes particuliers ? Couleur des yeux ? Coiffure ?
– Vous avez une photo ?

Pierre se tourna vers Isabelle.
– Une photo ?

La secrétaire qui notait ses réponses en sténo les observa, crayon en l'air.
– Tu as une photo d'Angeline ?
– Sur sa carte d'identité, dit Isabelle.
– Vous n'avez pas une photo de votre fille, madame ? dit Ellington.

Ses yeux étaient à demi fermés. Il y eut un silence gêné.
– J'en ai pris, depuis lundi, dit Pierre. Il suffit de développer la pellicule.
– Vous avez l'appareil ?
– A l'hôtel.
– Convenons d'une heure. Vingt heures, ça vous va ? J'enverrai quelqu'un chercher la pellicule. Et il vous prendra au passage. Je vous invite à participer aux recherches. Nous sommes d'accord, centenier, sur le fait que le connétable va me saisir de l'affaire ? Vous ne ferez pas d'obstruction ? Bien. Voyons les mesures que vous avez prises depuis la disparition de la gosse. Espérons que vous n'avez pas trop bousillé le terrain.

Le centenier fit un compte rendu maladroit. Ellington soupira. Puis il enfonça trois clous : pragmatisme, formation, efficacité. Il martelait son sous-main de coups de poing qu'il amortissait au dernier moment. Le poing se levait, on se préparait à sursauter, mais le policier ouvrait la main et la posait doucement sur son bureau, doigts écartés. Puis il rentrait ses griffes, contenant son mépris.

– Avez-vous relevé l'identité de toutes les personnes présentes ? Non, bien sûr... Avez-vous relevé le numéro d'immatriculation des voitures garées sur le parking et à proximité ? Non, bien sûr... Mon pauvre vieux, que le gouvernement de Sa Majesté me pardonne, vous feriez mieux de vous contenter de ramener les ivrognes au bercail, le samedi soir.

Le centenier se leva, offusqué.

– Je ne vous permets pas !

– Je vous l'ai dit, je me permets ! Je me permets de *commencer*, pas de *reprendre*, une enquête sur des plates-bandes que vous avez piétinées avec vos gros souliers. Avec vos grosses bottes, ajouta Ellington en toisant le centenier.

Le téléphone sonna.

– C'est le connétable, dit le centenier, j'ai demandé à Peggy de me le passer ici.

– Parfait, parfait ! dit Ellington.

Il coinça l'appareil au creux de son épaule et se frotta les mains.

A vingt et une heures, la force d'Ellington fut mise en mouvement. Les trois quarts des effectifs de la police officielle furent engagés et des dizaines de vingteniers se joignirent à eux. Les pompiers explorèrent les puits. Le lendemain, deux chiens policiers et leurs maîtres arrivèrent de Londres par avion. On leur donna des vêtements d'Angeline à flairer.

Mais le samedi soir, déjà, Pierre avait perdu tout espoir. Isabelle s'était enfermée dans leur chambre après avoir craqué, au dîner, lorsque le serveur avait dit *very hot*.

Le directeur, le maître d'hôtel, les filles de la réception, les serveurs, tout le monde leur avait témoigné de la sympathie. Il leur avait fallu répondre d'un sourire, d'un « merci » murmuré.

Isabelle s'était jetée sur le lit d'Angeline. Pierre était ressorti, afin de participer aux recherches de nuit.

La police maritime – quelques hommes, plus trois douaniers disponibles – avait visité chaque bateau qui sortait du port de Saint-Hélier. La corvette d'assistance à la pêche qui patrouillait dans les eaux territoriales avait été mise en alerte. Bien inutilement. Car à supposer qu'Angeline eût été victime de trafiquants d'enfants venus par mer, leur bateau, simple voilier, yacht ou vedette rapide, aurait appareillé dans l'après-midi du vendredi, avant même le premier coup de téléphone des gardiens de l'hôpital au centenier de St. Lawrence.

Au milieu de la nuit de samedi à dimanche, Pierre quitta Ellington.

– Je ne crois pas du tout à la thèse de l'enlèvement, dit le policier, mais je vais voir si la télévision peut nous aider.

6.

Pierre...
Une île est une chose étrange, n'est-ce pas ? Tellement emblématique. Encore qu'il y ait île et île... L'Angleterre, l'Irlande, Terre-Neuve, ne sont pas des îles, à mes yeux. Trop étendues. Une île, pour moi, est un gros rocher habité par des fous. Ou du moins, par des originaux – des gens qui ne sont pas tout à fait comme les autres – qui acceptent de gaieté de cœur les drames de l'isolement. Si l'on peut comprendre les habitants des îles des mers du Sud – palmiers, lagons, coquillages, femmes faciles, voilà pour les clichés –, comment admettre sans douter de leur raison l'enracinement d'êtres humains sur des basses terres battues par les vents et les tempêtes, à demi submergées par les grandes marées ? Et je suis en contradiction avec moi-même car j'aimerais vivre sur une île (je préfère *sur* à *dans* une île, *sur* vous êtes exposé, *dans* vous êtes protégé) – une île de ma définition. Ne me demandez pas de me justifier. L'île-rocher est en moi, un point c'est tout. Et Jersey, où Isabelle m'avait attiré, n'était que la première étape d'un long périple dans les îles – Sark, Herm, Aurigny, les Scilly bien sûr,

mais aussi les îles bretonnes (Sein, Ouessant, Molène, Groix, Houat, Hœdic) et tous ces îlots presque inconnus qui hantent les côtes irlandaises et où se désagrègent sous les pluies les vestiges de monastères moyenâgeux. Je serais marin et naufrageur, explorateur et pirate, et je disparaîtrais au nord – Orcades et Shetland –, fantôme hyperboréal.

– Tu rêves, papa?

J'ai jeté ma cigarette à la mer. Angeline m'a pris par la manche et m'a secoué le bras.

– Tu étais encore dans les nuages, hein, papa? Ah! la la!...

– On arrive, a dit Isabelle, et le cirque va recommencer.

Alors que l'hydroglisseur n'avait pas encore réduit sa vitesse, les passagers s'agglutinaient dans le couloir central et se pressaient sur les marches de l'escalier. Le bateau a franchi la passe – images fugitives de mouettes, de digues, de blocs de béton tripodes enchevêtrés, de docks, de citernes –, a piqué du nez puis a glissé jusqu'au quai.

J'ai récupéré les valises sous la bâche et je les ai portées (il était impossible de les rouler à cause des planches espacées) sur le ponton que nous avons longé avant d'atteindre un escalier menant à la gare maritime. Les passagers pour Guernesey sont également descendus (l'hydroglisseur repartait dans une demi-heure) afin de satisfaire aux formalités de police et douanières. Leurs bagages restaient à bord et ils avaient sur moi l'odieux privilège d'être mains nues, libres et non pas chargés comme des baudets. Les douaniers nous ont ignorés. Les jeunes barbus et chevelus – qui avaient eu des ennuis à Saint-Malo – ont accepté avec fatalisme d'être soumis à une nouvelle fouille. Un policier en civil a examiné nos cartes d'identité, m'a demandé la durée de notre séjour et nous a souhaité bonnes vacances, en français.

A la sortie, une hôtesse de l'agence de voyages (en tailleur bleu ardoise et foulard orange) repérait son monde grâce aux étiquettes sur les valises – cela est un peu agaçant, on a l'impression d'être des bambins, ces gosses qui prennent seuls l'avion, une espèce de dossier rigide pendu au cou.

– Bonjour madame, bonjour monsieur... bonjour mademoiselle. Quel hôtel ?

– *Imperial*.

– *Imperial*... (Elle a consulté ses fiches.) Bus numéro 13.

Autobus et minibus étaient garés le long du quai, prêts à démarrer – mélange de véhicules plus britanniques que nature (rouge et noir, autobus datant de la dernière guerre et que j'appellerais « de collection ») et de Renault modernes, à huit ou dix places, équipées de radiotéléphones. Le 13 était un bus ancien, de petite taille, vingt places environ, avec un long capot qui lui donnait une ligne « taxi de la Marne », en plus gros. Le chauffeur – un type âgé aux cheveux de neige – fumait en attendant ses clients.

– *Imperial* ? a-t-il dit.

– Oui.

– Vous avez un *ban* ?

– Un banc ?

– Un *ban, ban !*... Papier... hôtel.

– Un bon.

– Oui, oui, un bon.

Je n'avais pas de bon. Je lui ai montré le formulaire de l'agence.

– Ça va, a dit le chauffeur.

Il a rangé les valises dans un coffre latéral, entre les roues, nous a invités à monter, a soulevé Angeline par les aisselles et a plaisanté à propos du panda (le sac à dos de ma fille) qui n'avait pas de billet. La sécheresse du démarrage m'a surpris : le moteur diesel n'était sûrement pas d'origine et, au volant, le chauffeur n'avait plus rien d'un pépère tranquille. Il était bavard comme une pie. J'ai changé de place (« Dis-moi que je gêne », m'a reproché Isabelle) et je me suis assis à côté de lui.

— Tu comprends quelque chose ? m'a dit Angeline.

— J'essaye !

Le chauffeur a ri et je lui ai dit que son accent était épouvantable.

— L'accent des îles, monsieur !...

Il a soigné sa diction et ralenti son débit. Il m'a dit (et je traduisais pour Isabelle et Angeline) que l'*Imperial Hotel* se trouvait au nord-ouest de Saint-Hélier, qu'à cette heure-là il fallait éviter le centre-ville et particulièrement l'Esplanade, qu'il valait mieux contourner la ville par l'est et le nord (ce qu'il a fait), que l'école n'était pas encore finie (les vacances scolaires commençaient le 12), que les écoliers et les lycéens portent l'uniforme (« Regardez ces petites filles comme elles sont mignonnes ! »), que pendant l'été la circulation était effroyable (« Trois fois plus de voitures que d'habitants ! ») – il exagérait sans doute, non ?

J'essayais de mémoriser le chemin, le dédale de rues étroites et à sens unique, et, inquiet, je me suis interrogé sur ma capacité à regagner l'hôtel lorsque nous irions nous balader en voiture. Isabelle a lu dans mes pensées.

— On se perdra pas, là-dedans ?

J'ai dit qu'on verrait bien, que ça avait son charme, de perdre son chemin, qu'on ne risquait pas d'errer bien longtemps – dans une île on ne se perd pas.

L'autobus a contourné une église (St. Marc ? je ne sais plus), un point de repère idéal (« La plus grande église catholique de Jersey. – Il y a beaucoup de catholiques à Jersey ? – Autant que de protestants et de sorcières », a dit le chauffeur), avec son clocher à quatre pans, gris et lisse, très laid il faut bien l'admettre, puis nous avons roulé deux cents mètres environ, dépassé une curieuse bâtisse à colonnes néo-romaines (nos palais de justice sont bâtis dans ce style), et tourné à gauche au premier feu. Nous étions devant l'*Imperial Hotel*.

La brochure de l'agence de voyages précisait qu'il avait été « entièrement refait à neuf ». Isabelle a été séduite par un immeuble de trois étages, long d'une quarantaine de mètres, fraîchement repeint en vert olive (les murs) et blanc (les menuiseries extérieures). Quatre marches accédaient à un perron couvert d'une marquise soutenue par deux colonnes semblables à celles de la bâtisse aperçue une minute plus tôt, signature probable d'un architecte ayant sévi dans l'île à la fin du XIXe ou au début du XXe.

– *Imperial Hotel, ladies and gentlemen!* a clamé le chauffeur.

Il a aidé Angeline à descendre, en lui tenant la main, chevalier servant respectueux et attentionné (« *Please, my young lady...* »). Il a posé les valises sur le trottoir. J'ai cherché de la monnaie. Le chauffeur a fait un geste de dénégation. Je me suis rappelé que le pourboire n'est pas habituel en Grande-Bretagne.

— *Bye bye!*...

L'esprit critique d'Isabelle a repris le dessus. Sur la photo, dans la brochure, l'hôtel paraissait situé à l'écart, dans un endroit dégagé, à l'extrémité d'une place ou d'un parc. Effet d'optique, recherché, dû à l'utilisation d'un objectif grand angle qui redresse les perspectives. Je ne suis pas contre ces petites cachotteries publicitaires. Le système le veut. En réalité, l'*Imperial Hotel* était à l'angle de deux rues étroites. Le parking privé se trouvait à deux pas.

— Au moins, on pourra se garer, ce sera pas la galère, a dit Isabelle.

Nous sommes entrés. Aucun chasseur, aucun bagagiste. J'ai été soulagé. J'avais choisi l'*Imperial Hotel* pour ses trois étoiles (57 chambres, toutes avec salle de bains et téléphone), désireux d'un bon confort mais craignant plus que tout l'ostentation d'une valetaille hautaine et méprisante. De ce point de vue, l'hôtel était conforme à mes souhaits : Isabelle ne passerait pas ses nerfs sur un personnel absent. Rien ne l'excite plus que la morgue du petit personnel.

J'ai donné nos billets à la réception où travaillaient deux filles jolies, souriantes et efficaces. Notre fiche était préparée, nous étions attendus.

— La chambre ne sera prête qu'à onze heures, m'a dit une des filles.

— Papa j'ai faim, a dit Angeline.

— Pouvons-nous prendre le petit déjeuner ?

— Bien sûr. Voyez dans la salle à manger, le maître d'hôtel. C'est à droite après le salon. Laissez vos bagages ici.

Le salon que nous avons traversé, était décoré à la perfection – à condition d'aimer. Canapés et fauteuils recouverts de velours olive (la couleur de l'hôtel), tables basses en acajou, reproductions de scènes de chasse à courre, luminaires dorés, plafond à moulures, moquette épaisse.

La salle à manger était au diapason, mais dans les tons rouges. Le maître d'hôtel est venu à notre rencontre, nous a installés à une table à l'écart où étaient disposés trois couverts et a pris notre commande : deux thés nature, un chocolat et trois œufs au bacon. Pour les jus de fruits, les céréales, les pruneaux, les yaourts, les pamplemousses en segments – pardon, en tranches, mais vous dites *grapefruit segments* –, il y avait un buffet où nous nous sommes servis.

– Et pour l'animal ? est venu demander le maître d'hôtel en tapotant la tête du panda d'Angeline.

– Une banane ! a-t-elle claironné.

– Ça n'a pas l'air trop ringard, a dit Isabelle.

– Je crois que je vais adorer les petits déjeuners anglais, a dit Angeline, tu ne penses pas, papa ?

– Sûr, ma douce. Mettons nos montres à l'heure. Tu te rends compte, Angeline, on est partis de Saint-Malo à huit heures et il n'est que neuf heures.

– Pourquoi ?

– A cause de l'heure d'été, chez nous.

– Pourquoi, c'est pas l'été, ici ?

J'ai essayé de lui expliquer, mais ce n'était pas facile.

– Je comprends pas... Pourvu que ce soit l'été à Jersey, hein papa, c'est le principal.

Le maître d'hôtel a apporté une banane sur un plat en métal argenté et Angeline n'en a pas cru ses yeux.

– Ça alors !

– Marrant, ce mec, a dit Isabelle.

J'ai allumé une cigarette, écrasée aussitôt. Un garçon nous a servi les œufs, le bacon, le thé, le chocolat, des toasts, du pain complet, du beurre et de la marmelade d'orange.

– On peut dire qu'on est bien tombés, hein papa!
– C'est Byzance! a dit Isabelle.

Je me suis senti soulagé – soulagé de quoi? Isabelle était satisfaite, j'échappais à six jours de bouderies, de récriminations, de reproches larvés, de mises en accusation directes ou indirectes du style : « Qu'est-ce qu'on est venu foutre dans ce bled?... T'es tombé sur le pire hôtel du catalogue... T'as fait exprès ou quoi?... »

J'ai fumé une cigarette au salon.

Je me demande souvent si je ne suis pas injuste à l'égard d'Isabelle. Cette attention que je porte à ses réactions n'est-elle pas excessive? Mes préventions ne sont-elles pas de simples enfantillages? Pourquoi donner un sens aux plus futiles de ses déceptions (lave-vaisselle ou poste de télévision en panne)? Je suis un idéaliste. Je voudrais que chaque minute de notre vie à tous les trois soit un instant de bonheur – bonheur silencieux ou bonheur exprimé, bonheur partagé. Le moindre accroc m'est préjudiciable. A la maison, je préfère porter le chapeau, pour tout. Prendre toutes les responsabilités. Afin qu'Isabelle vive comme une reine. Une reine qui me mène par le bout du nez, oui, au fond, je crois... Par des « Oh! ça m'est égal », ou des « Qu'est-ce que j'en ai à foutre? », dont seule l'intonation signifie acquiescement ou opposition. Alors j'interprète, je traduis, je redoute cette morsure de la lèvre inférieure qui annonce les interminables silences. Pourtant, il serait faux d'affirmer que je suis à genoux devant elle. Mais je suis sûr que je ne la comble pas et cette certitude est intolérable.

— A quoi penses-tu ? m'a dit Isabelle.
— Moi, à rien...
— Drôle de rien, un tout petit rien tout noir... Parce que tu tirais une de ces gueules, en pensant à rien...

Angeline avait vidé son panda, étalé ses livres et ses bricoles sur une table basse, et elle était occupée à border son ours à dormir entre deux napperons récupérés sur les tables voisines, sous le regard bienveillant de deux douairières anglaises qui comparaient les traits de ma fille à ceux d'une petite nièce (« Elle ressemble à Peggy... Elle est adorable »).

A dix heures précises, une des hôtesses d'accueil est venue me prévenir que quelqu'un de Jersey Hire Cars m'attendait. C'était encore une jeune fille, également en uniforme – chemisier blanc, jupe droite bleu marine. Je suis surpris par la ponctualité des gens de l'île et par ce goût de l'uniforme, présent partout.

— Mr. Roussel ? Votre voiture est disponible. Je vous emmène.

Je n'ai pas compris. La voiture n'était-elle pas « livrée » à l'hôtel. Non, il fallait que j'accompagne la fille au garage, remplir les papiers et régler l'assurance.

— Une minute, s'il vous plaît...

J'ai expliqué la chose à Isabelle.

— Vous venez avec moi ou vous m'attendez ici ?
— On t'attend.
— Ça ne te dérange pas ?
— Pas du tout... Faire ça ou peigner la girafe...

Vous les triez sur le volet, vos filles, à Jersey. Celle-ci s'appelait Annie (c'était écrit sur son badge), et avait des cheveux et des jambes superbes. Pendant le trajet, on a parlé de choses et d'autres. Elle m'a dit qu'il n'y avait pas de chômeurs sur l'île. Que si je voulais travailler dans une banque, eh bien on recrutait. Les banques représentent 40% de l'activité économique, n'est-ce pas? A cause de vos dispositions fiscales très avantageuses. J'ai dit à Annie que je ne me sentais pas une âme de financier international.

— Dommage pour vous, m'a-t-elle répondu, ça paye drôlement bien.

Tout en bavardant, j'ai pris de nouveaux repères : l'Esplanade, l'hôtel de *La Pomme d'Or*, le port, le tunnel sous Fort Regent. Nous roulions vers l'est, sur la route de Gorey. Arrivés au garage, Annie m'a présenté à un guichet où une autre belle fille (une grande rousse flamboyante — Betty) m'a prié de lui donner mon permis de conduire et de compléter le contrat de location. Puis elle m'a remis une pochette contenant les papiers de la voiture et une carte de l'île.

Nous sommes sortis du bureau. La voiture était une Opel Corsa neuve, de couleur rouge — un rouge agressif dont j'ai pensé qu'il amuserait Isabelle. Je me suis installé au volant et Kitty a fait fonctionner les manettes (essuie-glace, clignotant, phares) et m'a souhaité un bon séjour. Je me suis familiarisé avec le levier de vitesses (de la main gauche, ça ne va pas de soi), j'ai déplié la carte et j'ai décidé de prendre la route qu'avait suivie le bus.

A l'intersection de Bagatelle Road, je me suis trompé. Des automobilistes se sont très aimablement arrêtés quand j'ai fait demi-tour. Une Corsa — du même rouge — s'est garée près de moi. Encore une fille, une hôtesse de Jersey Hire Cars.

— Vous êtes perdu? m'a-t-elle crié par la vitre ouverte. Où allez-vous?
— *Imperial Hotel*.
— *Imperial?* O.K., pas de problème, suivez-moi... Wellington Road, St. Saviour Road, Stopford Road et la bâtisse néo-romaine. Mon guide m'a adressé un signe de la main. J'avais reconnu le pignon de l'*Imperial Hotel* à l'angle de David Place.
Il fallait une clé pour ouvrir la barrière du parking privé. J'ai laissé la Corsa dans l'allée et je suis revenu avec une clé au bout d'une chaîne en acier inoxydable qui devait peser plus de deux livres. On ne risquait pas de l'emporter avec soi. J'ai garé la voiture, rendu la clé à la réception et retrouvé Isabelle et Angeline dans le salon. Isabelle prenait un café. Elle avait prévu deux tasses. Elle m'a servi. J'ai allumé une cigarette.
— La voiture va te plaire, ai-je dit.
— Pourrie?
— Non, non, au contraire. Toute neuve.
— Alors?
— Rouge. Rouge vif.
— Formidable! a dit Isabelle.

7.

Le dimanche matin, l'horloge de l'église carillonna les heures, et les coups furent comme autant de bulles qui crevaient à la surface du bain de boue du samedi et de la nuit. Interrogatoires, meutes de curieux, espoirs et désespoir.

Isabelle s'était pelotonnée à l'intérieur d'elle-même et Pierre avait perdu la notion du temps.

De la réception, on le prévint qu'un journaliste l'attendait au salon. Vingt-cinq ans à peine, blond, les cheveux d'une longueur étudiée, il avait l'allure sportive et le teint hâlé d'un jeune homme qui pratique tous les sports d'été. Beau gosse, bien dans sa peau : probablement un présentateur du journal télévisé. Vêtu d'une chemisette et d'un jean bleu clair impeccables, il feuilletait des revues de chasse. Sur un plateau, il avait fait servir un pot de café et deux tasses. Il se leva. En face de lui, Pierre se sentit minable.

— William Rault, de c.t.v., dit le journaliste en français. Channel Television. Asseyez-vous, je vous en prie. Café ?

— Volontiers. Nous pouvons parler anglais, si vous préférez.

— Ah ! oui, ce sera mieux, merci. Ellington m'a dit que vous parliez l'anglais couramment.

De sa poche de poitrine, il tira un paquet de cigarettes et un briquet.

— Cigarette ?

Ils allumèrent une cigarette et burent une tasse de café.

— Nous allons, euh, pardonnez-moi, *traiter le sujet* au journal de treize heures. Il serait bon que vous passiez un appel.

— Un appel ?

— Oui, aux... ravisseurs. Aux éventuels ravisseurs.

— Vous croyez à l'enlèvement ?

— Je ne vois guère d'autre explication.

— Moi non plus.

— Vous savez, je suis sûr qu'on la retrouvera, nous sommes sur une île et...

— Quel genre d'appel ? coupa Pierre, tout en sachant très bien ce que l'Anglais voulait dire. Il y avait déjà songé la veille, cette nuit, le matin même.

« Qui que vous soyez, rendez-moi ma fille. Ne lui faites aucun mal. Dites-nous ce que vous voulez, vous l'aurez... »

— Nous le préparerons ensemble. Vous avez quelques heures devant vous ?

— Oui, bien sûr.

— Quelle sale histoire.

— Oui.

— Encore un peu de café ?

— Oui, merci.

Pierre avait l'impression d'être dans la sale peau moite d'un moribond veillé par la famille, près duquel on parle à voix basse, dont on exécute en silence le moindre désir, dont on guette le dernier souffle. « Il s'est éteint paisiblement. – C'est un soulagement pour tout le monde. » Mais le mourant se dit : « Pourquoi moi ? » L'injustice le révolte, il ne part pas en paix. C'est la fureur qui l'emporte et son plus grand regret est d'être incapable de hurler : « Salauds ! Salauds de bien-portants ! Salauds de vivants ! »

— J'ai toujours pensé que cet hôpital souterrain nous porterait la poisse, dit Rault. On ne devrait pas exploiter un tel lieu où tant de gens ont souffert. On aurait dû le dynamiter.

— Oui, bien sûr, répondit Pierre qui n'écoutait pas.

— Vous aussi, vous croyez qu'il y a des endroits maléfiques ?

— Probablement.

— On y va ?

Pierre suivit le journaliste, zombi donnant la réplique aux acteurs d'une pièce absconse. Les filles de la réception n'osaient plus lui sourire.

Il monta dans la voiture de Rault. « Ambulance ou corbillard ? » songea-t-il. Des mots sans queue ni tête lui vinrent à l'esprit : « Vaines recherches, enquête sans fleurs ni couronnes. »

Sur les hauteurs de Longueville, l'immeuble de C.T.V. était un bâtiment moderne et banal. A l'intérieur, les gens avaient cet air de supériorité désinvolte de ceux qui côtoient les créateurs et qui pensent, à tort, que leur prestige rejaillit sur eux, qu'ils soient standardistes, dactylos ou garçon d'ascenseur. Là aussi les hôtesses portaient l'uniforme. Pierre s'étonna de n'avoir jamais remarqué, au cours de ses voyages d'études en Grande-Bretagne, ce goût prononcé des Britanniques pour l'uniforme.

William Rault salua les hôtesses d'un « Hello! » auquel elles répondirent en chœur « Hello, William! » Très amicales.

— Paul est là? dit Rault en se penchant par-dessus le guichet. Il tripota la médaille qu'une des hôtesses portait au cou.

— Il est chez le patron.

— Tu peux l'appeler? Dis-lui que je suis dans la pièce 402. J'ai besoin de visionner le moyen métrage qu'on vient de terminer sur l'organisation de la police. Qu'il apporte la cassette.

— Okay, William...

Ils montèrent par l'escalier. A travers les étages, Rault conduisit Pierre jusqu'à une salle toute en longueur, encombrée de magnétoscopes, de téléviseurs, de cartons de cassettes et de sièges en toile. Le dénommé Paul les avait précédés.

— C'est le père de la petite fille, dit Rault.

— Ah! fit-il.

Visiblement, il hésitait entre différentes formules. Il se contenta d'un : « C'est terrible ce qui vous arrive », puis il lâcha d'un trait, comme s'il craignait d'être contaminé par le malheur et qu'il avait hâte de vider les lieux :

— William, je te mets le truc en route et je me tire, okay?

— Formidable, dit Rault.

— Il parle anglais? dit Paul.

— Parfaitement.

— Alors, pas de problème.

Paul vérifia les branchements, changea une prise, introduisit une cassette dans un magnétoscope, dit : « Ça tourne » et s'en alla.

— Je vous laisse aussi, dit Rault. A tout à l'heure.

Pierre alluma une cigarette. Le film n'avait

aucune prétention artistique. Purement documentaire, il était très facile à suivre. C'était une illustration de l'exposé d'Ellington, avec en prime une introduction historique qui insistait sur l'originalité du droit coutumier conservé en l'état depuis le XIIIe siècle.

La cassette se rembobina automatiquement.

— Voilà, nous sommes prêts, dit Rault en poussant la porte.

Tandis qu'on le maquillait, Pierre répétait son texte. La cabine était minuscule et la fille le frôlait. Une touche de fond de teint effaça ses cernes. La maquilleuse lui fit les cils et les sourcils. Du bout de l'ongle du petit doigt, elle ôta un point de matière blanche — larme séchée ? — qu'il avait au coin des paupières. Elle le poudra, au pinceau souple.

— Les sous-titres m'ont posé un problème, dit Rault, mais au fond peu importe s'ils ne sont pas tout à fait conformes à votre texte en français. C'est le sens général qui compte. Et puis vous pourrez le reprendre en anglais.

Pierre trouvait le texte emphatique. Rault le rassura.

— Il faut émouvoir les gens. Il faut que l'image de votre fille se grave dans la mémoire des téléspectateurs. Nous ouvrirons sur vous, puis vous parlerez off sur la photo d'Angeline.

La photo : Angeline se frictionnant après un bain à la Pulente. Elle frissonnait et riait.

« Qui que vous soyez, rendez-moi ma fille. Elle s'appelle Angeline. Ne lui faites aucun mal... »

Pierre fixait l'œil de la caméra. Il s'adressait aux ravisseurs.

Il visionna l'enregistrement. Son appel était pathétique, de l'avis de Rault et des techniciens. Lui, il n'en était rien moins que convaincu.

A treize heures, lorsqu'elle le vit à la télévision, Isabelle ne fit aucun commentaire désagréable. En d'autres circonstances (mais à quel titre aurait-il été filmé?), elle se serait moquée de lui. « Ils n'ont pas mégoté sur le ricils. T'es beau comme un travelo. Et la voix, pareil : perchée là-haut, à l'étage des eunuques... »

Elle dit simplement :

— Tu étais très bien, mais tout ça ne sert à rien. Angeline est loin. Très loin.

8.

Pierre...
L'île est à ma mesure, l'île est à mon échelle. Je m'y sens en sécurité, si curieux que cela puisse paraître, dans ces circonstances. J'essaie de ne pas penser à Angeline et cette conversation m'aide beaucoup. Je vous suis reconnaissant d'écouter – et d'encourager – mes digressions, bien que je ne sache pas ce que cela peut vous apporter. Je voulais dire qu'ici les routes sont balisées, les talus élevés, les gens peu pressés et dénués d'agressivité. La vitesse est limitée à soixante kilomètres heure, les distances sont brèves et les ouvertures nombreuses. Par « ouvertures », j'entends des endroits où s'arrêter (partout, en fait), de nouveaux chemins à prendre (les carrefours se succèdent à un rythme infernal et chaque carrefour est un mystère, une hésitation, trois voies possibles dont deux à réfuter), et de tous côtés, merveilleuse fenêtre sur la liberté (laquelle? celle de l'esprit) : la mer.

Confierais-je ceci à Isabelle qu'elle m'enverrait paître : « Abrège!... Tu te sens bien, moi aussi... Pas de quoi en tirer des conclusions... »

Mais rien ne sert de s'étendre sur ces problèmes de communication, d'une banalité sans nom.

Dans la chambre, Isabelle a ôté son jean et son chemisier et déshabillé Angeline. Elle a défait les valises et en a tiré des robes.

— Dis donc toi, au lieu de te rincer l'œil, si tu nous laissais un petit moment? J'aime pas quand tu traînes dans mes jambes... J'ai du boulot, moi.

— Je vous attends au salon.

Elle allait préparer un sac en toile (son « boulot »), y fourrer des serviettes et les maillots de bain, une tenue de rechange pour Angeline (« Elle ne rate pas une occasion de saloper ses vêtements »), des mouchoirs, de la crème solaire et tout ce qu'une femme juge indispensable pour passer une journée à la plage ou en balade.

Au salon, j'ai bu un café, fumé une cigarette et ramassé sur une étagère un exemplaire de votre journal gratuit – un hebdomadaire, le *Holiday Post, your free holiday paper*. Je l'ai feuilleté rapidement, j'y ai lu une histoire de gorille qui intéresserait Angeline, puis je suis remonté dans la chambre. Isabelle était toujours en petite tenue.

— Ne pense pas à ça, m'a-t-elle dit, on n'est pas seuls.

— Penser à quoi? a dit Angeline.

— A rien. Si vous permettez, je me retire dans mes appartements...

Elle s'est enfermée dans la salle de bains.

— Et moi qui avais envie de faire pipi! a dit Angeline.

— C'est très pressé? On peut descendre à la réception.

— Non, ça peut attendre... Est-ce qu'on ira au zoo aujourd'hui?

— Au zoo ?
— Ben oui, il y a un zoo à Jersey, tu ne savais pas ?
— Bien sûr... D'ailleurs, je viens de lire dans le journal – un journal pour les touristes qui indique les endroits à visiter, les meilleurs restaurants, les musées – une histoire de gorille.
— Il y a même une photo ! Traduis-moi, papa !
— Hum, c'est une histoire terrible, Angeline. Voyons... Rencontrez Jumbo, la superstar du zoo... L'idée qu'on se fait des gorilles s'est modifiée l'été dernier quand Jumbo, le patriarche du célèbre zoo de Jersey...
— C'est quoi un patriarche ?
— L'ancien, le chef, l'aîné des gorilles... Je continue... Jumbo, donc, est devenu une célébrité internationale... La famille de gorilles, dont l'enclos est à ciel ouvert, est sans aucun doute la plus grande attraction du zoo... Hum, je ne sais pas si je dois te lire ça... Ça fait peur.
— J'adore les histoires qui font peur. Tu as oublié que j'ai toute la collection des petits vampires ?
— Bon... L'été dernier, un petit garçon de quatre ans est tombé dans la fosse aux gorilles. Les gens ont hurlé. La maman s'est évanouie. Tu penses, tout le monde croyait que les gorilles allaient déchiqueter et peut-être manger le petit garçon... Parmi les visiteurs, quelqu'un avait une caméra. Il a filmé l'incroyable : Jumbo, le patriarche des gorilles, a recueilli le petit garçon dans ses bras et l'a protégé des autres gorilles. Et lorsque les gardiens sont arrivés, il leur a rendu le petit garçon, sain et sauf.
— Pas étonnant, c'est pas si méchant que ça, les gorilles.

Angeline a ajouté, avec le bon sens des enfants : « C'est les gens qui sont méchants, pas les bêtes. »

— J'ai hâte de voir Jumbo, a-t-elle dit, on ira au zoo aujourd'hui?

— Aujourd'hui ou demain, a dit Isabelle en sortant de la salle de bains.

— Oh! non, aujourd'hui!

— Commence pas ton cinéma!...

— Aujourd'hui, d'accord, cet après-midi, ai-je tranché.

— T'as tort de lui céder tout le temps, m'a dit Isabelle.

— Quelle importance qu'on commence par le zoo ou par... (je lui ai tendu le Holiday Post) la Shire Horse Farm, Samarès Manor, Fort Regent Leisure Centre...

— Cause toujours...

— Ou le German Underground Hospital – l'hôpital souterrain.

— Ah! ça, ça doit être pas mal!... Viens donc voir un peu par ici, ces Anglais sont raffinés, on devrait mettre ça chez nous...

Isabelle parlait d'un radiateur sèche-serviettes, qu'elle avait branché dans la salle de bains.

— Au lieu d'avoir des trucs mouillés et qui puent!

Angeline avait allumé le téléviseur et découvert trois chaines.

— Oh! zut, y a pas la télé française!

Elle a éteint le poste et fait l'inventaire des objets déposés sur la tablette qui courait d'un bout à l'autre du mur opposé aux lits. Dans une trousse en carton dur frappé du logo de l'hôtel (I et H en lettres d'or), elle a découvert, ravie : un pansement, une dose de shampooing (« Au citron, papa! »), un nécessaire de couture (« Une aiguille, une épingle, un bouton de chemise, du fil noir, du fil bleu, du fil marron, du fil blanc... Tu me laisseras te coudre un bouton, papa ? »), une crème pour le bain, une charlotte en plastique transparent pour la douche, un *stain remover* (« C'est quoi papa ? – Du détachant ou quelque chose comme ça »), une brosse miniature et un savon.

– Prends la trousse, mon cœur, mets-la dans ton panda.

– Ce sera ma trousse de voyage, papa.

Où qu'elle soit, à cette heure, je pense qu'elle a au moins un pansement et un bout de savon. C'est idiot, n'est-ce pas ?

Le téléphone était posé sur un radio-réveil, à côté d'un sèche-cheveux et d'un appareil à repasser les pantalons. Un miroir occupait tout le pan de mur au-dessus de la tablette et, du lit, on se voyait dedans.

Je ne m'attendais pas à un tel raffinement dans un hôtel qui pratique des prix somme toute raisonnables. La chambre était claire et spacieuse et donnait sur David Place et le parking.

– Pas impérial mais presque princier, a dit Isabelle. Dommage...

– Dommage ?

– On est un peu les uns sur les autres et ça nous empêchera d'être l'un sur l'autre... Le lit d'Angeline est *vraiment* très près du mien...

Dois-je aller jusque-là dans la confidence ? Sur la question du sexe, Isabelle est aussi changeante qu'un ciel breton. Quelques jours avec et beaucoup de jours sans. Elle est parfois très directe : *être l'un sur l'autre !*... et, le plus souvent – comment dire ? – peu coopérative. Je m'en accommode. J'aime la complexité et l'ambiguïté.

Tout en conduisant, j'observais Isabelle et je la comparais à cette Catherine – ma collègue, mon amoureuse platonique. L'une enjouée, vive, gaie, l'autre dissimulée derrière ses lunettes de soleil (aux verres très sombres, pour la mer ou le ski), rivière paresseuse.
— Tu te sens bien? m'a-t-elle dit.
— Mais oui, pourquoi?
— Tu souris aux anges...
— J'en vois!
— Où ça, papa?
— Nulle part, ma douce... Je plaisantais, mon cœur.

La passivité d'Isabelle est de pure apparence. Nous traversions l'île et elle enregistrait les images, s'en délectait – oui, je le crois –, photographiait (façon de parler) les bow-windows, les jardinets, les fermes blanches et noires, les vaches naines, les pelouses, les enseignes des pubs et des hôtels (de véritables œuvres d'art), les nuages cotonneux, la jetée de Bonne Nuit Bay, les curieux noms de lieux – Egypt, Mont Mado, Tas de Geon, Becquet des Chats, Perruque. Au début de notre mariage, ce lymphatisme m'inquiétait. La plupart des couples *se parlent* – pour ne rien dire, soit. Mais ne revenons pas là-dessus.

Pour la troisième fois en trois heures, nous nous sommes retrouvés au nord de la paroisse de Trinity, à Trinity Church, un des carrefours obligatoires de l'île. Je me suis étonné d'avoir vu tant de paysages en si peu de temps, en si peu de kilomètres.
— Quand est-ce qu'on arrivera au zoo, papa?
— On est tout près.
— J'ai faim, a dit Isabelle, un sandwich et une bonne bière...

J'ai pris la route de Bouley Bay. A la fin des lacets

– quelle épreuve de croiser des cars de touristes sur une route aussi étroite! –, nous avons vu un pub à l'enseigne de *Mary's Cottage* dont la terrasse, agrémentée d'une pergola où serpentait un rosier grimpant, surplombait la mer.

La salle à manger était chic, trop chic : tables et chaises massives, moquette et revêtement mural dans les tons feuille-morte, éclairage indirect, bougies allumées, serveurs en tenue et maîtresse de maison en robe longue. Ce n'était pas ce que nous recherchions et la dame en question nous a tendu une perche.

– Vous avez réservé?
– Non, non...
– Les sandwiches se prennent en terrasse.
– Ah bon, très bien...

D'un regard froid, les importuns que nous étions ont été congédiés.

– Aimable, la baronne! a dit Isabelle.
– Qu'est-ce qu'il y a papa? On a pas le droit de rester là?
– Si, ma douce, sous les rosiers, ce sera plus agréable.
– Ces Anglais sont des emmerdeurs, ça ne m'empêchera pas d'aller pisser chez les ladies... Tu viens, Ange? J'espère qu'on ne nous refusera pas l'accès des latrines que j'imagine luxueuses...

J'ai eu peur qu'Isabelle ne fasse un éclat. Mais non. En France, elle aurait crié au racisme et entonné un chant révolutionnaire. Appelé à la lutte des classes.

Il faisait un temps splendide et nous étions bien mieux à l'extérieur. D'ailleurs, n'était-ce pas cette terrasse qui nous avait attirés? Une seule table était occupée, par quatre personnes : un couple de gens âgés et deux jeunes filles. L'une était gracieuse, bien qu'un peu trop pâle – presque diaphane, en proie aux douces langueurs de l'adolescence, très romantique –, l'autre, la malheureuse, était obèse et infirme et portait à la jambe, de la cheville à mi-cuisse (cela faisait une bosse sous la robe), une espèce de prothèse composée de deux tiges métalliques et de sangles en cuir. Et elle bavait – oui, bavait, il n'y a pas d'autre mot.

Une ardoise d'écolier prévenait qu'on devait commander à un guichet. J'ai attendu qu'Isabelle et Angeline reviennent (« Marbre rose et robinets en or », a dit Isabelle), nous avons choisi des sandwiches au jambon et au fromage et j'ai passé ma commande à une jeune serveuse en coiffe et tablier blancs (« Toastés ou non ? » m'a-t-elle demandé et, voyant que nous étions étrangers, elle m'a dit qu'elle nous les apporterait à table – admettez que vous êtes bien compliqués). De l'autre côté du guichet, dans une minuscule cuisine, une vieille dame pomponnée comme une mammie de livres pour enfants préparait les plats, avec ce soin et cette délicatesse dans la présentation de simples sandwiches qu'on ne connaît guère en France – rien à voir avec un bout de baguette jambon-beurre roulé dans une serviette en papier et servi sur un zinc douteux.

Une Saab, immatriculée en Suède, s'est garée sur le parking de *Mary's Cottage*. Une famille de Suédois, conformes à nos idées reçues : grands, blonds et sportifs. La peau dorée, les yeux clairs, la mère marchait d'un pas élastique. Le père avait ce regard et ce faciès presque hiératiques que produit, je suppose, l'association de l'intelligence, de la foi, de la réussite sociale et d'un corps en parfait état – soumis à un régime strict, élancé, aux muscles durs. Le respect et l'amour que vouaient les deux jeunes garçons (dix-huit et vingt ans environ) à leurs parents – ça sautait aux yeux ! –, était un peu étrange. Ils se sont installés à une table, ont commandé des salades composées et des Coca-Cola et, sitôt servis, ont déjeuné en silence, avec des gestes précis et rapides.

Je me suis comparé – je *nous* suis comparé à eux, et la comparaison n'était pas à notre avantage. Ces gens-là n'avaient pas hésité à entreprendre un périple qui m'aurait donné le tournis, qui m'aurait angoissé des mois à l'avance. Ils avaient pris un ferry pour le Danemark, un second pour traverser la mer du Nord, ils avaient visité l'Ecosse, le pays de Galles, la Cornouailles, Londres, Paris et peut-être l'Espagne.

– Des desserts ? a demandé la serveuse.

Nous avons dégusté un apple-pie couvert de crème fouettée. Puis nous avons fumé une cigarette en buvant notre café – un insipide café soluble.

Un moineau s'est posé sur la table et a picoré nos miettes de pain. Angeline s'est levée et a jeté des miettes de son apple-pie autour d'elle. Une volée de moineaux – véritable génération spontanée – s'est abattue sur la terrasse.

– Regardez ! a dit Isabelle.

J'ai assisté à cette chose incroyable que je vous raconte comme je l'ai vue. Isabelle a claqué des doigts et les moineaux se sont envolés. Elle a frappé des mains : les moineaux se sont posés près d'elle. Le manège a recommencé plusieurs fois.

– Comment tu fais, maman ? a dit Angeline.

– C'est un secret.

J'ai dit à ma femme que je ne lui connaissais pas ces talents de fée des oiseaux.

Angeline poursuivait les moineaux, essayait d'en

attraper un. Les oiseaux sautillaient, se réfugiaient sous les tables, s'envolaient au dernier moment. Angeline virevoltait, tournoyait sur elle-même, faisait sa folle. Le nez en l'air, elle a buté contre la table des Anglais – les Suédois étaient repartis. L'infirme l'a bousculée méchamment, en grognant. Angeline est tombée et a éclaté en sanglots. Isabelle a bondi, l'a prise par la main et a injurié les Anglais.

— Bande de cons! a-t-elle lancé. Non, mais tu as vu ça?

— C'est une mongolienne, ai-je dit.

— Ça ne les excuse pas! T'as vu leur gueule? Une sale gosse de Français mal embouchés, mangeurs de grenouilles, s'est permis de déranger ces messieurs-dames à l'heure du thé!...

— Ne t'énerve pas.

— Je-ne-m'é-ner-ve-pas!...

Angeline était déjà consolée, mais elle n'osait plus bouger. Je suis allé lui chercher son sac-panda dans la voiture. Elle s'est mise à jouer avec son jeu électronique.

— Tu vois, je les ai, mes gorilles! a-t-elle dit, les yeux encore humides.

— Ah! c'est vrai, j'avais oublié...

Angeline possède – possédait, je ne sais plus comment dire – un donkey-kong, vous savez ce jeu où un bonhomme doit monter tout un tas d'échelles pour délivrer une jeune fille prisonnière d'un gorille qui lance des barils.

Isabelle continuait de fixer les Anglais avec un tel mépris, une telle haine qu'ils ont dû s'enfuir.

— Salope! a dit Isabelle.

L'infirme s'est retournée, s'est courbée en deux, la main à la bouche, et a vomi longuement dans un buisson de roses.

A l'âge de douze ans, j'ai visité le zoo de Vincennes à l'occasion d'un voyage de quelques jours à Paris – visite à un oncle, ou mariage d'un cousin, peu importe. J'en ai gardé le souvenir d'un endroit puant et poussiéreux, laid et factice avec d'horribles rochers qui semblaient en carton-pâte et où se pourchassaient des singes au cul nu. A cette image s'associe le goût de gaufrettes huileuses et d'une glace à la vanille qui m'avaient rendu malade. Le logement où nous avions passé la nuit était exigu et étouffant – j'avais dormi sur un sommier qui sentait le vieux crin et la gorge me grattait.

Le zoo de Jersey est tout à votre honneur. Doucement vallonné, il paraît sans limites, les enclos sont dissimulés dans des bouquets d'arbres et les chemins sont bordés de haies d'escallonias, de buis et de troènes, et d'autres espèces encore dont j'ignore le nom. Bien que des flèches indiquent – oh! très discrètement, avouons-le – le sens de la visite, les gens errent au gré de leur fantaisie, reviennent sur leurs pas, les mêmes groupes se croisent dix fois en dix endroits différents à des heures d'intervalle, découvrent par hasard le vivarium des reptiles, la vallée et le ruisseau des grues, des hérons et autres échassiers, la mare aux canards, la maison des gorilles. Cette maison s'ouvre par des soupiraux sur un vaste enclos de plus d'un hectare, entouré d'un fossé dont le mur extérieur est en béton lisse, haut de trois ou quatre mètres. Un parapet à hauteur de poitrine d'un adulte se prolonge vers l'intérieur en s'incurvant. L'on doit se pencher pour voir les gorilles qui se promènent dans le fossé, au pied du mur. Mais ils sont rarement là.

La plupart étaient assis ou couchés au soleil, sur l'herbe rase.

— C'est lequel, Jumbo? a demandé Angeline.
— Difficile à dire, mon cœur, ils se ressemblent tous.
— Moi, je crois que c'est celui-là.

Angeline se tenait debout sur le parapet – je lui serrais fermement les hanches – et désignait le plus grand des gorilles occupé à éplucher un épi de maïs, près d'une femelle qui allaitait son petit.

Angeline s'est penchée. Elle a failli m'échapper.
— Attention! ai-je crié.
— Ce que tu peux être froussard, a dit Isabelle, tu la tiens, non?
— Je n'ai pas envie de mettre Jumbo à l'épreuve, ai-je dit. Et peut-être qu'il n'aime pas les petites filles...
— Incroyable comme ils ont l'air humain, a dit Isabelle, aucun doute, on descend du singe...
— Réflexion originale, ai-je dit.
— Je n'ai pas ton intelligence, a répliqué Isabelle.

J'avais des crampes dans les bras. Aucun enfant n'était debout, ni assis, sur le parapet. Soudain, j'ai eu vraiment peur.
— Bon, si on retournait voir les hérons?
— D'accord! a dit Angeline, et finalement ces gorilles ne sont pas très sympathiques.

Elle utilise souvent des mots qui ne sont pas de son âge. Je me souviens, par exemple, qu'en juin dernier j'avais soupesé son cartable et dit : « Qu'est-ce que tu mets là-dedans? du plomb? » Ce à quoi elle avait répondu : « Oui, je crois bien qu'il a atteint son poids maximal! » *Maximal*, vous vous rendez compte? Je suis convaincu – excusez-moi de revenir là-dessus – que ma fille est une enfant surdouée. *Etait* une enfant surdouée?... Entendons-nous bien : renonçons au passé... J'aime lui poser des questions qui flattent mon orgueil. « Est-ce que tous les enfants de ta classe lisent aussi vite et aussi bien que toi ? – Oh non ! Beaucoup sont obligés de suivre avec leur doigt et de faire comme ça, beu, beu, heu... – Et les garçons, ils sont meilleurs que les filles ? – Les garçons ? Ils sont écrasés ! E-cra-sés, je te dis ! – Et les meilleures, c'est qui ? – Facile ! Caroline et Anne-Marie. – Et toi ? – Ben oui, on est les trois premières. » L'instituteur me l'a confirmé : le niveau d'Angeline est exceptionnel. Isabelle refuse de l'admettre. « Si c'était une surdouée, ça se saurait... On les repère, ces gosses... On les isole, on les envoie dans des écoles spéciales. »

– Regarde, Ange, a dit Isabelle, c'est Jumbo, là, en bas, je crois...

– Je le vois pas.

– Penche-la un peu plus, toi ! Elle ne va pas te sauter des bras !

J'aurais voulu qu'Angeline ne se penchât pas. Isabelle l'a poussée. J'ai senti le sang refluer de mon visage. J'ai tellement serré ma fille que je lui ai fait mal. Elle a crié. Isabelle l'a giflée.

– Tu es folle ? ai-je dit.

– C'est toi qui est dingue ! Ne fais pas cette gueule ! Qu'est-ce que tu as cru ?

Je lui ai dit que je n'avais rien cru, que je ne croyais rien.

– Rien, ai-je répété, rien... Allez, venez, on continue.

Nous avons bu un thé à la cafétéria et acheté des biscuits qu'Angeline a jetés aux échassiers qui arpentaient les bords de l'étang et du ruisseau de la vallée. Isabelle a condescendu à déchiffrer avec sa fille les noms d'oiseaux et lui a expliqué le pourquoi des plaques gravées fixées aux cages ou aux grillages (John McMillan, Sydney... James Clarke, Edinburg, Scotland...).

— Ce sont les parrains des animaux... Ils ont versé de l'argent au zoo et grâce à cet argent le zoo peut nourrir l'animal qu'ils ont choisi de parrainer.

— Moi aussi, j'aimerais être la marraine d'un animal. De la panthère, tiens!...

— Prépare-toi à casser ta tirelire, ai-je dit, une panthère ça coûte cher, ça mange de la viande tous les jours... A ta place, je choisirais un serpent, ça avale une souris de temps en temps, une fois par mois, tout juste...

Vos pelouses sont vraiment magnifiques et nous avons toujours l'impression de transgresser un interdit, nous autres Français, quand nous y posons le pied.

Sur celles du zoo, des gens étaient assis, allongés, enlacés — un jeune couple, la jupe de la fille était remontée très haut...

Vous connaissez certainement la cage aux orangsoutans, cette construction de la taille d'une villa, une véritable cage cette fois — rien à voir avec l'enclos des gorilles —, aux barreaux épais, dotée d'une double protection qui empêche les visiteurs de s'en approcher à moins de deux mètres. Des panneaux rappellent aux téméraires que ces animaux sont dangereux — lettres rouges sur fond blanc. Des agrès — anneaux, cordes, échelles, barres fixes — emplissent le cube, le traversent, le sillonnent, forment une espèce de mobile géant que les orangsoutans mettent en mouvement, selon leur humeur — apathie ou fureur.

Il fallait certainement se méfier de ces animaux. Autant les gorilles étaient placides (ils se déplaçaient lentement, presque avec grâce, et regardaient les humains sans animosité, si l'on peut dire), autant les orangs-outans étaient menaçants, babines retroussées, l'œil mauvais, les poings serrés sur les barreaux.

– Ils sont pas beaux, a dit Angeline, j'ai envie de m'en aller.

– Attends un peu, a dit Isabelle, on dirait qu'il y en a un autre là-haut...

– Mais non, maman, tu rêves, c'est qu'un tas de foin.

Un groupe de Britanniques montrait du doigt le « tas de foin ». Ils le provoquaient et le sifflaient. On s'esclaffait, on suppliait, on riait de plus belle.

– Il est monstrueux, adorablement monstrueux! a dit Isabelle.

– Tu le vois?

– Je te dis qu'elle rêve, papa!

– Je monte...

La cage était à flanc de coteau et en suivant le chemin qui en faisait le tour on se retrouvait au niveau du toit. Nous avons accompagné Isabelle. Le « tas de foin » a bougé.

– Alors, qui avait raison?

Elle a siffloté. L'orang-outan a tourné la tête, menton baissé, sourcils froncés.

– *Hello dear!*

L'orang-outan a grogné.

– *Hello dear, come on!* a dit Isabelle.

L'orang-outan s'est dressé sur ses pattes postérieures. Les Anglais ont applaudi.

– Les cons! a dit Isabelle.

La bête était gigantesque – deux fois la taille de sa femelle, qui a levé un œil morne sur son mâle. Il était couvert de longs poils qui lui tombaient de chaque côté de la tête, sur les épaules, sur le dos, sur les talons, chevelure emmêlée, raide, crasseuse, couleur paille et feuille-morte, épais manteau, robe d'avocat – on aurait dit qu'il faisait des effets de manches.

– Eh ben dis donc, il doit avoir chaud! a dit Angeline.

– Il est magnifique, s'est extasiée Isabelle. Viens un peu par ici, mon gros loup.

– Elle parle au singe, papa!

– On se comprend, nous deux, hein pépère!...

Découvrant ses canines, le fauve a rugi et s'est jeté lourdement contre les barreaux de la cage. Nous avons reculé. Les Anglais ont poussé des cris de frayeur – en exagérant, bien entendu. L'orang-outan est resté accroché aux barreaux, le corps arqué, muscles bandés, à deux mètres de nous. Isabelle était fascinée.

– Vous ne trouvez pas qu'il a l'air d'un grand prêtre? D'un gourou?... Ou d'un sorcier? Je lui plais beaucoup... Tu m'aimes, mon chou?

– Elle est bête maman, hein papa?

– Idiote! a dit Isabelle.

Nous avons traversé la cour d'une ferme dont les bâtiments, d'époque victorienne, ont été transformés en remises et ateliers. Des employés en jeans et bottes réparaient des tondeuses et des tracteurs et déménageaient des sacs – de la nourriture pour animaux, je suppose.

Non loin de la sortie du zoo, Isabelle a eu son attention attirée par un petit édifice bas, couvert de tôles, un édicule qu'on aurait pris, en France – pardonnez-moi –, pour des pissotières. Les deux portes à chaque extrémité de la façade (« entrée » et « sortie ») étaient fermées par des battants en caoutchouc noir. Nous nous sommes approchés. Des visiteurs

entraient et sortaient – une minute plus tard, parfois moins – en se pinçant le nez. J'ai pensé à ces baraques de fête foraine où l'on expose des monstres – « la plus grosse femme du monde », « l'homme-tronc », « les sœurs siamoises »... – dont la vue est si déplaisante qu'on se dépêche de sortir.
– On y va ? a dit Isabelle.
– Qu'est-ce qu'il y a à l'intérieur ? a dit Angeline.
– Mystère !
– Des fantômes, a dit Isabelle.
– Ah ! j'adore les fantômes !

J'ai écarté les battants de caoutchouc qui protégeaient l'intérieur de la baraque de la lumière du jour et des courants d'air. L'obscurité nous a surpris. Angeline a pris ma main. Une fois que nos yeux se sont accommodés aux quasi-ténèbres, nous avons aperçu un grillage qui nous séparait d'un réduit éclairé par deux ampoules rouges.

L'odeur était épouvantable et ce d'autant plus qu'elle n'était pas identifiable. Ni fumier ni lisier, ce n'était ni l'odeur de viande pourrie, ni l'odeur de poisson en décomposition, ni celle de fosses d'aisances. Une odeur à vomir, en tout cas.
– Des chauve-souris ! a dit Angeline.
– Des vampires, a dit Isabelle, c'est écrit.
– Vampires de Rodrigue, a déchiffré Angeline. C'est quoi, « de Rodrigue » ?
– L'île de Rodrigue, dans l'océan Indien, je crois. Quelque part dans les pays chauds... Il fait au moins trente-cinq degrés dans cette baraque.
– Ils sont dégoûtants !
– Et affreux, ma douce.

Les vampires étaient pendus au plafond, tête en bas, seuls ou en grappes, ailes repliées – de temps en temps ils s'étiraient, déployaient les ailes et la fine membrane captait la lumière rouge.

Isabelle a tapé dans ses mains. Les vampires les plus proches se sont envolés silencieusement. Leurs yeux minuscules rougeoyaient.

— Papa, j'ai peur, a dit Angeline.

Moi aussi, j'en avais assez. A droite de la sortie, une notice expliquait le pourquoi de l'odeur. J'ai traduit pour Angeline. Savez-vous que ces vampires marquent leur territoire au moyen d'une glande, située sous l'épaule gauche, qui sécrète un liquide malodorant?

— Tu crois qu'on pourrait mourir si on restait là trop longtemps?

— Non, tout de même pas...

— Mais je croyais que les vampires c'étaient des gens comme Dracula qui sucent le sang en vous mordant là, dans le cou...

J'ai dit à ma fille qu'elle venait de voir de vrais vampires, que ceux des livres n'existent pas.

— Peut-être que ça existe... N'empêche, moi je voudrais pas être enfermée dans cette cage... Tu te rends compte, tous ces vampires qui viendraient boire ton sang?

J'ai ri de bon cœur et j'ai allumé une cigarette. Les pupilles dilatées, Isabelle nous a rejoints enfin.

— Quelles bestioles!... C'est ce qu'on a vu de mieux, dans ce zoo... Tu ne trouves pas qu'elles ressemblent à des idées noires?

Idées noires... L'image était juste... Des vampires qui marquent de leur odeur fétide chaque minute de votre vie... Pendus à l'intérieur de votre crâne... Je ris, excusez-moi... Savez-vous ce que je suis en train d'imaginer? Suggérer de transformer l'édicule en crâne humain. On entrerait par les trous de nez, on marcherait sur de la cervelle rose et mauve, et au-dessus, sous la voûte crânienne voletteraient de-ci, de-là, toutes ces idées noires. Et il se trouverait bien quelque visiteur pour observer que ce type-là – le propriétaire du crâne – a des araignées au plafond. Une expression française, j'ignore si vous en avez l'équivalent en anglais.

Le lendemain, nous avons tiré à pile ou face : ferions-nous le tour de l'île dans le sens des aiguilles d'une montre, ou l'inverse ?

Vous prétendez jouir d'un microclimat et c'est vrai. Ce n'est pas de la publicité mensongère si j'en juge par le temps qu'il fait depuis... Depuis.

Nous avons emporté nos maillots de bain, le jeu de badminton et le ballon d'Angeline.

La veille, nous nous étions couchés de bonne heure. La journée avait été exténuante, parce que bien remplie : les quatre heures de route, l'hydroglisseur, le transfert à l'hôtel, la promenade, la visite du zoo, un dîner copieux.

– Quelles belles vacances nous passons, n'est-ce pas, papa ? m'avait dit Angeline avant de s'endormir.

Cette phrase est – comment dire ? – typique de la manière de s'exprimer d'Angeline. De ses lectures, elle retient des paragraphes entiers et vous sort, comme ça, tout de go, un élément de dialogue.

A dix heures du matin, la circulation atteint son apogée, dans le centre-ville. Je me suis demandé si je ne ferais pas mieux de prendre ces rues étroites qui s'enfoncent dans les docks et qui mènent à l'Esplanade. Isabelle m'a dit qu'il y avait certainement des sens interdits et qu'on jouerait au jeu de l'oie.

– Retour à la case départ... Te complique pas la vie... David Place on connaît, passons par là...

Nous avons échoué au beau milieu du quartier commerçant, avec ses rues piétonnes. Bath Street, Queen Street, King Street... J'ai promis aux filles qu'on viendrait s'y promener, le soir.

— Tu m'achèteras un bijou, papa?
— Sûr... Des boucles d'oreilles.
— Et un bracelet!
— C'est ça, a dit Isabelle, toute une quincaillerie...
— Quelque chose qui ne va pas?
— Pourquoi ça n'irait pas?

Le carrefour de l'Albert Pier et de Conway Street était embouteillé mais personne ne manifestait la moindre impatience. La courtoisie des automobilistes britanniques n'est pas une légende et ici, sur l'île, vous l'avez élevée au rang de vertu nationale.

En roulant vers l'ouest sur l'Esplanade, que continue Victoria Avenue, j'ai ressenti une espèce de jubilation intérieure née, je pense, de la diversité. Un nouveau paysage m'émerveillait : je découvrais une station balnéaire, grande ouverte sur le ciel et la mer, blanc sur bleu, blanc sur vert, vert sur bleu, hôtels bâtis sur les collines, drapeaux et oriflammes claquant au vent, pelouses d'un vert cru, chaises longues laquées dont le bois blanc scintillait, cabriolets rouges décapotés conduits par des jeunes femmes, hommes coiffés de chapeaux de brousse au volant de Range Rover, vieux couples endimanchés déambulant sur la promenade – sérieux comme des huissiers – et, sur la grève (la marée était basse et la Manche s'était retirée à perte de vue), les champignons bleu marine des parasols sous lesquels des bébés à la peau blanche maniaient la pelle et le seau et tentaient de reproduire dans le sable les murs d'Elisabeth Castle au sec sur son rocher, face au port de Saint-Hélier.

Nous nous sommes arrêtés un moment. Au bas du mur de défense, des filles bronzaient qui avaient ôté leur soutien-gorge et roulé leur slip sur leurs hanches.

Nous avons quitté la baie de St. Aubin en bifurquant vers la pointe de Portelet et au-delà, le long de St. Brelade's Bay, nous attendait – autre paysage – un délicieux bocage. Cachées derrière leurs haies, des maisonnettes laissaient entrevoir un volet, un portillon, un pan de toit, une vigne vierge.

J'ai lu sur la carte qu'un peu plus loin vous avez une prison (La Moye) et ce mot « prison » – qui évoque des geôles, des serrures, des bat-flanc pouilleux – m'a sur le coup paru tout à fait incongru, comme si votre île vivait hors du temps (à la place des filles aux seins nus j'aurais mieux vu des cabines et des baigneuses en maillot à volants), aussi incongru que la disparition d'Ang... Pardon, j'ai beau essayer de rester objectif, parfois c'est plus fort que moi, le souvenir de ma fille me submerge et on n'a pas le droit de s'abandonner aux vagues, de respirer à fond... Mais qu'est-ce que je raconte? Excusez-moi.

– Il y a beaucoup de monde dans cette prison? a demandé Angeline.

– Peut-être deux ou trois voleurs de bicyclette...

– Pourquoi des voleurs de vélo?

– Je n'en sais rien, mon cœur... Je disais ça comme ça... Parce que voler une bicyclette, qui plus est sur une île, ce n'est pas bien grave.

– Je ne vois pas pourquoi ce serait moins grave sur une île qu'ailleurs, a dit Isabelle, c'est idiot ce que tu dis là.

– Je me comprenais...

– Eh ben tant mieux.

— Vous n'allez pas vous disputer ? a dit Angeline.
— On se dispute, nous ? Tu rêves, ma fille ! Ton père récrivait le Code pénal, un point c'est tout.

Je vous l'ai dit, il ne faut pas prêter attention aux remarques acerbes de mon épouse.

La pointe de Corbière est un endroit de rêve. Ses rochers trapus, son sémaphore et son phare, sa dune râpée, constituent, en quelque sorte, un trait d'union entre le monde civilisé de St. Aubin's Bay et l'immense grève de St. Queen. Propice à un débarquement. Les Allemands ne s'y étaient pas trompés. Les dunes sont truffées de blockhaus et le mur de défense — j'aime bien votre expression *sea wall*, mur de mer — plus impressionnant qu'ailleurs. Et l'on devine, même par beau temps — ce jour-là l'air était chaud et immobile —, la puissance des vents dominants. Ce flanc ouest est ouvert aux tempêtes et la plaine qui le prolonge serait inondée aux grandes marées, n'était le mur, votre *sea wall*. Au fait, que signifie le terme *mielle* ? Marais ? Ça sonne joliment, la Mielle de Morville...

Avez-vous déjà remarqué que dans tous les pays la géographie détermine la sociographie ? Dans votre île, la répartition sociographique est on ne peut plus claire. Au sud — à l'abri, au soleil —, les hôtels de luxe, les salons de thé élégants et huppés, les magasins, les plages surveillées et aménagées ; au nord, les reclus, les sauvages, les artistes ; au centre et à l'est, les classes moyennes ; et à l'ouest — St. Queen's Bay où nous étions —, les classes inférieures qui pique-niquent dans les creux des dunes.

Nous avons voulu déjeuner dans un bar dont l'enseigne était avenante. Ce n'était qu'un boui-boui empestant le graillon, la bière rance et le tabac froid. On y servait des hamburgers et des sandwiches qui graissaient le papier sulfurisé dans lequel les enveloppaient – à la chaîne, une véritable usine – des filles mal fagotées et vulgaires.

Nous sommes revenus à Corbière. Dans une camionnette rouge, un jeune homme en veste et toque blanches lisait un magazine.

– On dirait un marchand de glaces, comme dans Aggie, a dit Angeline.

Le jeune homme s'est levé à notre approche. De chaque côté de la planchette qui tenait lieu de comptoir, des panneaux multicolores étaient accrochés. Il les a montrés du doigt, croyant que nous ne parlions pas anglais. Angeline a choisi une glace à l'italienne, alléchée par la publicité – un énorme tortillon de glace à la vanille planté dans un cornet qu'un petit garçon hilare tenait à deux mains.

– J'en voudrais une comme ça...

– Un moment, a dit le jeune homme.

Il a mis le moteur de la camionnette en route.

– Pourquoi il part? a dit Angeline.

– Il ne s'en va pas... Elle croit que vous partez, ai-je dit en anglais.

– Pour faire du froid, a dit le jeune homme, le frigo est branché sur le moteur. S'il ne tourne pas...

Il a mimé l'embarras de quelqu'un qui verrait fondre sa glace – yeux écarquillés, bouche ouverte, cri de désespoir. Angeline a ri.

Nous avons attendu cinq bonnes minutes, assis sur un banc. Près du sémaphore, deux soldats venus en Land Rover tendaient un fil de fer entre deux poteaux en ciment. Quelle que soit leur nationalité, les occupations des militaires en temps de paix sont un mystère pour le profane. Un fil à linge, dites-vous? Tout simplement, oui, pourquoi pas.

La marée montait et ne tarderait pas à recouvrir

la chaussée pavée qui menait au phare. J'ai pensé que j'aimerais vivre dans cet endroit.

— Ce que ça m'énerve quand tu souris aux anges, m'a dit Isabelle, on se demande de qui tu te fous.

— De moi-même...

Nous avons pris trois glaces à l'italienne. J'ai jeté le bout de mon cornet à des moineaux qui picoraient à deux pas du banc. Isabelle a recommencé son manège du *Mary's Cottage*. Elle a claqué des doigts. Un goéland — surgi du néant? — a plongé et avalé le bout de gaufre. Les moineaux se sont dispersés, au désespoir d'Angeline. Elle a brisé en morceaux ce qu'il restait de son cornet — dégoulinant de glace — et les a donnés aux moineaux. J'ai tenu le goéland en respect. Il a protesté, l'animal, éructant des cris rauques, cou tendu vers moi.

Nous avons continué notre promenade. Le jeune homme dans sa camionnette rouge nous a adressé des signes d'amitié. Angeline lui a répondu, à genoux sur la banquette.

9.

Pierre...

Ecoutez, je n'en peux plus. J'en ai assez. Tout se brouille. Je suis incapable de me rappeler où nous sommes allés cet après-midi-là. Je suis incapable de retrouver la chronologie de nos tours de l'île. Qu'avons-nous fait le mardi, le mercredi, le jeudi? Et puis ça sert à quoi? Des détails, des détails... J'aurais oublié un détail? Quel détail? Nous n'étions que des touristes, des gens ordinaires, nous avons visité l'île dans le sens des aiguilles d'une montre. Oui, des aiguilles d'une montre... Ça vous étonne? Curieux, hein? Un indice, à votre avis?... Mais non, je ne m'énerve pas. Voyez, je suis calme, très calme... Je fume calmement, je raconte calmement... Mais oui bien sûr je comprends votre insistance... Mais comprenez-moi, vous aussi. Parler d'Angeline, comme si de rien n'était, comme si rien ne s'était passé, comme si elle m'attendait, là, de l'autre côté du mur, son ours dans ses bras ou jouant avec son donkey-kong, ça me rend fou. Cette île est infernale. Nous avons tourné en rond pendant quatre jours. Tourné en rond autour de l'hôpital souterrain. L'hôpital souterrain... La cible... Ne se trouve-t-il pas au centre de l'île ? Exactement à mi-distance de l'ouest et de l'est, pas tout à fait à égale distance du nord et du sud. Cet hôpital souterrain, c'est le sexe d'un corps humain. Au milieu de la largeur, mais pas au milieu de la hauteur... Qu'en pensez-vous ? Vous vous en foutez, hein ? Vous avez le beau rôle, écouter tranquillement, pendant que je passe tout ça au tamis, que je transpire à essayer de vous dégotter des pépites... Ah! ça me revient, après les glaces à la vanille, on s'est cassé le nez contre la porte d'un hôtel-restaurant qui faisait aussi salon de thé. *Closed*... Un peu tordue, votre rigueur horaire. Quatorze heures trente, terminé pour le déjeuner, plus de sandwiches... Et le salon de thé n'ouvre qu'à seize heures et attention on ferme à dix-sept heures... Bref, on a pris un thé et des buns chez l'habitant. C'est sympa, ce système, et ça leur fait un peu de fric, aux gens, en même temps qu'ils voient du monde. D'accord, d'accord, je me calme... Ensuite, je crois bien qu'on a longé la côte nord, là où les chemins sont enfoncés, où les talus sont si élevés qu'on a envie, tout en conduisant, de se dresser sur son siège pour apercevoir l'horizon. Permettez-moi cette parenthèse : je déteste la montagne parce qu'il n'y a pas d'horizon. Le regard a besoin – mon regard, en tout cas – de se raccrocher à une ligne horizontale... Le nord est secret, enfermé sur lui-même, difficile d'accès, dressé contre les éléments, à l'abri de la lumière. Le nord de votre île m'avait mis mal à l'aise. Les maisons y sont en embuscade. Et ces jetées qui s'avancent dans les rouleaux et l'écume ? Y abordent des vedettes rapides qui viennent prendre livraison des enfants volés...

Avec soulagement, j'ai retrouvé une baie – une

fenêtre ouverte sur une ligne d'horizon. Deux fenêtres : St. Catherine's Bay et la Royal Bay of Grouville, séparées par le mamelon de Gorey et son château de Mont Orgueil, là-haut. Quel jour l'avons-nous visité? Le mercredi ou le jeudi. Pas le mardi, j'en suis certain, il était trop tard. Le mercredi ou le jeudi, en fin d'après-midi. La lumière était rasante. Je me souviens des ombres de joueurs de tennis – enfin, ce tennis de plage qui se joue avec des balles molles et des raquettes de trois sous – sur la pelouse du glacis. De Mont Orgueil nous avons franchi tous les seuils, gravi toutes les marches, visité toutes les chambres – Angeline n'avait guère apprécié les personnages en cire qui figurent les anciens occupants des lieux, visages figés sur des sourires narquois ou machiavéliques.

– Papa, j'ai un peu peur, m'avait-elle dit.
– Peur de quoi? Quelle idiote! avait dit Isabelle.

Nous avons pris le thé un peu partout : au *Secret Garden* – je vais vous épater, j'ai appris par cœur leur publicité : *Jersey cream teas, home made cakes, scones, a delightful tea garden set in the most beautiful surroundings on Gorey Common* –, à la ferme aux papillons – Angeline y avait acheté, avec son argent de poche, un *P. demoleus* et un *C. melaneus* sous verre –, dans les jardins de Samarès Manor, *Home of herbs-a-plenty, a garden of delights*.

La visite guidée du manoir de Samarès commençait à onze heures. A onze heures moins le quart, une vingtaine de personnes attendaient devant l'entrée. A onze heures précises la porte s'ouvrit. Deux dames – une petite brune à lunettes et une blonde bien ronde aux yeux rieurs – firent « Hello! », encaissèrent le prix de la visite et divisèrent le groupe en deux. On nous pria de nous joindre au groupe de la dame blonde. Elle portait un tailleur très chic et des bijoux en or. Je la pris pour la maîtresse des lieux, héritière dans le besoin, consentant à ouvrir ses portes au *vulgum pecus* afin de payer les notes de chauffage et d'électricité. Mais à quelques-unes des réflexions ironiques sur la famille des propriétaires, je compris qu'elle n'était qu'une concierge appointée. Le moindre domestique, chez vous, a plus de classe que la plus grande bourgeoise, chez nous.

Angeline et Isabelle s'ennuyaient ferme. Je leur traduisais les choses les plus intéressantes. Sir John, à l'âge de quatre-vingts ans, épouse une jeunette de vingt ans – sourire entendu de la dame blonde. « Voyez son portrait à ma gauche. » Visage de garce. « Elle a dû l'épuiser en moins de deux, le vieux crabe », dit Isabelle. « Qu'est-ce que tu dis, maman ? – Rien, rien, ça ne t'intéresse pas. » Le petit salon, le grand salon, piano à queue, photos, tableaux, meubles des années 20 et 30, boiseries d'acajou, *walnut panels* et *lime carvings*, maquette du yacht de sir John, plus beau que celui de Sa Majesté la reine, ambiance Fitzgerald sur fin d'empire colonial, armée des Indes et guerre des Boers. Isabelle s'assit au creux d'une bergère et la dame blonde la fusilla du regard. Sans se départir de son sourire, elle dit : « On est prié de ne pas s'asseoir, la moquette est d'époque, elle a été posée en 1932, voyez la qualité. » Pour faire plaisir à la dame, on s'extasia sur cette étendue vert Nil que des pieds royaux avaient foulée. « Jusqu'en 1930, les terres autour du manoir n'étaient qu'un marécage insalubre. Sir John fit drainer et remblayer le marais et un architecte dessina les merveilleux jardins que vous allez découvrir en sortant. Ne manquez pas le jardin oriental et n'oubliez pas la ferme. »

— La ferme! c'est ça, ferme-la! dit Isabelle. Je ne peux pas blairer ce genre de bonne femme. T'as vu son regard quand j'ai posé les fesses sur son canapé? On aurait cru que je venais de m'asseoir sur les genoux du prince de Galles ou du duc d'Edimbourg. J'en ai plein le dos, on sort.

Dans l'escalier, nous croisâmes le deuxième groupe. La dame brune nous sourit aimablement et un vieux monsieur tapota la tête d'Angeline. A l'extérieur, au pignon ouest du manoir, une flèche indiquait le chemin d'une crypte.

— Ah! voilà quelque chose d'intéressant, dit Isabelle.

— C'est quoi une crypte, papa?
— Une sorte de cave où on enterre les morts.
— J'ai pas tellement envie d'y aller.
— Eh bien! n'y allons pas.

Nous attendîmes Isabelle.

— Bof, il n'y avait rien à voir, dit-elle. Quels baratineurs! Une crypte! Une bonne cave à vins, oui!

— Il n'y avait pas de morts, maman?
— Pas la queue d'un.

Elle s'esclaffa.

— La queue d'un mort, c'est drôle non?

Nous nous promenâmes dans les allées du jardin de curé — j'aime bien votre expression *walled garden*, jardin muré — où poussent et où sont entretenues des milliers de variétés de fleurs et de plantes aromatiques. Angeline lut sur une étiquette qu'une plante que l'on prend, chez nous, pour une mauvaise herbe, était en réalité du géranium sauvage, recommandé pour les maux d'estomac.

— Tu pourras t'en faire, papa, et tu n'auras plus mal à l'estomac.
— Son estomac, c'est dans la tête, dit Isabelle. Ça vous va, comme ton ?

— *C'est très bien, dit le policier, continuez comme cela. Vous ne me donnerez jamais assez de détails. N'ayez pas peur, nous avons tout notre temps.*

Je vous l'ai précisé, je crois, il n'y avait pas un nuage. Nous avons décidé de déjeuner à Samarès Manor. Sur la terrasse, toutes les places à l'ombre – ou qui bénéficiaient d'un parasol – étaient occupées. Nous nous sommes assis en plein soleil. Sous la chaleur, les herbes développaient leurs fragrances et nous nous serions crus en Provence. La réverbération du soleil sur la table blanche était insoutenable. Angeline n'avait pas de lunettes de soleil. Je lui ai prêté les miennes, bien qu'elles fussent trop larges. Elle en a coincé les branches sous ses barrettes.
— Ouf, ça va mieux, papa. Je peux ouvrir les yeux.
C'était moi qui larmoyais. Je plissais le front, je mettais mes mains en visière, j'essayais de fixer l'ombre des cuisines où officiaient des jeunes filles en tablier vichy à carreaux rouges et blancs.
— Vous me tapez sur les nerfs, vous deux, a dit Isabelle, pour une fois qu'on voit le soleil !
D'un geste brusque, elle a arraché les lunettes d'Angeline, lui tirant sur les cheveux.
— Tiens, reprends-les, tes lunettes.
Isabelle a donné les siennes à Angeline. Des lunettes immenses à l'abri desquelles elle a pu cacher ses larmes.
— Tu as l'air d'une star, ma douce, ai-je dit.

— C'est vrai ?
— Puisqu'on te le dit ! a coupé Isabelle.

— *On vous a peut-être suivis ? a suggéré le policier.*

Suivis ? Qui nous aurait suivis au clos de la Mare, le vignoble de la famille Blayney ? Qui nous aurait suivis jusqu'à la Shire Horse Farm ? Nous comptions faire un tour en voiture à cheval. Mais Jack, l'étalon, dans un mouvement d'humeur, avait rué, le matin même. Le fermier était hospitalisé à Saint-Hélier : commotion cérébrale.
— Papa, c'est lui le méchant cheval ?
Le dénommé Jack était puni : on l'avait attaché dans une stalle. Il avait l'air mauvais.
Suivis ? Pendant qu'Angeline luttait avec un chevreau ? Dès qu'elle posait la main sur le front de l'animal, il poussait, arc-bouté sur ses pattes postérieures, et Angeline, riant aux larmes, tentait de le repousser, des deux mains, bras tendus.
Quelqu'un nous aurait suivis dans les champs où l'on cultive la lavande ?
Un monstre qui préméditait d'enlever Angeline nous aurait observés, badauds parmi d'autres badauds, dans les rues du parc d'attractions de St. Regent ?
Nous avions fait le sacrifice d'y aller, pour Angeline qui supportait avec beaucoup de gentillesse les vieilles pierres, les paysages et les jardins. J'ai l'air de supposer qu'elle s'ennuyait. Rien n'est moins sûr. Sacrifice, disais-je, parce que nous supposions – et pour une fois nous étions d'accord – que là nous respirerions la poussière, l'odeur des fish and chips et celle, écœurante, de la nougatine chaude, que le

fracas des manèges nous vrillerait la cervelle. Mais Angeline avait le droit aux plaisirs de son âge.

Nous avons pris le téléphérique. La cabine se balançait. Isabelle n'a pas du tout aimé cela. Au-dessus du vide, j'ai pensé – c'est bizarre, n'est-ce pas – que notre fille n'avait personne avec qui partager ses joies et ses peines. J'ai eu envie d'un autre enfant.

Angeline voulait tout voir, tout essayer. A ma grande surprise – je ne lui connaissais pas cette témérité – elle n'a pas hésité à descendre le toboggan géant, à genoux sur un sac de jute muni de sangles que les gosses tenaient comme des rênes – ils devaient avoir l'impression de chevaucher un poney, ou un dragon. Ils hurlaient, et Angeline n'était pas la dernière à pousser des cris, lorsqu'ils franchissaient les bosses et que le sac se cabrait.

Êtes-vous déjà allé dans la maison aux maléfices ? Vous avez beau vous dire que vous vous trouvez dans un parc d'attractions, l'angoisse vous prend à la gorge quand on vous encorde sur un banc et qu'on referme la porte. Les grincements, les bruits de chaîne, les lamentations des fantômes sont caricaturaux, mais au moment où la maison bascule, vous riez jaune. Vous vous agrippez à la main courante, vous bandez vos muscles et vous vous préparez au vertige. Et bien sûr, vous comprenez que la maison ne bascule pas. Ce sont les murs qui tournent. Le banc sur lequel vous êtes assis est un point fixe.

— Je ne retournerai pas là-dedans, a dit Isabelle, quelle saloperie de truc.

— Formidable, a dit Angeline.

Elle imaginait le succès qu'elle aurait à la rentrée des classes en racontant cette aventure à ses amies.

Nous avons visité l'aquarium, la chambre aux ombres – où votre silhouette reste inscrite sur les murs –, nous avons plongé nos mains dans un bouquet d'étincelles froides, Angeline a fait plusieurs tours de moto miniature, nous avons assisté à un spectacle de clowns et que sais-je encore. Ah! j'oubliais : Angeline a disparu un long moment dans la maison de Tarzan. J'ai eu peur qu'elle ne soit prisonnière de ces tunnels de bambous et de cordes. Je me suis déchaussé et je suis allé la chercher.

— Tu as vu cette idiote, a dit Isabelle, elle fait sa folle comme les autres.

— Essayez de vous rappeler des visages, a dit le policier. N'avez-vous rien remarqué ? Un visage qui devient familier parce que vous l'avez aperçu plusieurs fois.

Un visage ? Je revois celui de ce vieillard à la peau transparente, aux muscles avachis, aux épaules courbées qui se baignait près de nous, à la Pulente. Son nez pelait. Ses fins cheveux blancs flottaient au vent. Il nageait dans les rouleaux. Assise sur un fauteuil de plage contre le mur du slipway, sa femme en capeline et maillot une pièce l'observait tout en tricotant. Nous partagions avec eux un bon kilomètre de sable fin. Les gens préfèrent les plages de l'Ouest, plus abritées, Grève d'Azette et St. Clement's Bay, par exemple. Angeline et moi, nous jouions au badminton. La peau bleuie, le vieil homme sortait de l'eau, se séchait méticuleusement puis se tenait debout, mains aux hanches, face à la mer. Il était longiligne, n'avait pas de fesses. Son caleçon de bain bâillait. Parfois, le volant de badminton atterrissait à ses pieds. Il attendait qu'Angeline vînt le chercher. Il le lui tendait en murmurant des compliments et sa femme souriait béatement. Le mercredi, ou le jeudi, je ne sais plus, j'engageai la conversation. Il parlait quelques mots de français. Il était retraité de la Royal Air Force, il avait fait la campagne de France après le débarquement. Il s'occupait de l'entretien d'un club de vacances de la R.A.F. et bénéficiait ainsi du vivre et du couvert. Il aimait la mer et les baignades. Il aurait enlevé Angeline? Allons donc...

– Je n'ai pas dit cela, rétorqua le policier. Nous cherchons de la matière. Il y a sûrement d'autres visages. Un effort, Mr. Roussel...

Oui, le visage poupin du maître d'hôtel, ses joues rondes et glabres d'Indien, ses cheveux noir corbeau, ses mains fines et déliées, ses hanches féminines et, pardonnez-moi, son œil de biche, pour compléter le tableau. L'*Imperial Hotel* est un établissement étonnant. C'est le monde occidental à l'envers. Les maîtres d'hôtel et les chefs de rang sont indiens, ou pakistanais – des immigrés, en tout cas –, et dirigent, avec courtoisie mais fermeté, des Britanniques bon teint qui sont bien loin d'avoir leur classe, leur éducation. Sans doute ces Indiens ont-ils été formés dans des grands hôtels de New Delhi, à moins qu'ils n'aient vécu, enfants, au service de plénipotentiaires anglais. Vous pensez que mon imagination galope un peu trop? Accordez-moi que cet hôtel respire l'exotisme et ce nouveau cosmopolitisme né du tourisme de masse qui produit des images discordantes. Se mélangent la bourgeoisie anglaise qui s'habille pour dîner et le Français ou l'Allemand moyens en tenue négligée –

short et tricot de corps –, ces gens qui font une marque chaque soir, sur leur bouteille de rosé de crainte qu'on ne leur en vole une gorgée, dans les cuisines. Le maître d'hôtel aux yeux de biche, nous l'avions surnommé Gandhi – ce n'est pas très original, je vous le concède. Il adorait Angeline. Chaque matin, il lui demandait : « Tu as bien dormi, mon chou ? » – *my honey*. Angeline apprit à prononcer *my honey*. Isabelle n'appréciait guère.

– Il a une gueule d'obsédé sexuel, votre Gandhi. Et puis ces gens-là brûlent les veuves.

Notre serveur attitré – également indien ou pakistanais – était très foncé de peau, presque noir, avec des yeux de jais, brillants et immenses. Maniaque, il possédait un sens aigu de l'étiquette de la table et vérifiait sans cesse la bonne disposition des couverts. Angeline inventa un jeu pervers : elle inversait couteaux et fourchettes et le serveur, haussant les sourcils, se précipitait. Nous l'avions surnommé Verriott. En effet, quand il posait les plats sur la table, il mâchouillait deux mots que j'eus quelque difficulté à comprendre : *very hot* – très chaud.

Voilà d'autres visages. Vous êtes content ?

– *Ne le prenez pas ainsi, dit le policier. Croyez-vous que cela m'amuse d'enregistrer tout ce que vous racontez ? Un flic est comme un prêtre : son métier est d'écouter.*

Insinuez-vous que je suis coupable ? Je ne me confesse pas, monsieur. Je vous obéis. En votre compagnie, je me mire dans les vitrines des bijoutiers et je m'étonne du prix des villas dont les photos encadrent les entrées des agences immobilières. C'est incroyable : la moindre bicoque vaut un million de livres, un milliard de nos centimes.

— *On blanchit beaucoup d'argent à Jersey. La finance représente près de 40 % de l'activité économique de l'île. Si jamais cela vous tente, les banques embauchent... Allons, je suis sûr que vous ne m'avez pas tout dit.*

Soit, je vais vous dire deux mots du livre que ma femme a acheté, jeudi soir je crois, à la maison de la presse du port de Gorey. On peut traduire le titre anglais par : « Ces îles hantées, l'histoire de la sorcellerie dans les îles Anglo-Normandes. » Vous voulez des détails, eh bien, je vous en donne.

Je vis Isabelle prendre ce livre, écrit en anglais, sur un rayon, parmi les journaux.

— Quelle drôle d'idée, m'étonnai-je, tu lis l'anglais, maintenant ?

— Je prendrai un dictionnaire, je me débrouillerai. Je ne suis pas aussi godiche que tu crois.

— J'ignorais que tu t'intéressais à la sorcellerie.

— Tu ignores beaucoup de choses.

— Je peux acheter des bonbons, papa ? dit Angeline.

— Non ! dit Isabelle.

— Prends ce que tu veux, dis-je à Angeline.

— Tu as vraiment le chic de me contredire.

— Des chewing-gum aussi, papa ?

— Tout ce que tu veux, ma douce.

— Bonjour les caries, dit Isabelle.

— Bof, c'est mes dents de lait, dit Angeline.

Elle choisit un assortiment de gommes, de colliers, de fils, de trucs et de machins pleins de colorants.

— De temps en temps ça peut pas faire de mal, hein papa ?

Elle divisa ses friandises en deux parties égales

qu'elle répartit dans ses poches et dans son sac-panda. La caissière s'impatientait. Je payai le livre et les bonbons. Isabelle m'arracha le livre des mains et le fourra dans son sac de plage.
— Calmée ? lui dis-je.
— *Bye-bye now*, dit la caissière.
— Salut, connasse, dit Isabelle.
— Vous n'êtes plus fâchés ? dit Angeline.
— On ne l'a jamais été, dis-je.

— *Ce livre est un best-seller dans les îles. Vous vous souvenez de la couverture ? Non ? Permettez-moi de vous la décrire. La lune, pleine dans un ciel noir, éclaire des nuages gris et blancs, sorte de flammes qui semblent sortir d'un amas de roches en forme de feuilles d'acanthe. Acculée contre ces rochers, au centre d'un cirque où elle s'est elle-même enfermée – où le Malin l'a menée après une longue poursuite à travers champs –, une jeune fille en robe blanche, aux reflets verdâtres sous la clarté lunaire, se tient assise, une jambe pliée sous elle. A bout de souffle, résignée, elle attend l'assaut du monstre. Il est dessiné de trois quarts dos. On ne voit pas son sexe long et courbé sur lequel, pourtant, on ne peut en douter, les yeux de la victime sont fixés. Bien que représenté avec tous les attributs de l'imagerie populaire – pattes de bouc, cornes, barbiche, langue fourchue, crête de coq – le Malin ne donne aucune envie de sourire. Pour lui, l'illustrateur n'a utilisé qu'une seule couleur : le rouge. Ma description est-elle fidèle ?*

Je ne sais plus. Je suis fatigué. Ma tête se vide. Que vous dire de plus ? Que le vendredi matin Isabelle était enjouée... Qu'à la différence des autres jours elle avait établi un programme précis ?

— De onze heures à midi et demie une heure, on visite l'hôpital souterrain. Lunch à Samarès Manor. On t'achètera des lunettes de soleil, Angeline. Bronzette à la Pulente, thé et buns au *Ceylan Cottage* de Corbière, retour à l'hôtel, douche et shampooing, bref on se pomponne, dîner en tenue numéro un et bal rétro. Ça vous va?

— Chouette! a dit Angeline.

Isabelle a écarté le rideau et regardé le ciel par-dessus l'immeuble de l'école de danse où les élèves, invisibles, dansaient les claquettes sur un air de comédie musicale américaine.

— Pas un nuage, quelle chance, a-t-elle murmuré.

Puis elle a ajouté, à voix haute :

— Et si je te mettais ta robe blanche, Angeline?

— Maintenant, parlez-moi de l'hôpital souterrain, dit le policier.

— Non, ça je ne le peux pas.

— Monsieur Roussel, je vous en prie.

— Je vous ai déjà tout raconté.

— En êtes-vous certain?

— Vous ne voyez pas que je suis en train de crever?

— C'est une terrible épreuve, je sais... Vous ne vous sentez pas bien? Attendez... allongez-vous.

Pierre Roussel se renversa dans son fauteuil, pâle comme un mort. Le policier appuya sur une touche de l'interphone et appela son assistante.

— Peggy? Ellington. Le Français s'est évanoui dans mon bureau. Apportez un cordial et demandez au toubib d'à côté de passer. S'il est libre. S'il est occupé, ça attendra. Mon client est tombé dans les pommes, rien de plus. Mais je ne voudrais pas avoir d'histoires.

10.

Ils passèrent l'après-midi du dimanche dans les locaux de la police, comme prisonniers du bureau d'Ellington, reliés à Angeline par tous les fils que tissaient les policiers, impressionnés par les coups de gueule du capitaine, souriant lorsqu'il souriait, crispés quand ses traits se durcissaient – et cela arrivait de plus en plus souvent : les témoignages sans valeur s'ajoutaient les uns aux autres, les détectives s'énervaient et les rapports qui s'empilaient sur le bureau d'Ellington ne valaient guère plus qu'une rame de feuilles blanches.

Du vent.

Allait venir le temps du corps à corps avec le chagrin. « Ma pauvre Isabelle, qu'est-ce qui nous arrive ? Qu'est-ce qu'on a fait au Bon Dieu pour mériter ça ? » Il ne le dirait pas. Il se heurterait à un mur. Agrippé aux aiguilles d'une horloge, il pendait au-dessus du vide. Et le vertige tendait un drap blanc (« Linceul, suaire », pensa-t-il) entre eux et leur avenir. Intolérable avenir. Ils devaient prendre – ils allaient prendre, ou tout à l'heure : « Nous aurions dû prendre », Pierre ne se décidait pas – l'hydroglisseur de 18 h 15. A l'*Imperial*, on leur avait demandé s'ils gardaient la chambre. Elle était louée à partir du lendemain, *mais compte tenu des circonstances* – toujours l'euphémisme des circonstances, ou « de circonstance », pensa Pierre – on s'arrangerait. Chez le loueur de voitures, on lui avait dit de garder la Corsa, on verrait plus tard pour les papiers, c'était si peu de chose face à un tel événement. Tous se mettaient dans la peau des parents et frémissaient d'horreur. Tous étaient capables de s'identifier à Pierre et Isabelle, mais personne ne pouvait imaginer la suite. L'avenir sans Angeline. Leur vie continuant après. Oui, il y aurait désormais un *avant* et un *après* Angeline. Ils ne prononceraient plus son prénom. Ils diraient : « Tu te rappelles, c'était avant... Jersey. » Ou ils ne diraient rien. Le mutisme s'était déjà installé. Plus encore que l'angoisse du chagrin, de l'obligation de vivre avec – le chagrin qui accompagnerait l'abattement, deux rongeurs que la révolte contenait pour l'instant dans leur trou –, était intolérable le silence. Non pas que ressasser le malheur et le bonheur, éponger l'un avec l'autre – grand coup de torchon des moments heureux sur le miroir en deuil –, leur eût été d'un grand secours. Mais, pensait Pierre, un couple normal aurait tenté d'exorciser sa peine. Au lieu de cela, ils s'éloignaient, chacun de son bord. Angeline s'était noyée au milieu du fleuve et ils nageaient vers les rives opposées. Ils poseraient le pied sur le sable humide et, sans se retourner, marcheraient vers la lisière d'une forêt luxuriante, fourmillant de pièges, de cris perçants et de grincements rauques de perroquets qui répéteraient : « Ne vous inquiétez pas, elle reviendra » et « Angeline! Angeline! » Pierre sut d'où venait cette image : des clients de l'étude, anciens coloniaux, possédaient deux perroquets du Gabon qui voletaient de chêne en châtaignier en criant : « Pompidou! Pompidou! » Il chercha à briser le silence. Il chercha en vain des mots susceptibles de réveiller Isabelle.

— Rien! dit Ellington.

Manches retroussées, col ouvert, l'officier de police s'assit à son bureau. Lui aussi il cherchait des mots. Il cherchait ce qu'il aurait pu oublier.

— Rien! répéta-t-il.

Il se secoua, comme quelqu'un qui se serait assoupi au beau milieu de l'après-midi, au cours d'un repas d'affaires ou d'une conférence soporifique.

— Je ne comprends pas. Nous avons passé l'hôpital et ses environs au peigne fin. Promené les chiens partout. Sondé les murs. Exploré les puits... Et vous, qu'avez-vous décidé?

Il était seize heures trente.

— Prends le bateau, dit Pierre, moi je reste un jour ou deux.

— Tu me laisses tomber comme une vieille chaussette?

— Pas du tout, mais...

Mais, aurait-il aimé ajouter, Angeline est ici, *ici*, à Jersey.

— Il faut que l'on reste, que l'un d'entre nous reste ici. Je suis le seul à pouvoir rester. Tu ne parles pas l'anglais.

— Tu me vois débarquer à Saint-Malo? Maintenant cette histoire est dans les journaux, on en a parlé à la radio, à la télé... Ces journalistes qui ont téléphoné, ils vont me sauter dessus... Sans compter les curieux, les copains, les collègues et les flics français.

— *Les flics français*, releva Ellington, j'ai pris contact avec eux.

— Isabelle, regardons les choses en face. Si je repars avec toi, ce soir, c'est pour revenir le plus tôt possible. Tu le sais bien, on ne peut pas...

« Laisser Angeline toute seule », ajouta-t-il intérieurement.

Isabelle hocha la tête, baissa les yeux.

— On ne peut pas partir, murmura-t-elle.

Elle se redressa.

— Il faut faire les valises, dit-elle, les bagages... Il faut plier bagage...

— Alors? demanda Ellington d'une voix étonnamment douce.

Pierre dit qu'ils allaient partir ensemble, qu'il reviendrait seul dans deux ou trois jours, qu'il aimerait que quelqu'un conduise sa femme à l'*Imperial* prendre les valises et qu'Ellington s'occupe de la Corsa.

Après le départ d'Isabelle, le policier se détendit et ferma la porte de son bureau. Il prit la place qu'occupait Isabelle deux minutes auparavant, donnant ainsi à l'entretien qui allait suivre un ton moins officiel, plus cordial. Il avança la main et serra le genou de Pierre.

— Il nous reste près d'une heure et demie... J'ai fait mon boulot... J'ai fait mon boulot, n'est-ce pas?

— Tout à fait, dit Pierre, je n'ai rien à vous reprocher.

— A vous de faire le vôtre, maintenant.

— Comment cela?

— Parlez-moi de vous. Racontez-moi votre voyage à Jersey. Depuis le début. Nous allons enregistrer votre récit.

— Ça vous mènera à quoi?

— S'il vous plaît, monsieur Roussel, essayez de

vous concentrer. Reprenons depuis le début et n'omettez aucun détail. C'est dans le détail que se trouve la solution. Voyez-vous, le détail est notre pitance et nous n'en sommes jamais rassasiés.

Le policier enfonça la touche *enregistrement* du magnétophone. Pierre posa sa voix et, d'un ton théâtral, commença ainsi son récit :

— *Nous avions roulé quatre heures et nous avions vu le soleil se lever. En arrivant au port de Saint-Malo, je souriais, paraît-il.*

« *Pourquoi souris-tu ? m'a dit Isabelle, ma femme.* »

Etait-il allé jusqu'au bout du récit ? Il ne s'en souvenait plus. Il s'était évanoui. Ellington l'avait allongé sur la moquette. Il lui tapotait les joues.

— Ah ! Monsieur Roussel, vous m'avez fait peur. Le toubib d'à côté est absent, mais ça va aller, n'est-ce pas ? Tenez, buvez...

Pierre but une gorgée de scotch. Il se rassit dans son fauteuil. Il toussa.

— Ça va aller, dit-il. Qu'est-ce que vous allez tirer de tout ce que je vous ai raconté ?

— Vous ne m'avez rien dit, monsieur Roussel. Vous êtes resté à la surface des choses. Je le regrette. Mais tant pis. Je ne peux pas fracturer le coffre-fort, là, derrière votre front. Peu importe. Nous nous reverrons. (Il consulta sa montre.) Il nous reste un quart d'heure pour conclure. Nous sommes seuls, c'est mieux. Je préfère que votre femme n'entende pas ce que j'ai à vous dire. Je vous crois suffisamment armé, au plan psychologique – cette petite défaillance physique est normale, ces deux derniers jours ont été éprouvants –, pour partager mes réflexions et mes conclusions. Mes conclusions de policier. Pas celles du père, ni du grand-père que je suis. Je ne voudrais pas être à votre place. Je ne sais pas ce que je ferais. Je ne sais pas si je pourrais garder ce calme qui est le vôtre. Que vous m'insultiez ne m'aurait pas étonné. Mais je suis assez fin psychologue – c'est mon métier, aussi, la psychologie – et j'ai une idée de ce qui se passe, là-dedans, dans ce que j'appelle le coffre-fort. Examinons les choses posément, objectivement. Angeline... (c'était la première fois qu'Ellington usait du prénom) n'est pas à l'intérieur de l'hôpital. Cela signifie qu'elle en est sortie. Sur ce postulat, nous pouvons bâtir plusieurs hypothèses qui tournent toutes autour de la quasi-certitude du rapt. Primo, Angeline a été enlevée par un obsédé sexuel – il y en a ici comme ailleurs, mais sans doute moins qu'ailleurs, grâce à Dieu. Détraqué sexuel ou personnage en mal d'enfant. Une femme me plairait mieux, évidemment... Dans ce cas, Angeline est quelque part dans l'île, vivante ou morte. Et nous la retrouverons un jour. Vivante : plus ou moins indemne, moralement et physiquement. Morte : un jour des promeneurs tomberont sur un tas de vêtements, un corps, un squelette. Excusez-moi, ces mots font mal. Comment l'a-t-on enlevée? Le plus simplement du monde. Elle vous a perdu de vue dans la foule, on la bâillonne, on la couvre d'un manteau, sur le parking une voiture... On l'emporte. Droguée, assommée... Autre hypothèse : le ou les ravisseurs sont étrangers. Vous avez entendu parler, vous avez certainement pensé à ces trafics d'enfants qui défraient la chronique, de temps en temps. Jolies petites filles aux yeux bleus que l'on vend à des milliardaires sud-américains. Dans ce deuxième cas, Angeline n'est plus à notre portée.

Elle ne le sera jamais. N'est-ce pas l'hypothèse que l'on peut souhaiter ? Car, si nous la retenons, nous pouvons être certains qu'elle sera bien traitée. Elle sera, pardonnez-moi, choyée, dorlotée, aimée. Elle n'a que sept ans. Elle oubliera son enfance. Sur ce genre d'histoires, des romanciers ont brodé à n'en plus finir. Vous, ne brodez pas : n'espérez pas un jour la revoir. Il n'y a pas une chance sur un million.

Ellington se leva et fit quelques pas.

— J'ai fait mon boulot, mais j'aurais pu faire beaucoup mieux. Sans ce putain de droit coutumier, les choses se seraient passées autrement. Comme en France, comme en Allemagne, comme en Angleterre. En quelques minutes nous aurions tendu nos filets...

Ellington se cala dans son fauteuil, but une gorgée de scotch.

— Si vous ne voulez pas devenir fou, monsieur Roussel, n'espérez plus. A moins que...

Le policier croisa les doigts, frotta ses pouces l'un contre l'autre, fit tourner son fauteuil et regarda Pierre par en dessous.

— Vous savez, dit-il d'un ton un peu las, avant qu'on me donne mon bâton de maréchal dans l'île aux fleurs, ici, j'en ai bavé, à Londres et à Glasgow. J'en ai vu des vertes et des pas mûres. Alors...

— A moins que, avez-vous dit, reprit Pierre.

— Oui, à moins que ce ne soit vous.

— Nous quoi ?

— Vous m'avez deviné, ne faites pas l'imbécile. A moins que ce ne soit vous qui ayez fait disparaître votre fille.

— Votre troisième hypothèse ?

— Je suis un type modeste, l'imagination des

assassins est infiniment supérieure à la mienne. La seule différence entre nous, c'est qu'ils commettent des erreurs et moi pas, toute modestie mise à part. Non, monsieur Roussel, ce n'est pas *vraiment* une troisième hypothèse, sans quoi... Sans quoi je prendrais ma retraite, tout de suite, j'en ai le droit. On se revoit quand, monsieur Roussel ?

— Mardi ou mercredi, jeudi au plus tard.

On prévint Ellington qu'Isabelle était en bas. On allait les conduire au port.

— A bientôt, dit Ellington.

Il serra la main de Pierre et la garda dans la sienne un long moment.

II

RETOUR DANS L'ÎLE

11.

Le jeudi matin, Pierre revint dans l'île. Il refit le même chemin que dix jours auparavant. Il gara sa voiture sur le même parking, à Saint-Malo. Il prit le même hydroglisseur où il s'assit à la même place. Il louerait une Corsa rouge. Il avait réservé la même chambre, à l'*Imperial*. Il se sentait libre. Débarrassé d'Isabelle. Il s'en allait rejoindre Angeline. Il s'en allait mener sa propre enquête, à l'intérieur de lui-même, à l'intérieur d'eux-mêmes, au plus profond du couple qu'ils avaient formé, *avant*. Un couple qui n'existait plus, bien qu'aucune parole définitive n'eût été prononcée. *Parce que* aucune parole n'avait été prononcée. On perd la liberté de se reprendre quand on ne dit rien. Le silence est indivisible. Il ne se partage pas.

Au retour de Jersey, le dimanche soir, il avait mécaniquement accompli les tâches nécessaires à la remise en marche de la ferme : rouvert l'eau et le gaz, trié le courrier, vérifié que le réfrigérateur et le chauffe-eau fonctionnaient, mis une tarte au fromage au four. Il avait vidé les valises et rangé les vêtements. Isabelle s'était contentée de fumer, au salon, près de la cheminée.

La porte de la chambre d'Angeline était restée close. S'il avait été seul, Pierre se serait agenouillé près de son lit, aurait posé sa tête sur le drap rose et murmuré aux peluches : « Angeline reviendra bientôt, les amis. – Ouais, chouette ! » se seraient exclamés l'ours, la biche et l'orang-outan, dialogues de livres d'enfants dont l'armoire était pleine, répliques dignes des histoires que sa fille inventait. Mais la présence d'Isabelle le paralysait. Il craignait le haussement d'épaules, l'éternelle moue méprisante, le « c'est pas tes conneries qui la feront revenir ».

Sous un ciel mauve, la mer était un peu formée, grise et mate, plus solide que liquide, étendue métallique. Par contraste, les embruns que les patins de l'hydroglisseur projetaient contre le hublot semblaient incandescents. Soudain Angeline fut là, le nez contre la vitre. Il en avait pris son parti : elle apparaîtrait à l'improviste, n'importe où, venue de nulle part, fantôme qu'il appellerait à loisir et dont il apprendrait à ne plus avoir peur. Isabelle l'avait-elle apprivoisé, ce fantôme ? L'avait-elle épinglé sur son propre tableau noir ? Il pensa aux papillons noir et jaune achetés à la Butterfly Farm.

Le ciel se déchira. Le jour se levait. Porté par une exaltation morbide qui avait à voir avec ce voyage en solitaire, il s'imagina finissant ses jours dans l'île, statufié sur un rocher, les mâchoires crispées sur le rictus cynique du mortel impuissant qui maudit les dieux – fuite en avant du poète, « ils n'auront pas mon âme, les cent chevaux qui l'emportent se sont emballés ».

Dans les nuages soyeux de l'aube, il vit un rideau pourpre, qu'il écarta. Sur la scène, les personnages de son passé, y compris lui-même, le saluèrent. Il applaudit.

Qui, le premier, avait parlé mariage ? Ils étaient en fac de droit et de sciences économiques. Pierre avait eu sa licence. Il voulait se spécialiser dans le droit maritime, ce droit des îles, des terres inondées ou inondables, des sables mouvants, des domaniers qui héritent des polders comme de charges royales, ce droit magique, riche de mots rares – havres et rades, rivages intérieurs, lais et relais (*dépôts et alluvions publics ou privés selon qu'ils sont d'apport récent, postérieurs à la loi de 1963* – vanité du législateur qui entend mesurer et régir la respiration des mers et des océans). Pierre se voyait déjà avocat international. Il récrivait le code. Ses thèses faisaient jurisprudence. Il devenait le grand maître des eaux maritimes intérieures. Il échoua, verbe on ne peut plus approprié. Tout en le quittant, il restait par le verbe dans son domaine : les navires s'échouent, les épaves aussi. Il s'envasa dans le notariat. Isabelle s'assoupissait – autre épave ? – en troisième année d'Administration économique et sociale, un fourre-tout où s'étiolaient bon nombre d'étudiants pas trop fixés sur leur avenir et auxquels on demandait d'avaler, à grandes louchées, un ragoût indigeste, mélange disparate d'économie politique, d'histoire, de comptabilité, de langues et de droit public, toutes choses dont Isabelle se foutait éperdument. Elle attendait l'amour. Elle attendait un mec. Ce fut Pierre. Ils couchèrent ensemble dès le premier soir, dans sa chambre à elle. Elle aurait pu avoir un tas de types. Pourquoi lui ? Il ne s'était pas posé de question. Qu'ils se mettent en ménage semblait aller de soi. Ils ne se jurèrent pas un amour éternel. Pas même pendant son service militaire Pierre ne se laissa aller à ces déclarations que la séparation et l'écrit autorisent. Isabelle continua à picorer ses cours. Elle allait en fac comme on va au bois chercher du muguet : peu importe le bouquet pourvu qu'on se paie une bonne balade. Au lit, elle se donnait en dilettante. Ni froide, ni frigide : peu concernée. Et économe. « A la longue, ça pourrait s'user, si on en abuse », disait-elle. Pourtant, *ça* fonctionnait à merveille. Mais peu souvent.

Pierre tendit son passeport au douanier anglais qui lui dit : « Rien de nouveau, je crois, monsieur Roussel. » Il donna l'adresse de l'*Imperial* à un taxi.

Son évanouissement dans le bureau d'Ellington l'avait rendu en partie amnésique. Avait-il parlé d'Isabelle ? Non. On ne raconte pas sa vie à un flic. On raconte des actes, on n'expose pas ses sentiments.

Isabelle avait freiné tous ses enthousiasmes. Et lui, au contraire, n'avait jamais manqué de lui emboîter le pas quand elle exprimait ses désirs, voire quand elle ne les exprimait pas, sachant que c'était le seul moyen de redonner quelque couleur à leur vie. « Si on allait en Auvergne cette année ? » – l'Auvergne, il sentait qu'il y avait dans ce souvenir une signification cachée, il y reviendrait. « Mais oui, si tu veux. » Et là elle était heureuse, elle s'occupait de l'intendance...

– Votre hôtel, monsieur, dit le chauffeur de taxi.
– Excusez-moi.

Il régla la course. A l'*Imperial*, la scène du dimanche de leur arrivée se répéta. Les bagages près du standard, la chambre qui ne serait disponible que vers onze heures, la voiture de location à prendre chez Jersey Hire Cars.

— Des nouvelles? dit l'une des hôtesses.
— Aucune.
— Vous désirez *vraiment* la même chambre?
— Oui, dit Pierre.
Dans la salle à manger où il prit son petit déjeuner, le maître d'hôtel et le serveur (*Gandhi* et *Verriott!* il entendit Angeline prononcer ces surnoms) vinrent lui serrer la main, gravement.
— Pauvre petite fille, dit le maître d'hôtel en français, mais tout espoir n'est pas perdu, ajouta-t-il en anglais.
— Non, dit Pierre.
Il alla prendre la Corsa rouge, regagna l'hôtel et se fit servir un café au salon. Il retardait le moment de téléphoner au capitaine Ellington.

Ce qui lui avait plu chez Isabelle? Sa passivité, ce regard vague sur le monde, ce plumage lisse, cette superbe indifférence de félin en cage – il se rappela le zoo, il faudrait qu'il y retourne. Pourquoi en cage? Quelle cage? Un territoire à défendre?
Négative, à cause, justement, de sa passivité, Isabelle était aussi possessive. Du moins croyait-il qu'elle tenait à lui. Ils avaient décidé de se marier. *Décidé* : ce mot n'était pas le bon. Il n'en avait pas discuté, ni à demi-mot ni à mots couverts. Aucun mot ne convenait, donc. Un jour, Isabelle avait dit : « Je te propose qu'on passe devant M. le Maire le 13 juillet. Le soir, il y aura un feu d'artifice. C'est bien, non? Il faudrait peut-être songer à me présenter à tes chers parents. »
— Ma chérie, comme je suis heureuse! dit la mère de Pierre en toisant sa future belle-fille.
— Moi non plus, dit Isabelle.
Pierre frémit. La guerre était déclarée. Il avait

pourtant prévenu Isabelle : « Tu verras, ma mère n'est pas facile. Elle a son caractère. Mais ne l'écoute pas. Fais semblant de ne pas entendre ses vacheries. »

— Ce jean vous va à ravir, Isabelle. C'est bien votre prénom, n'est-ce pas ?... Mais j'ai l'impression que ça doit être un peu gênant, à la longue, ces vêtements trop serrés.

Isabelle jeta un coup d'œil circulaire sur la salle à manger et le salon.

— C'est joli, dit-elle, et ça revient à la mode. A Paris, il y a tout un tas de boutiques spécialisées dans ce genre de meubles des années 50. On appelle ça le style Galeries Barbès, non ?

— Hum, dit le père de Pierre, qu'est-ce que je vous sers comme apéritif, Isabelle ?

— Un doigt de porto blanc, minauda-t-elle.

— Ah ! je n'ai que du rouge.

— Ce sera très bien.

Très tôt, vers l'âge de treize ou quatorze ans, Pierre avait jugé ses parents, et il leur avait pardonné leur médiocrité dès lors qu'elle n'entravait pas ses libertés. « Libertés intérieures, comme les rivages », pensa-t-il. Un jour il sut compter et comparer avec les parents de ses copains d'école : il était un gosse de vieux. Un fils unique. Son père s'était marié à trente-trois ans à une femme de trente-cinq. Carrière dans les P.T.T. Receveur dans des bourgs de plus en plus gros au fur et à mesure qu'il gravissait la hiérarchie administrative et sociale. « La femme d'un receveur doit savoir recevoir », était le jeu de mots habituel de sa mère. Le fonctionnaire n'aurait pu rêver meilleure épouse. Elle portait les galons. Elle favorisa une carrière de pilier de bal des pompiers, de la police, de la Croix-

Rouge. Comble de félicité, ils furent admis dans les clubs aux dîners desquels elle approfondit ses connaissances de l'étiquette de la table. Pierre fut élevé sous les fourches caudines du dérisoire : « On n'interrompt pas les grandes personnes... Tu n'as pas demandé la permission de quitter la table... Ton couvert à poisson!... Et la cuiller à dessert, je l'ai mise pour les chiens ? » Gamin, il dessinait sa mère en minotaure femelle. Indéniablement, ses traits étaient chevalins et sa croupe large – ce qui ne la gênait pas, elle s'en glorifiait plutôt et s'en servait comme d'une arme dans les magasins où elle devait faire la queue avec le petit peuple. Et elle piétinait son époux, tout en gérant de main de maître les revenus du ménage. Ils avaient amassé un solide pécule : trois chambres de bonne, un appartement et la villa qu'ils occupaient depuis que le Receveur avait pris sa retraite. Plus des bons du Trésor et une rente viagère de la Caisse nationale d'épargne. Il fallait lui accorder certaines qualités : par exemple, l'art de transformer le vulgaire en « style », terme qui, dans son esprit, désignait une association harmonieuse – qu'elle trouvait harmonieuse – d'objets disgracieux. Ce Barbès des années 50, honni par Isabelle, on n'en aurait pas tiré mille francs dans une salle des ventes. Mais agrémenté d'un tapis rouge et or, de gravures anglaises dans des cadres en bois blanc teinté acajou, de statuettes et d'animaux en métal ou en porcelaine, d'une collection d'étains – qui lui venait de sa mère! –, de napperons amidonnés, la salle à manger (« Vernie au tampon! » précisait-elle. « Au tampon Jex! » aurait dit Isabelle) impressionnait le facteur et ces dames du club du Nouvel Age (une idée de la Receveuse qui avait banni le terme « troisième âge ») auxquelles elle s'évertuait à apprendre le bridge.

— Et vous-même, Isabelle, vous avez des frères et des sœurs ?

— Ni frères ni sœurs.

— Isabelle est orpheline, dit Pierre.

— Ah ? fit la Receveuse avec suspicion.

— Elle a été élevée par un oncle. Un colonel de l'armée de l'air.

— Ah bon ! dit la Receveuse, soulagée.

— Deux enfants uniques, dit le Receveur, j'espère que vous ne ferez pas comme nous. Il vaut mieux avoir plusieurs enfants.

— Qu'ils attendent d'en avoir les moyens ! dit la Receveuse. Quand Pierre aura acheté une étude, ils verront plus clair.

— Clerc de notaire, dit Isabelle.

— Comment ? Ah oui, clair, clerc, très drôle...

La Receveuse condescendit à sourire. Elle s'approcha de Pierre.

— Ton col ! Lorsque tu seras notaire, un col comme ça... Ah ! on voit bien que je ne suis plus là pour repasser tes chemises.

— Oui, faudra qu'on change de pressing, dit Isabelle.

— Vous n'aimez pas le repassage ?

— Ni aspirer, ni laver, ni balayer le plancher. Ni coudre, ni repriser, ni faire à bouffer. En vérité, à tous points de vue... ménagers, je suis une hérétique.

— Eh bien, mes enfants, vous allez très bien vous entendre. Pierre aussi, se fiche de tout. Seulement il avait sa mère... (Elle apostropha le Receveur.) Papa, tu aurais pu sortir les *beaux verres*, tout de même !

— Qu'importe le flacon, pourvu qu'on ait, vous connaissez la suite, plaisanta Isabelle.

Le Receveur et la Receveuse s'assirent du bout

des fesses dans la bergère Louis XV. Pierre et Isabelle prirent les sièges, moitié chaise, moitié fauteuil, très inconfortables. Ils allongèrent et croisèrent les jambes. La Receveuse n'apprécia guère le contraste de leurs jeans et de leurs Clarks avec le faux tapis d'Orient. On grignota des cacahuètes et des fruits secs. Sans avoir l'air d'y toucher, le Receveur se resservit un verre de porto.

— Raymond, ton foie! Dites-moi, Isabelle, avez-vous choisi votre robe?
— Quelle robe?
— Votre robe de mariage!
— Ecoute, maman, dit Pierre, nous.
— Pas de robe, je serai en tailleur.
— Ça se voit de plus en plus, avança prudemment le Receveur.
— Mais, à l'église!...
— Attention, dit Isabelle, s'agirait pas de s'égarer : on se marie à la mairie.
— Pas de mariage religieux? s'étrangla la Receveuse. Mais Pierre, qu'en pensera la famille?
— La question est réglée, maman : la mairie, deux témoins, quelques copains et vous. Point. Pas de tralala. D'ailleurs, on n'a pas de fric à foutre en l'air.
— Qui parle d'argent? Nous avons les moyens de faire les choses correctement, Pierre
— Tu penses bien, dit le Receveur.
— C'est gentil, mais il n'en est pas question.
— Pierre, réfléchis bien aux conséquences, dit la Receveuse d'un ton fielleux.
— Bah! si ça leur plaît, dit le Receveur.
— Toi, tais-toi!... Oh! non, c'est trop... Je ne m'en remettrai jamais!

Elle courut cacher ses larmes, hoquetant comme une fillette, « la walkyrie des sous-préfectures », pensa Pierre, avec ironie mais sans méchanceté. Il avait pardonné à sa mère les mornes dimanches de son enfance, ses chemises blanches, ses cravates, ses chaussures vernies, ses genoux poncés, ses ongles limés, ses heures passées à apprendre par cœur ses livres de classe quand ses petits camarades construisaient des cabanes dans les arbres ou pêchaient l'anguille dans le canal.

– Excellent, votre porto, dit Isabelle.

Le Receveur remplit les verres.

– Ça lui passera, dit-il.

La Receveuse revint, maquillée de frais.

– On l'applaudit? chuchota Isabelle. Quelle rentrée! quel jeu!

La Receveuse se redressa, examina ses ongles, se gratta la gorge. Elle allait livrer bataille.

– Pierre, mon cher Pierre, nous avons payé tes études, que tu as interrompues de ton propre gré, en limitant tes ambitions. Note bien, si tu deviens notaire... Enfin, tu n'as rien à nous reprocher. Nous avons fait les sacrifices nécessaires à ta réussite. Et bien que ta... fiancée travaille, je suppose...

– Secrétaire de direction dans un cabinet de recouvrements contentieux, dit Isabelle.

– Tu dépends un peu de tes parents, tout de même.

– Vraiment? dit Pierre.

– Libre à nous de te déshériter!

– Voyons, maman! protesta le Receveur.

– Voyons, maman! répéta Pierre sur le même ton geignard. (Isabelle avait allumé une cigarette et, ostensiblement, elle laissa tomber la cendre sur le tapis.) Tu parles à un futur notaire. « Je te déshérite », c'est une réplique de mauvais roman. Déshériter un enfant est quelque chose d'impossible, en droit français. Je suis ce qu'on appelle un héritier réservataire et sans vouloir t'infliger un cours de droit civil, je te signale que la seule part que tu pourrais distraire est la quotité disponible. Veux-tu que je te fasse le calcul?

— Pierre, voyons, ne devenons pas sordides, dit le Receveur.

La Receveuse avait accusé le coup. Soudain, Pierre eut envie de la blesser. De briller aux yeux d'Isabelle.

— Il n'y a qu'un moyen : tout vendre et croquer le fric. Encore faudrait-il que papa soit d'accord : sa signature serait indispensable pour aliéner les biens communs.

— Merci de me donner des idées. Et je parie que tu n'as pas songé au contrat de mariage.

— J'en ai rien à cirer du fric, dit Isabelle.

— Si nous revenions au point de départ? dit Pierre.

— Soit. Vous vous mariez à l'église?

— Pas question.

— Eh bien, dans ce cas vous vous marierez sans nous.

Isabelle se leva et écrasa son mégot dans le plat à biscuits apéritifs.

— On vous enverra un faire-part, dit Pierre.

— Vous verrez, ça ne vous portera pas bonheur! lança la Receveuse.

Pierre et Isabelle sortirent et montèrent dans leur voiture. Sur le seuil de la villa, le Receveur leur adressa un signe de la main.

— Je le plains, ton père, dit Isabelle.

— Ça t'ennuie, ce clash? Si tu veux...

— Quoi, céder? Plutôt crever.

Ça ne vous portera pas bonheur, se répéta Pierre. « Voyez, Angeline a disparu, je vous l'avais dit, ça ne vous a pas porté bonheur de *faire ça* au Bon Dieu et à ta mère », aurait dit la Receveuse si elle avait été en vie.

Pierre termina son café et alluma une cigarette. A l'*Imperial*, la clientèle s'était entièrement renouvelée. Rares étaient ceux qui restaient plus d'une semaine.

— La chambre est prête, monsieur Roussel, vint lui dire une des hôtesses.

Elle était jolie, Pierre était seul... La draguer? Il n'aimait pas ce mot.

Faire l'amour...

Le dimanche soir, ils s'étaient couchés, comme d'habitude — cette expression et ses variantes, *comme avant, comme dans le temps*, allaient devenir la pierre d'angle de ses pensées et le frappaient déjà ainsi que des reproches : comment continuer à vivre? dormir, manger, boire, regarder un film, travailler? — éloignés l'un de l'autre, se tournant le dos.

Le sommeil se fit prier. Pierre but un verre d'eau au robinet de la salle de bains. Il se recoucha tout contre Isabelle. Il posa sa main en conque sur son pubis. Elle lui caressa les doigts. Dans leur code amoureux, ce geste valait consentement. Mais Pierre ôta sa main et se retourna. Il n'avait pas — il n'avait plus — envie d'elle. Le corps d'Isabelle lui inspirait une espèce de répugnance mêlée de crainte, celle de souiller le souvenir d'Angeline, sentiment absurde qu'il ne sut s'expliquer.

Il affronta seul les journalistes français. Il eut au téléphone le greffier d'un juge d'instruction. S'ils portaient plainte contre X, une information serait ouverte. Mais cela donnerait quoi ? Rien. Rien de plus que la collaboration informelle qui s'établirait, en tout état de cause, entre Scotland Yard, la police officielle de Jersey et la police judiciaire française. Le juge se tiendrait informé. Il serait peut-être amené à les entendre, cela dépendrait du contenu de l'enquête de voisinage, « de routine », précisa le greffier. Pierre savait ce que cela signifiait : la gendarmerie ou le s.r.p.j. fouillerait, fouinerait dans leur passé, dans leur vie privée, dans leur vie professionnelle. Et un paquet de feuillets dactylographiés serait expédié à Saint-Hélier.

À l'étude, on le pressa de questions et il dut raconter les circonstances de la disparition d'Angeline. La sympathie qu'on lui témoigna le surprit et le toucha. Merkel, son associé, le prit à part. Ils se tutoyaient. Ils avaient le même âge. Et ni l'un ni l'autre ne correspondait à l'image d'Epinal du notaire de province, habituellement représenté sous les traits d'un vieux barbon poussiéreux et hypocondriaque, rusé et près de ses sous. Merkel exprimait dans sa façon de s'habiller l'ambiguïté de son personnage : veston en tweed et nœud papillon, jeans et bottes. Bien qu'il n'eût pas renié ses convictions d'ex-militant du p.s.u., c'était sans provocation réelle qu'il arborait l'oriflamme de sa fonction : les nœuds papillons, qu'il collectionnait, prouvaient son allégeance à l'establishment et les bottes étaient ses racines. Le nœud papillon rappela à Pierre les papillons d'Angeline – il n'en avait pas fini avec ces coups de flash de la mémoire qui le laissaient hagard.

Merkel lui donna l'accolade.

– Mon pauvre vieux, quelle tuile !... Je ne t'ai pas appelé, je pensais que... Agnès a essayé d'appeler Isabelle, ça sonnait toujours occupé.

— On avait décroché le téléphone.
— Comment prend-elle ça ?

La question désarçonna Pierre.

— Elle est comme quelqu'un un lendemain de cuite. Mal foutue. Un peu dans les vapes.
— Groggy, quoi.
— Oui, à peu près ça.
— Agnès compte passer la voir à la ferme.
— Ça lui fera plaisir.
— Et toi, tu tiens le coup ?
— J'ai un moulin à café dans la tête et je mouds, je mouds. Je ne sais plus ce que je mouds. Et question boulot...
— Qui parle de bosser ? Déconne pas, Pierre. Je présume que tu vas y retourner.
— Oui, le plus vite possible.
— Une gosse si intelligente. Pauvre Angeline...
— Ne dis pas ça. Pas toi. Ne dis pas pauvre Angeline.
— Excuse-moi... Tu as bien dû t'en rendre compte, on ne sait pas quoi dire.
— Personne ne sait. Et Isabelle ne dit rien.
— Le choc. Méfie-toi, elle pourrait... Il vaudrait mieux qu'elle aille se reposer quelque part, non ? Si tu veux, notre studio à Cannes est libre.
— Merci. Je le lui dirai.
— Et pour le fric, te bile pas, on s'arrangera. Je peux faire tourner l'étude pendant quelques semaines. Ça ne changera rien aux résultats.
— Tu es bien placé pour savoir qu'on ne manque pas de fric.
— C'est vrai, j'avais oublié. Quelle série noire ! Tes parents, Angeline... Ah ! merde, je ferais mieux de la boucler. Tu repars quand ?
— Jeudi matin.

Le fric. Il avait hérité de ses parents. Dix, vingt ou trente ans trop tôt, selon que l'on gratifiait ou non le Receveur et la Receveuse d'une espérance de vie supérieure à la moyenne. Par rapport à la statistique, ses « espérances » – bel euphémisme notarial et bancaire – s'étaient concrétisées à un âge où, normalement, il aurait dû « suer sous le burnous » (expression du Receveur qui disait *burnousse*) en lorgnant, si ça avait été dans son caractère, du côté du magot des vieux.

Ils s'étaient mariés à la mairie. La Receveuse n'était pas venue. Le Receveur, au mépris des sanctions d'abord promises, puis à coup sûr appliquées heure après heure, jour après jour, semaine après semaine – repas froids, grève des courses, autoflagellation du style : « Mon fils unique m'a reniée, je ne mourrai pas en paix » – avait accepté l'invitation. Il s'était amusé comme un fou, allant jusqu'à dire : « Un condamné à perpète, quand on lui donne un jour de permission, il a intérêt à en profiter ! » Ensuite, ils prirent l'habitude de se voir à l'extérieur, dans une brasserie, en terrain neutre. Deux années s'écoulèrent. Angeline vint au monde. Extasié et ému, le Receveur apporta un somptueux bouquet de lys à la maternité.

Trois ans plus tard, une veille de la fête des Mères, il débarqua chez son fils. A quelques détails qui surprenaient de sa part (une barbe de trois jours, une chemise au col douteux ouvert sur une aigre odeur de transpiration, un pantalon qui tirebouchonnait) Pierre sut qu'il disait la vérité : la Receveuse se mourait. Elle voulait partir en paix avec sa conscience. Il fallait qu'ils viennent, tous les trois, l'embrasser une dernière fois.

Chambre 402. Il posa sa valise et son sac de voyage sur le lit d'Angeline. Il mit sa montre à l'heure locale. Il pétrit les gadgets qui avaient amusé la fillette – l'échantillon de shampooing, la brosse à chaussures miniature, la charlotte de bain, le nécessaire à couture... Les mêmes objets étaient à la même place, le temps recommençait. Angeline avait fourré tout cela dans son sac-panda. En avait-il parlé à Ellington ?

La valise et le sac sur le lit lui parurent tout à coup sacrilèges, susceptibles de contrarier le retour d'Angeline si par bonheur elle se matérialisait là, en réponse à un souhait, à un claquement de doigts, à une prière confuse et coupable.

Il ouvrit la fenêtre à guillotine. Angeline s'était penchée, à leur insu, derrière le rideau de velours. Il ressentit un effroi rétrospectif. Le carreau était levé et aucune protection ne séparait Angeline du vide. Il aurait mieux valu qu'elle tombât. Par chance, elle aurait atterri sur le toit d'une voiture ou sur l'auvent de l'entrée. Elle aurait été blessée. Ils seraient rentrés en France. Ils n'auraient pas visité l'hôpital souterrain.

Appel d'outre-tombe, les notes de la comédie musicale américaine furent frappées au piano, de l'autre côté de la rue. *One, two, three, four*... Tap-tap-tap-tap-TAP-TAP... L'école de danse. Dix jours auparavant, cette musique avait évoqué en lui un groupe d'adolescentes en justaucorps de couleurs vives, bas roulés à mi-cuisse, cheveux noués en chignons négligés, attentives aux ordres de leur professeur, une femme qui aurait ressemblé à une Isabelle de cinquante ans, maussade, cigarette au bec, méprisante.

A ce tableau se surperposa une image, réelle celle-là, qui lui serra le cœur et dont il se demanda pourquoi elle avait attendu son retour dans l'île pour renaître dans sa mémoire. Angeline à l'école de danse de l'Amicale laïque. En collants blancs, pull rose et petits chaussons à pompons, jouant le lapin qui grignote une pomme de pin argent et or – on répétait le spectacle de Noël –, calquant ses mouvements sur ceux de sa voisine, embrassant à la fin du cours la jeune fille fluette et souriante – ravie d'enseigner la danse, elle réalisait un rêve modeste –, courant vers lui, le seul homme parmi une dizaine de jeunes femmes, gêné qu'on puisse le suspecter de voyeurisme – ces petites filles en culotte de coton et chemise courte auraient pu tenter plus d'un malade mental.

Il défit la sangle de son sac, tira la fermeture Eclair, et le premier objet qu'il vit, posé sur sa trousse de toilette, fut le livre *Haunted Islands* (Iles hantées). Il ne se souvenait pas l'avoir emporté.

Malgré les persiennes mi-closes, une fine couche de poussière était bien visible sur la table de la salle à manger (« Vernie au tampon! » pensa-t-il). En regard des lois ménagères édictées par la Receveuse, cela signifiait l'abandon le plus total. Elle devait être au plus mal. Sans aucun doute possible.

Le Receveur parlait à voix basse, marchait à pas feutrés, adoptait les gestes protocolaires et empruntés de la famille du défunt qui reçoit les voisins. Flottait dans l'air une odeur fade de fleurs fanées et d'eau pourrie, de tiges et de feuilles gluantes en déliquescence au fond d'un vase. A ces relents se mêlait l'haleine écœurante de la chambre : effluves de cire chauffée au soleil et gras remugle d'un malade fiévreux sous de lourdes couvertures.

Là, les persiennes étaient bien closes. La pièce était éclairée par deux bougies – la Receveuse avait sorti ses bougeoirs en étain, ceux des grandes occasions –, une sur chaque table de chevet, encadrant la moribonde. Mains jointes, jambes serrées, pieds dressés (Pierre se souvint de son professeur de gymnastique suédoise, au lycée : « Les pieds dans la ligne du corps, z'êtes pas des macchabées, nom de Dieu ! », et il retint un rire nerveux), simplement vêtue d'une chemise de nuit en pilou rose délavé, la Receveuse respirait faiblement, pâle, le nez pincé.

– Qui c'est la dame ? dit Angeline.
– C'est ta mammie, dit Pierre, elle est très malade.
– Voyez dans quel état elle est, chuchota le Receveur. Tout ce qu'elle désire, maintenant, c'est que vous l'embrassiez et...
– Et ?
– Et que vous lui disiez « bonne fête, maman ». Après, elle pourra partir en paix.
– Partir ? dit Pierre. Qu'en pense le médecin ?
– Oh ! le médecin !...

Isabelle toussota. « Allons-y puisqu'il le faut », lut Pierre dans ses yeux. Il se pencha sur sa mère, lui embrassa la joue.

– Bonne fête, maman.

Isabelle s'exécuta à son tour. Ses lèvres effleurèrent le front de sa belle-mère.

– Bonne fête, bonne maman.

Comme si elle rendait son dernier souffle, la Receveuse soupira et bredouilla :

– La petite...
– Embrasse ta mammie, dit le Receveur.
– C'est ta maman à toi, papa ? dit Angeline.
– Oui.

— Mais je la connais pas !

La Receveuse allongea un bras alangui et saisit la main d'Angeline. La fillette recula. Elle voulait de toutes ses forces échapper à la poigne rêche de cette vieille femme, mais la Receveuse tenait bon. Les nerfs à fleur de peau, Isabelle souleva sa fille et l'obligea à s'incliner, lui cognant le front contre la pommette de la Receveuse. Angeline eut mal et pleura.

— J'espère que ce n'est pas héréditaire, dit Isabelle.

— Quoi donc ? dit Pierre.

— Cette dingomanie...

La Receveuse souriait aux anges, paupières baissées. Ils se retirèrent sur la pointe des pieds. En prenant bien garde de ne pas choquer les « beaux verres », ni de faire tinter le bouchon de la carafe, le Receveur leur servit un doigt de porto.

— Je voudrais un jus d'orange, dit Angeline.

— Ah ! je n'en ai pas.

— Un svepse alors, insista la fillette.

— Tais-toi ! dit Isabelle, on s'en va dans une minute.

— Qu'est-ce qu'elle a exactement ? dit Pierre.

— On ne sait pas trop, dit le Receveur.

— On se tire ? dit Isabelle. On a fait notre b.a., ça doit suffire, non ?

La porte du couloir claqua dans leur dos. Ils se retournèrent tous en même temps.

Pimpante dans une robe printanière, maquillée et parée de ses bijoux en Fix, la Receveuse se tenait sur le seuil de la salle à manger et tapotait ses cheveux blond-rose. Puis elle fit son entrée : en quelques pas alertes, elle vint s'asseoir près du Receveur, dans la bergère, et déclara d'une voix enjouée :

— Ah! mes enfants, vous m'avez ressuscitée!

Piquée au vif, Isabelle laissa choir son verre sur le plateau en bois gravé – un cerf à l'heure du brame sur fond de montagnes et chalets.

— Vieille salope! dit-elle.
— Tu n'aurais pas dû monter ce coup, dit Pierre, ça n'a rien arrangé.

Il tourna les talons. Isabelle avait déjà franchi la porte d'entrée, Angeline accrochée à sa jupe.

— Pierre! cria la Receveuse.
— Pierre, voyons, revenez! se lamenta le Receveur.

Isabelle prit le volant.

— La garce, elle me paiera ça!
— Je plains mon père.
— Ah! tu le plains? Eh bien pas moi! Il était complice. Un parfait comparse. Un vrai con! Un vrai guignol qui a marché à fond dans la combine.

Elle éclata de rire.

— Quelle comédie! C'est pas vrai, un truc comme ça! Non mais tu te rends compte? Bonne fête, bonne maman!... Ça, ça ne s'invente pas...

A six semaines de là, la Receveuse mourut subitement, sur un trottoir, alors qu'elle faisait ses courses : rupture d'anévrisme. A peine eut-elle été enterrée que le Receveur développa un cancer du foie qui l'emporta en moins de trois mois. Il passa de vie à trépas aussi discrètement qu'il avait vécu. Quand le moment fut proche, les infirmières l'aidèrent à traverser. Il s'endormit pour l'éternité branché sur un goutte-à-goutte, « comme le mannequin de l'hôpital souterrain, le teint aussi cireux », pensa Pierre.

La Receveuse n'avait pas mis ses menaces à exécution quant à la succession. Pierre hérita de la totalité des biens. Il garda les chambres de bonne et vendit l'appartement, la villa et les meubles. Avec l'argent, ils achetèrent la ferme dans les bois.

La salope, elle me paiera ça... La salope ou *la garce*, il ne savait plus. Pour la première fois depuis la disparition d'Angeline, Pierre pensa, à contrecœur, qu'Isabelle pouvait porter malheur. Cependant, sa menace, extrêmement banale – dans la vie de tous les jours, combien de fois prononce-t-on cette phrase? « Le salaud, il me paiera ça!» –, n'avait été, en quelque sorte, que le simple pendant de la malédiction de la Receveuse : « Vous verrez, ça ne vous portera pas bonheur! » Il se secoua. Il se flattait d'être pragmatique et agnostique – un homme de droit, un homme des textes que l'on n'interprète pas –, se moquait des superstitions populaires, aussi n'allait-il pas, comme une bonne femme crédule dans la détresse, embrasser les mirages de l'irrationnel. S'il était revenu dans l'île, c'était pour se battre, pas pour délirer.

Le téléphone sonna. Le journaliste de c.t.v., William Rault, et Ellington l'attendaient au bar de l'*Imperial*. Il les rejoignit. Ils allèrent déjeuner dans un pub de Queen's Street. Ellington avait retenu une table à l'étage. Ils purent converser, malgré un embarras diffus qu'aucun d'entre eux ne leva. Rault montra à Pierre une affichette (une photo d'Angeline et un appel à la population) qu'ils se prépareraient à tirer à dix mille exemplaires et à coller un peu partout avec l'accord du connétable. On aurait dit qu'il voulait se faire pardonner son impuissance et celle des autorités de l'île. A l'inverse, sans prendre de gants, Ellington répéta à Pierre qu'il devait se préparer à vivre le restant de ses jours avec ce chancre dans le cœur. Et Pierre, quant à lui, était incapable d'expliquer son espoir. « L'espoir, capitaine, un vague espoir, c'est tout. » La pudeur lui interdisait de se confier plus avant à ces deux hommes. Ne l'aurait-on pas pris pour un imbécile, ou pour un fou, s'il avait confié qu'il désirait demeurer *près d'Angeline* ? Qu'il entendait un appel qui lui commandait de rester, d'ouvrir grandes ses oreilles, de guetter à l'entrée de l'hôpital ? Il vivrait dans l'île aussi longtemps qu'il le faudrait.

— Méfiez-vous, dit Ellington, vous allez être la cible de tout un tas de cinglés qui risquent de vous rendre maboul. Et encore heureux que vous soyez français : vous n'intéressez pas la presse à sensation britannique, ses lecteurs ne peuvent pas s'identifier à un couple d'étrangers, mais...

Pierre se fichait de ces journaux. En France paraîtraient des articles farfelus, du style : « Le couple maudit divorce... Pierre et Isabelle n'ont pas résisté à l'épreuve : leur amour a volé en éclats sous le choc du malheur. » Il fut surpris d'avoir pensé *divorce*. Son subconscient lui jouait-il des tours ?

Il ne parla ni du livre sur la sorcellerie, ni de la mort du Receveur et de la Receveuse, ni des vampires du zoo, ni de l'orang-outan, ni des papillons, ni... Il se donna l'ordre d'arrêter l'énumération baroque. Pourquoi son cerveau cherchait-il un rapport insensé entre l'énorme singe en peluche d'Angeline, qui occupait la moitié de son lit de côté, à la ferme, et les gorilles et les orangs-outans du zoo de Jersey ?

Soutenir la conversation en anglais le fatigua. Il ne fit plus d'effort et se contenta de répondre par des onomatopées et des hochements de tête. Ses pensées étaient ailleurs.

– A bientôt, dit Ellington en prenant congé.

Pierre paniqua. Comment l'entretien s'était-il conclu ? Avaient-ils pris rendez-vous pour le lendemain ?

– A bientôt, et merci, dit-il.

Il rentra à l'*Imperial*, se brossa les dents, prit les clés de la Corsa et se rendit à l'hôpital souterrain.

Il se gara sur le parking, le plus loin possible des autres voitures, et regarda le trou de souris dans la colline.

12.

Au creux de l'hiver, la ferme était sinistre quand soufflaient les tempêtes de noroît. Les platanes qui gardaient l'entrée de la cour devenaient lépreux. Leur écorce prenait une teinte jaunâtre ocellée de taches brunes, mauvaise transpiration qui disparaissait comme par miracle au printemps. Contre le mur d'enceinte, les feuilles mortes de la hêtraie s'accumulaient, se déplaçaient au gré des bourrasques, crissaient sous le vent d'est ou de nord, pourrissaient sous les lourdes pluies de décembre, se désagrégeaient, formaient tout autour des bâtiments un cercle d'humus noirâtre que Pierre dégageait à la pelle en mars ou avril et transportait dans une brouette jusqu'aux hortensias qui bordaient l'allée. C'était l'époque où il louait un compresseur et nettoyait au jet la verdissure des murs et la mousse gluante qui recouvrait les dalles des terrasses. Le soleil achevait le travail. Dire qu'ils attendaient le printemps et ce grand épouillage des scories hivernales ne serait pas exact. Ils aimaient la solitude et la paix sous les ciels gris. Certes, Pierre admettait volontiers que la ferme et son site déserté n'attiraient point leurs amis, sauf en été où il organisait des barbecues géants sous les hêtres – on installait des planches sur des tréteaux, on s'extasiait de la familiarité des merles et des grives, on trouvait la salle de la ferme délicieusement fraîche, mais on osait, de temps à autre, un : « Dites-moi, Pierre, en hiver ça doit tout de même être moins gai, ici », et on ne revenait pas sans avoir été invité. Lorsqu'il lui avait fait visiter les lieux, Isabelle avait manifesté un bel enthousiasme, si tant est qu'on puisse nommer ainsi l'absence de réactions négatives. Elle avait même énuméré des arguments : beauté architecturale des bâtiments, arbres magnifiques, passé et âme de ces vieux murs. « Et puis c'est un site ! » Il n'avait pas très bien compris ce qu'elle avait voulu dire. Ils travaillaient en ville, ce serait reposant de vivre là. Angeline adora la ferme, très vite. La ferme et sa chambre sous les lambris, la ferme et son grenier. Elle invitait des amies le mercredi, sous la surveillance d'une baby-sitter qu'on chargeait de ramener tout ce petit monde chez lui. Pourtant, Pierre pressentait que cette ferme était propice à la germination de ses angoisses. Il eût été préférable qu'il habitât en appartement, entouré de voisins, à l'abri d'une porte blindée et d'une serrure trois points, au lieu d'entendre, les nuits de tempête, les volets claquer, les portes grincer et les ardoises jouer des castagnettes. Bien qu'il lui soit arrivé de lancer l'idée en l'air, au grand dam d'Isabelle et d'Angeline soudain liguées contre lui, farouchement opposées à ce qu'il appela, manière de battre en retraite, une plaisanterie (« Je disais ça pour rire. – Eh bien, même pour rigoler, ne le dis pas »), il n'envisageait pas vraiment de vendre la ferme. Car Isabelle eût-elle saisi la balle au bond (« Ah oui, tiens, pourquoi pas, si on changeait d'horizon ? C'est une bonne idée, allons passer quelques années sur la côte et on s'installera en ville pour nos vieux jours »), il aurait répondu sèchement : « On est très bien ici, je ne parlais pas sérieusement. » Force lui était de s'avouer qu'à l'égard de la ferme ses sentiments étaient ambivalents. Conscient d'avoir réalisé une bonne affaire (il avait payé les bâtiments et les terres le tiers de leur valeur), il éprouvait la satisfaction du négociateur, satisfaction matérielle qui augmentait la valeur sentimentale de la propriété et mettait un peu de baume sur ses angoisses. Mais en même temps qu'il ressentait les malaises de l'isolement, il analysait l'attraction qu'exerçaient sur lui ces plafonds bas, ces ouvertures étroites – l'architecte des Bâtiments de France avait opposé son veto à leur projet d'agrandissement des fenêtres –, la douce lumière des lampes disposées un peu partout et nécessaires dès cinq heures du début de l'automne à la fin du printemps, et parfois en été par temps couvert, signes d'une réclusion volontaire qui correspondait à ses rivages intérieurs, à ses cycles psychologiques et sociaux, inconciliables en apparence. Dans la journée, au bureau, et malgré la sécheresse des actes qu'il rédigeait, son travail était essentiellement une question de contacts humains. Il lui fallait ménager la chèvre et le chou, convaincre les familles de se mettre d'accord – ah! ces successions complexes : il était à la fois confesseur et diplomate, intermédiaire intéressé mais non manœuvrier –, discuter et plaider, puis trancher. Et, en récompense, dès le soir venu, la ferme lui offrait sa solitude et Isabelle ses silences. Il n'aurait pas supporté une épouse primesautière, ouverte à tout, pilier de dîners en ville, égérie d'amis noctambules, star de boîtes de nuit, présidente d'association, secrétaire du conseil des parents d'élèves (ils avaient une amie de ce genre, qui se définissait comme une « P.E. » de choc. « P.E. ? avait dit Pierre. – Parent d'élève, mon bon ! » lui avait-elle répondu). Mais qu'en savait-il, au fond ? Cela lui aurait simplifié la vie. Non qu'elle fût bien compliquée, Isabelle. Il était incapable d'aller plus loin dans sa pensée, incapable de préciser les véritables nuances entre une « fille simple » et une « fille compliquée » (Isabelle, *a priori*). Simple : presque simplette, folle de son corps, collectionneuse de maillots de bain et de petites robes, qui ne pense qu'à « s'amuser » – et l'on élargit le sens du verbe jusqu'à l'associer à la stupidité. Compliquée : Isabelle. Sans argumentation. Appréciation péremptoire. Pourquoi Isabelle était-elle *compliquée ?* Parce qu'elle acceptait comme fatals tous les événements de leur existence ? Le carreau cassé, la voiture en panne, le chemisier qui déteint, la grippe, la grêle, l'orage qui grille le moteur du lave-vaisselle ?

Le verre de vin rouge renversé sur la moquette comme la disparition d'Angeline ?

Le trou de souris dans la colline, regard aveugle d'un cyclope enfoncé dans la terre, avait la forme du porche en ogive du mur d'enceinte de la ferme. Là-bas, les lampes s'allumaient. Isabelle passait de pièce en pièce. Il lui téléphonerait. Ils n'avaient pas convenu de rendez-vous téléphoniques. Une fois de plus s'imposa l'évidence qu'ils s'éloignaient l'un de l'autre. Il osa faire un pas de plus : depuis toujours Isabelle lui était étrangère. Elle avait vécu à ses côtés, comme un chat, comme un de ces gros matous hypocrites et sournois. Un chat noir. Aux yeux jaunes.

Il détestait les chats.

– Je deviens fou, dit-il à haute voix.

Il guettait le trou de souris dans la colline et le type des *fish and chips*, dans sa camionnette rouge et blanche garée en haut du parking, gardait les yeux fixés sur la Corsa.

Pierre priait pour qu'Angeline revienne. Elle sortirait du trou, petite souris grise. Grise? Comment était-elle habillée, déjà? Robe blanche et paletot bleu. Et sac-panda.

D'autres lampes s'allumaient dans sa tête. Il revint à la ferme. Une grosse ampoule brilla, aveuglante. Il sut qu'il y en aurait d'autres. Toute une rampe qui éclairerait une scène. Et sur la scène, quel spectacle?

Les gitans étaient-ils les premiers personnages engagés par Isabelle?

Cela se passa peu de temps après l'ouragan d'octobre qui avait ravagé l'ouest du pays et le sud-ouest de l'Angleterre, abattant les chênes séculaires, brisant les peupliers à mi-hauteur, arrachant les toits des hangars agricoles, drossant les bateaux à la côte et les empilant ainsi qu'à Concarneau où un pas aurait suffi pour sauter du dernier catamaran, en haut du tas, sur le chemin de ronde des remparts de la ville close. Dans les halliers, on avait trouvé sous les feuillages brûlés par le sel et le vent chaud – 30° vers une heure du matin – des ramiers hébétés et tétanisés. On vit des chevreuils et des lièvres errer sur les routes, désorientés.

A la ferme, Isabelle et Pierre furent privés d'électricité pendant dix jours et de téléphone pendant trois semaines. D'abord soulagé – hormis quelques ardoises cassées et le mât de l'antenne de télévision tordu à angle droit, ils n'eurent à déplorer aucun dégât –, et une fois émoussé le plaisir de dîner aux chandelles sur la table du salon poussée tout contre l'âtre, Pierre éprouva une nouvelle forme d'angoisse. Au moindre réveil du vent son cœur battait la chamade et à l'intérieur des murs froids – la cheminée chauffait la pièce principale –, sur le seuil des chambres, la vue de ces trous noirs qu'éclairaient à peine les lampes à pétrole l'effrayait. La ville était le paradis. Néanmoins, il abandonnait son travail le plus tôt possible. Quelques heures de plus dans le monde *civilisé* (eau, électricité, téléphone) comptaient moins que le désagrément de rentrer à la ferme à la nuit tombée. Il avait fait l'expérience de l'obscurité trois jours de suite : à la lumière d'une torche électrique, relever le courrier, détacher le chien, lui préparer sa gamelle, allumer les lampes à pétrole et le feu dans la cheminée. Sa plus grande crainte était de tomber en panne, ou quelque chose de ce genre, bref d'être retardé et qu'Isabelle et Angeline arrivent avant lui dans une maison éteinte, une maison morte. Il ne prenait plus de rendez-vous au-delà de seize heures.

Mais ce soir-là il n'avait pu s'échapper des griffes d'une vieille enquiquineuse, propriétaire terrienne de quatre-vingt-dix et quelques années dont la mémoire, bien qu'exercée à défendre ses intérêts, ne pouvait contenir ni le nombre ni les limites de ses biens fonciers, tant ils étaient éparpillés. Plusieurs fois l'an, des arrêtés d'expropriation lui apprenaient qu'elle possédait tel ou tel « délaissé » – barbarisme administratif qui désigne un bout de chemin rural, quelques mètres carrés en forme de triangle au carrefour de deux voies, l'emplacement d'un talus abattu un siècle plus tôt. « Puisqu'ils le disent, c'est sûrement vrai, bien que mon père ne m'ait jamais parlé de ça... Ah! mais ils ne l'auront pas comme ça! » Sitôt que le hasard ou la nécessité d'un remembrement ou d'un élargissement de chemin rural lui révélaient l'existence dans les arcanes du cadastre d'une nouvelle pièce du puzzle, la vieille dame s'acharnait à se défendre contre l'expropriation et engageait des frais de justice sans rapport avec la valeur vénale du bien, souvent voisine de zéro. Piment de ses vieux jours ou ultime sursaut du goût du lucre ? Originale variation, en tout cas, pensait Pierre, jouée par la douairière aux doigts crochus sur le clavier de l'instinct de propriété. L'avocat de la vieille dame baignait voluptueusement dans les subtilités des origines de la propriété. Il s'était spécialisé dans ces recours, jugés ennuyeux par la plupart de ses confrères. En présence de sa cliente, Pierre lui téléphona et ils échangèrent leurs avis sur le nouveau litige. La rombière avait l'oreille fine et elle était maligne : leur dialogue fut tout en sous-entendus qu'ils développeraient lors d'un prochain déjeuner. Ils riraient de la disproportion entre leurs honoraires respectifs et les « deux cents ou trois cents balles », valeur de cent mètres carrés de lande inculte.

Il n'était pas question, pour Pierre, d'éconduire l'emmerdeuse : la succession serait juteuse et il ne fallait pas courir le risque qu'elle aille porter ses dossiers ailleurs. Qu'elle file à la concurrence, *post mortem*...

Maudissant la vieille et sa propre conscience professionnelle, Pierre sortit de l'étude à dix-neuf heures, sous une averse de grêle et un ciel noir d'encre.

Comme chaque soir, les fils téléphoniques et électriques couchés et l'espèce de Mikado géant des chablis dont il entrevoyait les ombres chinoises dans les vallées réveillèrent son angoisse.

Le portail était ouvert. Une faible lumière brillait à l'étage : Angeline lisait dans sa chambre à la lueur d'une bougie. Il pensa que c'était une drôle d'idée. Elle devait mourir de froid. Pourquoi Isabelle n'avait-elle pas allumé le feu dans la cheminée?

Un break 404 défoncé était garé dans la cour. Presque une épave. Les sièges arrière avaient été rabattus et le coffre était rempli d'un amas de tapis, de pendules en toc et de fonds de chaises à rempailler – vision fugitive mais terriblement évocatrice. Son cerveau s'emballa. Des gitans. Des romanos. Des adeptes du rasoir. Etaient-ils en train de violer Isabelle? Avaient-ils égorgé Angeline? Et le chien, où était-il? Etripé?

Pierre possédait un fusil de chasse, de calibre 20, avec lequel il tirait parfois les étourneaux, et un pistolet 6,35, à un coup, de chez Manufrance, qu'un brocanteur lui avait vendu sous le manteau. Le fusil de chasse était accroché au-dessus de la cheminée et le pistolet était enfoui au fond d'un tiroir de la commode de leur chambre. Entrer en tapinois, monter à l'étage, prendre le pistolet et redescendre. Un coup... Il lui faudrait les menacer, les tenir en respect, s'emparer du fusil de chasse, le casser et y glisser deux cartouches. Il aurait alors trois coups à sa disposition. Il donnerait le pistolet à Isabelle et tout en surveillant les types, il télé... « Pauvre con, le téléphone est coupé! » se dit-il. Bon. Il les ligoterait. Ou Isabelle. A condition qu'elle soit toujours en vie.

Il respira à fond et balaya le scénario-catastrophe. Il y avait une explication rationnelle. Sûrement.

Avant d'enregistrer la pauvreté de la scène, il craignit d'être frustré si la tragédie n'était pas au rendez-vous. Puis il ressentit un mélange de soulagement et d'indicible déception.

Les types étaient deux. Assis au salon. Jeunes, entre vingt et vingt-cinq ans, et conformes au portrait qu'il en avait mentalement brossé : en jean élimé et blouson de cuir craquelé, le teint mat, le cheveu noir corbeau, l'œil sombre. Aplati à distance respectable, oreilles baissées, Riss grognait sourdement.

Isabelle, qui n'avait pas ôté son manteau, s'avança sans hâte, embrassa Pierre sur la joue et lui murmura d'un trait : « Angeline est dans sa chambre je l'ai enfermée à clé j'ai la clé sur moi on ne sait jamais », se dégagea et dit :

— Ces messieurs ont peur des chiens.

Les deux autres sourirent niaisement et ne se levèrent pas.

— Tu as vu ma voiture ? dit Isabelle.

— Non, pourquoi ?

— Un petit accrochage.

Chiens. La pensée de Pierre s'était arrêtée là. On dit que ces gens-là ont peur des chiens parce que chien de chasse égale chasseur et chasseur égale fusil. Cambrioleurs mais pas kamikazes. Il vit, étalés sur la table basse du salon, des attestations d'assurance et un constat amiable.

— J'ai prié ces messieurs de venir à la maison. Dehors, avec ces averses de grêle... Et puis nous n'étions pas d'accord. On t'attendait.

Il serra la main aux deux types. Ils ne paraissaient pas méchants. Il s'assit en face d'eux et Isabelle, debout, raconta l'incident. Le break 404 avait débouché d'un chemin de ferme, sur sa gauche. Elle tenait sa droite (« Je n'en démordrai pas », prévint-elle), ce n'était pas dans ses habitudes de rouler à gauche et là, à cause de la grêle et des phares qui n'éclairaient pas grand-chose, elle longeait la berme. Les types avaient pris leur virage trop large. Ils auraient pu filer. Qu'ils se soient arrêtés témoignait de leur bonne volonté. A moins que ce ne soit la peur du gendarme. « A moins que le délit de fuite ne leur ait paru un risque trop élevé en regard d'un casier judiciaire sacrément plombé », pensa Pierre.

— Votre femme roulait au milieu de la route, affirma un des types.

— Elle vous dit que non. Et puis vous arriviez sur sa gauche. Vous êtes en tort.

— On y voyait que dalle, dit l'autre type.

— C'est embêtant, si nous ne parvenons pas à nous entendre nous serons obligés de faire faire le constat par la gendarmerie.

Coup de bluff. Les gendarmes ne se déplaceraient pas pour de la tôle froissée. Le plus âgé des types leva les mains, paumes en avant et dit :

— Okay, on s'en fout, écrivez ce que vous voulez.

Pierre rédigea le constat. Les deux types portaient des noms à consonance yougoslave, qui finissaient en « ik ». Le propriétaire de la 404 n'était aucun des deux. Isabelle leur proposa un scotch. Ils refusèrent, mais acceptèrent une tasse de café. Après quoi le chauffeur – ou supposé tel – signa maladroitement. Pierre les raccompagna jusqu'au portail. L'épagneul aboya quand le break démarra. Pierre remisa les deux voitures dans la grange. Il ferma le portail et les volets et rentra. Il reprocha à Isabelle d'avoir amené « ces deux ostrogoths » à la ferme.

— Tu aurais mieux fait de leur dire que ça ne valait pas le coup. Ils auraient été trop heureux.

— Mais je n'ai pas vu de quoi ils avaient l'air, moi, sur la route. C'est ici, quand j'ai allumé les lampes. Oh! et puis merde, si seulement on nous remettait le courant. Cet ouragan nous a complètement déboussolés.

Pierre parla de « loups dans la bergerie ». Il était sûr que ces types avaient dressé l'inventaire de leurs meubles et de leurs tableaux.

— Bof, tu crois ? Ce sont des forains, pas des truands.

Les jours suivants, il ne se départit pas de sa méfiance. Il cacha deux cartouches dans une vitrine, parmi la collection de minerais d'Angeline, à proximité du fusil de chasse qu'il avait graissé. Il avait glissé le pistolet chargé dans la boîte à gants de sa voiture.

Une dizaine de jours s'écoulèrent. L'E.D.F. rebrancha la ferme sur le réseau et le téléphone fut réparé. Ils renaissaient. Pour fêter cela, ils allèrent dîner en ville, dans une brasserie, un samedi soir. Ils ne s'attardèrent pas. Ils prirent le chemin des écoliers, une route encaissée dans les vallons, jonchée de débris végétaux. Çà et là fumaient encore les cendres des feux allumés par les employés communaux pour se débarrasser du petit bois dont on aurait fait, jadis, quantité de fagots. La nuit était claire et Pierre admira, sur le noir bleuté du ciel, la fragilité du dessin d'un bosquet de bouleaux, ces arbres dont le feuillage paraît si léger, si fragile et dont, dégarnies, les hautes branches sont plus fournies que celles des chênes ou des châtaigniers. Entre les poteaux, les fils téléphoniques pendaient en courbes amples. Réparés provisoirement, ils n'avaient pas été retendus.

— Je croyais pas que ça marchait quand les fils traînaient par terre, dit Isabelle.

Pierre n'eut pas le temps de répondre qu'il se faisait justement la même réflexion. Il sursauta : une Mercedes, un gros modèle récent immatriculé en Vendée, le doubla à la sortie d'un virage, silencieuse, étrange, comme sortie de la nuit – il n'avait pas aperçu ses phares dans son rétroviseur. Il pensa aussitôt aux gitans. Ils revenaient. Il colla à la Mercedes.

— A quoi tu joues ?
— J'ai l'impression que ce sont tes copains.
— Mes copains ?
— Les gitans, ou les forains, les types de l'autre jour qui t'ont accrochée.
— Ils avaient une vieille bagnole.
— Ces gens-là ont tout un tas de bagnoles.
— Qu'est-ce qui te fait croire que c'est eux ?
— Une intuition.

Le conducteur de la Mercedes frimait au volant. Médiocre chauffeur, il abordait les virages sans ralentir, puis freinait sec au beau milieu, fantaisie que lui permettait la tenue de route de sa voiture. Pierre se laissait distancer à l'entrée des virages pour accélérer au moment où l'autre freinait.

Ils approchaient de la ferme à toute allure.

Le portail était ouvert. La Mercedes pénétra dans la cour. Pierre éteignit ses phares et roula au pas. Le temps lui manquait. Il aurait aimé discuter avec Isabelle de la tactique à adopter. Faire demi-tour et prévenir les flics ? Et si ces types n'avaient pas de *mauvaises intentions* ? – il sourit du ridicule de l'expression. Attendre qu'ils s'en aillent ? Attendre qu'ils reviennent le lendemain, le surlendemain ?

Mieux valait crever l'abcès.

Pierre retrouva, avec un plaisir louche, ce mélange de peur et de goût du tragique qui l'avait habité lors de son premier contact avec les gitans.

Cette fois, ils étaient trois. L'un sonnait, un autre frappait du poing au volet clos de la fenêtre de la salle, le troisième fumait, les mains dans les poches, adossé à la Mercedes. Ils furent surpris par l'irruption de la Saab dans la cour, feux éteints. Rapidement, Pierre donna ses instructions à Isabelle.

— Emmène Angeline et enfermez-vous dans notre chambre. Reste près du téléphone. Si tu entends un coup de feu, appelle le 17 et pousse le lit contre la porte. Après le 17, appelle un voisin. Lépron, le paysan. Il est chasseur. Il viendra avec des copains. Ils arriveront avant les flics.

Il sortit de la Saab, éclaira la cour et salua les trois types sans leur donner le temps de réfléchir. Mec à l'aise, sympa, pas angoissé du tout. Le pistolet 6,35 le rassurait qui alourdissait la poche de son imper.

— Je n'ai pas la clef de la porte d'entrée. Vous savez ce que c'est, à la campagne, on passe toujours par le garage. Attendez, on vous ouvre tout de suite.

Ils entrèrent par la grange qui communiquait avec la chaufferie. Isabelle et Angeline montèrent à l'étage. Pierre récupéra les deux cartouches dans la vitrine, décrocha son fusil de chasse, garnit les chambres et reposa l'arme à côté de la cheminée, près du fauteuil où ils prendraient place. Il alla ouvrir la porte d'entrée – il n'avait pas menti, ils passaient rarement par là car cette porte s'ouvrait directement sur la salle à manger. Il pria les trois forains de s'asseoir sur le canapé, alignés en face de lui. Il garda sa main droite dans la poche de son imper.

Sur les trois, il y avait deux nouveaux qui encadraient celui que Pierre, mentalement, surnomma Truczik – le conducteur de la 404, celui qui avait signé le constat amiable. Le regard de Truczik alla de la hotte de la cheminée au fusil posé contre le mur. « Eh oui, mon gars, décroché !... » pensa Pierre.

Les deux nouveaux se ressemblaient. Deux frères. Le regard dur et intelligent, les joues glabres, austères. Pierre se dit qu'ils s'étaient mis *en tenue* afin de l'impressionner. Anges noirs, noirs des pieds à la tête : pantalon de cuir enfoncé dans la tige de bottes à talon biseauté, blouson, chemise à boutons pression, bagues, ceinturon à clous. Truczik se tenait très droit, comme intimidé. Les deux frères avaient allongé les jambes, calés confortablement dans le canapé. Ils observaient Pierre – Pierre le bourgeois qui devait crever de trouille, faire pipi dans son froc –, indifférents et narquois. Le frère n° 1 avait croisé les doigts et jouait avec ses pouces. Numéro 2 gardait ses mains enfoncées dans les poches de son blouson.

Couteau à cran d'arrêt. Rasoir...

Pierre alluma la chaîne hi-fi. Un opéra, sur *France-Musique*. A son tour de les inquiéter, par sa décontraction. Dans la poche droite de son imper, il braqua le pistolet sur la poitrine de Numéro 2. S'il sortait un couteau, Pierre tirerait à travers le tissu. Ensuite, il bondirait et saisirait son fusil de chasse.

— Eh bien ? dit-il.

Truczik balança sur la table deux constats amiables : celui que Pierre avait rempli et un imprimé vierge.

— L'assureur dit qu'avec ça je suis en tort. Il veut plus m'assurer.

— Faut refaire, dit Numéro 2.

« Voilà, nous y sommes », se dit Pierre.

— Pas question. D'ailleurs, j'ai déjà expédié mon exemplaire. Impossible de revenir là-dessus.

— Il faut, dit Numéro 2 avec nonchalance, sinon il pourra plus rouler. Il pourra plus travailler. Il pourra plus gagner l'argent.

— On ne dénonce pas un contrat d'assurance pour un simple accrochage.

Son propre sang-froid étonnait Pierre. Ses mains ne tremblaient pas, son cœur battait normalement. Il dominait les types. Grâce au pistolet et au fusil.

— Il a déjà eu des accidents, dit Numéro 2.
— Eh oui, dit Truczik, l'air fautif.
— La femme était en tort, dit Numéro 2, elle roulait au milieu de la route.

Numéro 1 contemplait ses pouces, tête baissée. Attaquerait-il en premier ?

— Ah ! On revient donc au point de départ, dit Pierre en dépliant le constat vierge de la main gauche. Je ne vois qu'une solution...

— Partager les torts, dit Numéro 2, moitié, moitié.

— Non, pas du tout. Quand il y a litige (ils ne comprirent pas le mot), il faut le juge (amusé, il constata qu'il parlait comme eux : *le* juge).

— Le juge ? dit Numéro 2.

Allergique à juge, flics, tribunal...

— Je connais très bien le directeur de la P.J. Je vais l'appeler. Il nous conseillera.

Pierre fit mine de se lever. Il ne connaissait pas ce commissaire. Simplement de nom. Un achat de terrain que Merkel avait traité. De nouveau, il bluffait.

— Pas la peine, dit Numéro 2.

Il roula en boule les deux imprimés et les jeta dans l'âtre.

— On annule, dit-il, vous téléphonerez à votre assurance.

— Et les réparations ?

— On vous donne quelque chose.

Numéro 1 sortit. Pierre entendit la portière de la Mercedes claquer. Numéro 1 revint avec une pendule hideuse, en plastique doré.

— On vous l'offre, dit Numéro 2. Ça vaut cher. Ça fera joli dans la maison. Vous avez des belles choses.

Lâcheté ? Pierre n'hésita pas. Il accepta, bien qu'il perdît au change. Une pendule en toc contre une aile froissée. Le conflit était réglé. Et peut-être que ces types diraient de lui qu'il était sympathique. Ils ne reviendraient plus. Accepter équivalait à signer un contrat : protection contre le cambriolage.

– D'accord, dit-il.

Numéro 1 posa la pendule sur la table de la salle à manger.

– Je vous sers quelque chose? Scotch?
– On a pas encore mangé le dîner, dit Numéro 2.
– Un autre apéritif, alors? Muscat? Porto?
– On boit pas l'alcool.
– Un jus d'orange?
– Très bon, le jus d'orange.

Ils burent et fumèrent en silence.

– On s'en va maintenant, dit Numéro 2.

Ils se mirent debout. De l'index, Numéro 2 montra le fusil de chasse.

– Chasseur?

La main de Pierre se crispa sur la crosse du pistolet. Numéro 2 s'empara du fusil et le cassa.

– Chargé?

Il referma le fusil et le reposa délicatement.

– Tu avais peur? On est des marchands, pas des bandits.

Oui, cet hiver-là fut l'hiver des tempêtes, du vent qui tourmente, des arbres abattus, des gouttières gorgées de feuilles mortes et de la honte qui mord jusqu'au sang. Ce soir-là avait été le soir du mépris. *Tu avais peur?* Le tutoiement et l'étonnement railleur l'avaient liquéfié. Dans l'œil noir du gitan s'était réflétée l'image d'un gosse peureux.

Le trou de souris dans la colline est l'œil du gitan. Pierre est le seul à y voir des images phosphorescentes.

Les aiguilles de la pendule en toc accrochée dans la chambre d'Angeline sont arrêtées sur treize heures. L'heure approximative de sa disparition. Autre signe cabalistique ?

Dans le trou de souris, il y avait surabondance de signes.

L'hiver avait préparé le malheur du printemps.

A quelque temps de là, il aurait pu tuer. Oui, tuer. Un homme ou plusieurs.

Plus libre de ses horaires qu'Isabelle, il se rendait rarement au bureau avant neuf heures. Il quittait la ferme vers huit heures trente, un quart d'heure environ après Isabelle qui conduisait Angeline à la garderie de l'école. Il débarrassait la table du petit déjeuner, cassait du bois et préparait la flambée du soir. Isabelle n'avait plus qu'à gratter une allumette. Il aimait être accueilli par un feu ronflant dans la cheminée.

Il mit le lave-vaisselle en marche, après avoir hésité car l'appareil n'était pas tout à fait plein. Cette hésitation, preuve d'un manque de volonté parfaitement absurde, lui gâcha un peu le plaisir de ces minutes où, seul à la ferme, il se brossait soigneusement les dents, passait un fil entre ses incisives, choisissait une cravate (qu'aussitôt nouée il dénouait pour en prendre une autre), se regardait dans le miroir de la salle de bains en s'interrogeant sur sa bonne mine.

Il se tança et rit de lui-même d'avoir hésité sur un sujet aussi dérisoire que mettre ou non en marche un lave-vaisselle. Il détestait gaspiller l'eau, au contraire d'Isabelle qui manipulait le programmateur en dépit du bon sens. Il lui reprochait aussi de fourrer pêle-mêle casseroles et poêles, quand elle ne les emboîtait pas. Croyait-elle, disait-il, que des petits bonshommes habitaient le lave-vaisselle et récuraient les casseroles au racloir ? « Fous-moi la paix, répondait-elle, et achète-moi un truc qui se remplit et se vide tout seul. » Il lui avait proposé d'embaucher une employée de maison à temps partiel. « Une fille dans les jambes ? Une connasse qui fourre son nez partout ? Jamais ! »

Pierre évitait de rouler de nuit. Le jour allait se lever dans une demi-heure. Aussi traînait-il. Les vingt kilomètres entre la ferme et l'étude étaient très agréables : peu de circulation, aucun carrefour dangereux, ce trajet était une façon reposante de quitter le semi-engourdissement du réveil et d'arriver au bureau en forme.

Il sortit sa voiture du garage dans l'intention de laisser chauffer le moteur. Au moment où il refermait la porte de la grange, le chien se mit à aboyer.

C'était un bâtard de berger allemand et de chien d'arrêt qu'ils avaient pris à la S.P.A. Angeline l'avait choisi. Un 2 mai, jour de la Saint-Boris. Ils l'avaient appelé Boris, nom bientôt abrégé en « Riss ». Le chien d'Angeline possédait le fouet, la corpulence et la robe d'un berger allemand, mais d'une taille inférieure au standard de cette race, il avait l'œil doux, couleur noisette, et les oreilles pendantes de l'épagneul. Pierre s'était interrogé sur l'imbécillité des gens qui avaient abandonné un animal aussi intelligent qu'affectueux. Riss adorait Angeline. Dès qu'elle s'approchait de lui il s'immobilisait, se couchait, évitait tout mouvement brusque comme s'il savait qu'il pesait le double de la fillette et qu'il l'aurait jetée à terre d'un seul coup de museau. Chien de compagnie qui avait délimité son territoire – les abords immédiats de la ferme, la cour et son panier devant la cheminée, et jamais il ne posait la patte sur la moquette des chambres car il avait de l'éducation –, Riss était également un redoutable gardien. Jouant sur la consonance Riss/ring, Pierre l'avait surnommé « la sonnette à quatre tons ». Glapissement joyeux qui annonçait la voiture d'Isabelle et le retour d'Angeline ; jappement amical pour la Renault 4 du facteur ; hurlement désespéré quand il y avait dans le coin une chienne en chaleur et qu'on devait l'attacher jour et nuit ; aboiement furieux qui chassait les rares « étrangers » qui se risquaient à franchir le porche, à traverser la cour et à frapper à la porte de la salle à manger. De son bureau, au premier étage, Pierre en avait vu, des importuns, raccompagnés jusqu'aux platanes qui marquaient le no man's land : missionnaires de Jéhovah (costumes étriqués et serviettes noires), représentants et enquiquineurs en tout genre, reculant pas à pas, murmurant ou criant (il y avait deux écoles) des « Couché ! Couché ! » à un Riss impressionnant, babines retroussées, oreilles à demi dressées, la queue raide et les pattes postérieures fléchies. Une fois l'emmerdeur renvoyé, Riss grognait de satisfaction, sa queue fouettait l'air et il se couchait entre les piliers du porche, très digne, très maître des lieux. On ignorait son âge. A la S.P.A., on leur avait dit « entre six et huit ans ». Ils l'avaient depuis deux ans. Il pouvait donc avoir dix ans. Quelques « cheveux blancs » – expression d'Angeline – agrémentaient son pelage. Il ne déchiquetait plus les os.

Ce matin-là de mars, la hêtraie gémissait sous le souffle régulier d'un vent de sud-ouest qui s'engouffrait dans la vallée.

Pierre ralluma les lumières extérieures. Riss, planté à deux mètres du porche, aboyait hargneusement en direction de la nuit. Pierre ne douta pas du code : quatrième ton, il y avait quelqu'un. Si près que par instants Riss reculait.

Les gitans... Cette fois...

Pierre se réfugia dans la maison et décrocha le téléphone. Tonalité. Il n'était pas coupé. Il était libre d'appeler Police-secours. Les gitans auraient coupé le fil. Rien de plus facile. La ligne aérienne aboutissait à un poteau, près d'un platane, et descendait ensuite jusqu'au sol et une gaine souterraine. Pour la sectionner, on n'avait même pas besoin de monter. Mais « ils » auraient pu oublier. Ou s'en foutre.

Attendre le jour ? Prévenir sa secrétaire qu'il serait en retard ? Prétexter une panne et appeler un garagiste ? Non... Comme le fameux soir où il avait échangé le constat amiable contre une pendule en plastique, Pierre avait envie de se surpasser. Le tragique frappait à sa porte, qu'il entre !

Vite, décrocher le fusil de chasse, le charger et fourrer une boîte de cartouches dans la poche de son imper. Faire l'obscurité et laisser à ses yeux le temps d'accommoder.

Une maigre lueur apparaissait à l'est, face à lui. Riss aboyait de plus belle, défendant sa position. Pierre courut à travers la cour et s'agenouilla derrière un des piliers du porche, fusil pointé. Le chien, tout à sa fureur, ne lui prêta aucune attention. Le regard de Pierre fixa le chemin qui traversait la hêtraie et menait à la départementale.

Une ombre se faufila vivement.

Le cœur de Pierre cessa de battre. Série d'extrasystoles. Il crut s'évanouir.

Une deuxième ombre se faufila, dans le même sens, de gauche à droite. Puis une troisième.

« Ils » l'encerclaient...

Rentrer se barricader ? Et s'ils foutaient le feu ? Un bidon d'essence sur les cordes de bois. Des torches balancées par les carreaux cassés.

Pierre leva son fusil. Epaula. Se ravisa.

Il n'était pas fou...

« Pas encore », pensa-t-il. On fermait le trou de souris. On enfermait Angeline. Les derniers visiteurs quittaient le parking. Le marchand de *fish and chips* rangeait ses panneaux publicitaires.

Pas fou. Soigner sa défense. Sa légitime défense. Pas tirer dans le dos. Fusiller l'agresseur en pleine poitrine. Pas question de risquer le coup de fusil malheureux. Les assises. Homicide volontaire. « Cet homme, mesdames et messieurs les jurés, a tiré au jugé, sur une cible non identifiée. C'est un dangereux maniaque. »

Une quatrième ombre, identique aux trois premières, traversa le chemin au pas de course.

Le ciel s'était éclairci. Pierre vit que l'ombre portait un fusil à la bretelle. Un fusil et un sac à dos.

Deux, trois, quatre silhouettes traversèrent.

Pierre posa son fusil contre le mur, siffla Riss et s'avança dans la hêtraie.

L'officier fermait la marche.

– Couché, Riss ! dit Pierre.

– Ah ! les chiens ! plaisanta le lieutenant, c'est le principal ennemi du soldat en marche de nuit par temps de paix. Et de guerre, aussi, je suppose...

13.

Le maître d'hôtel conduisit Pierre à une table d'angle afin de l'isoler des regards des curieux. Verriott, le serveur pakistanais, hocha plusieurs fois la tête. La répétition de ce geste de commisération irrita Pierre.

Il prit son café au salon. Un Anglais d'une soixantaine d'années, portant beau la moustache blanche et la couperose du colonial, vint prendre le pot de sucre roux sur le plateau de Pierre et lui dit :

— Jersey est une île, on retrouvera la petite fille, n'ayez crainte.

— Merci, monsieur, se força-t-il à répondre.

Puis il monta se brosser les dents. Il regretta de n'avoir pas ménagé ses sentiments en réservant une autre chambre. Trop de souvenirs proches. Bien différents sont les souvenirs lointains : ils ont la douceur des sucreries dont on ne se défend plus d'être gourmand.

Assis sur le lit d'Angeline, il composa à plusieurs reprises le numéro de téléphone de la ferme. Occupé. Occupé en permanence.

Il sortit. L'air était doux, empli de parfums maritimes. Des couples et des groupes de filles sur leur trente et un se hâtaient en direction de King's Street. Le pub le plus célèbre de l'île se trouvait à cinq cents mètres de l'*Imperial*. Pierre évita de s'arrêter devant la vitrine de l'agent immobilier. Il revit Isabelle commenter les prix et Angeline se hausser sur la pointe des pieds pour mieux voir les photographies des maisons. Les magasins étaient fermés à l'exception de quelques bijouteries et de boutiques de développement rapide de films (*open 24/24*). Les rues, cependant, étaient noires de monde. Touristes et îliens. Des familles nombreuses, tassées sur des bancs publics ou sur des rebords de vitrines, mangeaient des sandwiches, des glaces, des biscuits ou du *fish and chips*.

Pierre entra au *Blue Duck*. Il joua des coudes. Au bar s'agglutinaient des filles et des garçons, dans un curieux mélange de genres. Des types interlopes, en débardeur et jean moulant, perle à l'oreille, se pressaient contre des jeunes gens en veston léger, cravate ou nœud papillon – employés de banque, d'établissements financiers, d'agents de change, de compagnies d'import-export au coude à coude avec des dockers, des marins, des routards et sans doute des truands. La mise des filles, aussi, variait beaucoup. Pierre remarqua l'élégance très *upper-class* de celles qui accompagnaient les jeunes gens B.C.B.G. Petites robes très simples et très chères. Epaules nues, soyeuses, ointes d'huile de monoï au parfum entêtant. Les filles *working-class*, à leurs côtés, n'en paraissaient que plus apprêtées, à la limite du putassier, maquillées avec outrance, vêtues de robes ou d'ensembles aux couleurs extravagantes. Ces gens buvaient au même bar, mais pas ensemble. Le pub avait cette odeur écœurante du mélange de tabac blond, de vapeurs de bière et de confiserie acidulée – les parfums bon marché, supposa Pierre.

Il faisait chaud, c'était l'été. Les jambes étaient nues, et parfois les seins sous un chemisier transparent. Beaucoup de filles étaient jolies, toutes étaient désirables. « Oui, toutes », se dit Pierre.

Il se sentait décalé. A tort. Quelques filles l'effleuraient du regard, mais ni plus ni moins qu'un autre. Ici on chassait devant soi. Etait-il un gibier convenable ? Un chasseur aguerri ? La question importait peu. Il dérivait. Il coulait. Son corps vivait, son esprit se vidait. Il commanda une pinte de Mary Ann et en but la moitié au bar, écoutant d'une oreille distraite des dialogues convenus – on s'inquiétait d'amis communs, on glosait sur la partie de tennis de l'après-midi, on organisait une sortie en mer. Il eut envie d'être seul. Il gravit jusqu'à mi-hauteur les marches de l'escalier hélicoïdal en bois rouge par lequel on accédait à l'étage. Mais le second niveau, avec son bar et sa piste de danse, était encore plus bondé. Il redescendit, le verre à la main, et s'aperçut qu'à l'arrière du rez-de-chaussée le pub s'ouvrait sur une terrasse par une porte-fenêtre ogivale – qui lui rappela le trou de souris dans la colline.

Des rosiers grimpaient et cascadaient le long de croisillons verts. La délicatesse des couleurs pastel des chaises et tables de jardin reposait des motifs chargés, rouge sombre et vert éclatant, de la moquette du pub, de ses spots aveuglants et de ses cuivres agressifs. Il fallait s'attendre à rencontrer là des gens différents, enclins à apprécier la terrasse comme décor d'une soirée paisible, à rechercher l'évanescence de conversations lues sur les lèvres autant que murmurées, de préférence au contact des corps, aux relents d'eaux de toilette tournées, à la fumée brassée par les extracteurs. Un blues des années 50 distillé en sourdine assoupissait les voix et les gestes. Des couples plutôt âgés buvaient des cocktails. Aucune table n'était libre mais une jeune fille occupait seule une table de quatre personnes. Pierre croisa son regard et crut y déceler un semblant d'intérêt, sinon une invitation.

– Je peux ?

La fille battit des cils. En s'asseyant, Pierre vit le deuxième verre rempli d'un liquide orange où baignaient des cerises confites. Il se releva d'un bond.

– Excusez-moi, vous n'êtes pas seule...
– Vous pouvez rester.

La fille but une gorgée de son cocktail.

– Cheers !

Elle regarda par-dessus son épaule. Pierre se retourna. Une autre fille revenait des toilettes en ajustant son chemisier dans la ceinture de sa jupe.

– Ah ! fit-elle en écarquillant les yeux. Je te laisse, chérie ?
– Tu peux me laisser, mon doux cœur.
– Je vous dérange, dit Pierre.
– Pas du tout. Et ne vous inquiétez pas pour mon amie, dans un endroit pareil sa solitude sera de très courte durée.
– Alors... Cheers !
– Cheers ! répéta la fille.

Elle était belle. « Une jeune femme, pas une jeune fille », rectifia Pierre mentalement. Vingt-cinq ans, peut-être un peu plus. Ses yeux, d'un brun noisette très clair, étaient doux et malicieux et sa coiffure, une boule de boucles auburn, accentuait son air espiègle. Elle portait un chemisier sans manches couleur pêche. Par l'échancrure, « calculée », pensa Pierre, on entrevoyait un soutien-gorge blanc à bonnets de dentelle. Elle avait des épaules de sportive et sa peau était délicatement hâlée.

— L'inspection est terminée ?

Pierre accusa le coup. Cette franche entrée en matière, riche de sous-entendus, était digne d'Isabelle. Sauf que... Oui, Isabelle l'aurait dit sans sourire.

— Comment vous appelez-vous ? dit Pierre.
— Comme la bière.
— La bière ?
— Qu'est-ce que vous buvez ?
— Ah ! D'accord ! Mary Ann ?
— Exactement. Et épargnez-moi, je vous prie, toutes les astuces vaseuses que me vaut cette homonymie.
— Eh bien, Mary Ann, en mémoire de vous, je ne boirai plus que de la Mary Ann.
— Celle-là est particulièrement éculée.
— Mary Ann, je penserai à vous à chaque fois que je commanderai une...
— Celle-là aussi.
— Je m'appelle Pierre.
— Français ?
— Ça s'entend ?
— Un peu. Mais avec tous les Ecossais, les Gallois, les Irlandais, les Belges, les Danois, les Suédois et que sais-je qui défilent dans ce patelin, on finit par ne plus savoir qui a l'accent de qui ou de quoi. Vous, vous avez appris l'anglais à l'université. Vous parlez comme un professeur.

Ses yeux s'attardèrent sur l'alliance de Pierre. Elle alluma une cigarette.

— Marié ?
— Marié.
— Ne perdez pas votre temps, je ne sors *jamais* avec les hommes mariés.
— Je perdrais mon temps si j'avais l'intention de *sortir* avec vous.

Elle baissa les yeux et tapota la cendre dans le cendrier, du bout de sa cigarette.

— Alors ça change tout. Reprenons dès le début, si vous voulez bien.

— Comment vous appelez-vous ?

— Mary Ann, et vous ?

— Pierre.

— Il me semble vous avoir déjà vu quelque part.

— En France, c'est généralement l'homme qui dit ça.

— Chez vous, est-ce qu'on demande aussi : « Vous habitez chez vos parents ? »

— Que répondriez-vous à cette question ?

— Que j'habite en ville. Et que je vous ai déjà vu quelque part. Dites-moi où.

— A la télévision.

— Vous plaisantez, j'y travaille.

— Est-ce que j'ai l'air de plaisanter ?

Elle le fixa intensément.

— Oh non ! Vous êtes le père de la petite fille qui...

— Oui.

— Et vous avez le cœur à... à...

Elle ne pouvait cacher sa déception. Et sans doute réprimait-elle une moue de dégoût.

— A quoi ? Dites-le !

— A draguer.

Pierre recula sa chaise, pour se lever.

— Bonsoir.

— Attendez !

Elle le retint par le poignet et quand elle eut compris tout ce que ce geste avait d'incongru, elle regarda sa main et la laissa retomber sur la table.

— Ne partez pas. Pardonnez-moi. Et je vous en prie, rasseyez-vous ! On nous observe. On dirait que je vous fais une scène.

Pierre frissonna. Dix minutes avaient suffi pour installer entre cette inconnue et lui une complicité que neuf années de vie conjugale avec Isabelle n'avaient pas réussi à ébaucher.

Elle alla au-devant de ses pensées.

— Dites-moi que je ne peux pas comprendre.
— Je suppose que vous ne pouvez pas comprendre.
— Merci. Et si on allait ailleurs ?
— Ailleurs ?
— Dans un endroit plus tranquille.

L'animation des rues n'avait pas décru. Les familles faisaient du lèche-vitrines, des groupes de filles et de garçons allaient et venaient, discutaient, quittaient un pub pour un autre, montaient dans des voitures, filaient vers d'autres bars de l'île.

La présence de Mary Ann, qui marchait à ses côtés – *en d'autres circonstances*, pensa Pierre, elle lui aurait pris le bras –, le protégeait de la foule et il sentait ces rues lui devenir familières. Il connaissait quelqu'un – *quelqu'un* qui ne soit ni flic, ni centenier, ni journaliste. Il *s'installait* à Jersey. Il était impossible que cette rencontre n'ait pas de lendemain.

Ils poussèrent la porte à tambour d'un club privé. Dans l'entrée – « Un sas », pensa Pierre – Mary Ann adressa au portier un salut amical.

— Une cravate, s'il te plaît, David, dit-elle.

Le portier lui présenta un carton plein de cravates et plaisanta :

— Deux pour une livre, cinq pour deux livres...

Mary Ann en choisit une à rayures bleues et rouges. Elle la passa autour du cou de Pierre.

— Elle ira bien avec votre chemise. Pour le nœud, débrouillez-vous. Moi je n'ai jamais su.

En traversant le bar et le salon de bridge, elle lança des « Hello! » familiers. Dans le *lounge-bar*, la lumière était tamisée. Une sonorisation discrète diffusait du jazz moderne. Au fond de la pièce, elle fit glisser deux chauffeuses près d'une table basse. Au lieu de les disposer l'une en face de l'autre, elle composa un divan d'angle.

— Je fais le service, dit-elle. Que prendrez-vous? Une Mary Ann?

Pierre sourit et alluma une cigarette. Mary Ann — elle était presque aussi grande que lui et ses jambes et ses hanches étaient magnifiques — passa derrière le bar et tira à la pression une pinte et une demi-pinte de bière. Elle les posa sur des dessous de verre en carton et s'installa près de Pierre. Son parfum était vanillé, avec une imperceptible touche d'encens. Elle croisa les jambes, se tourna vers lui et ajusta sa cravate.

— Elle vous va très bien.
— Cheers!
— Cheers...

Pierre n'était pas — n'avait jamais été — un coureur de jupons. Non qu'il méprisât les plaisirs de la chair. Mais à l'accomplissement d'un acte sexuel, souvent imparfait la première fois, il préférait le mystère d'une relation qui se noue ou ne se noue pas, voire qui se dénoue, passion de l'indicible nuance qui fera ou ne fera pas le partage de sentiments amoureux.

Ce mystère possible était assis à ses côtés et la chaleur de sa cuisse contre la sienne le troublait.

— Je me souviens, maintenant. C'est bien à la télévision que je vous ai vu. Pas sur l'écran, dans l'immeuble de la télévision. Je vous ai croisé dans un couloir de c.t.v. Vous veniez d'enregistrer votre message. Est-ce que je dois vous dire quelque chose ? J'aurais l'impression de répéter ce que vous avez dû entendre cent fois... Ça paraît tellement vain de dire : « Ne vous en faites pas, on la retrouvera »...

— Oui. Et pourtant...
— Ça fait du bien ?
— Je me le répète tout le temps.
— Cette île n'est pas le paradis que l'on croit. Elle a un passé... inquiétant. Il y a eu de drôles d'histoires ici. Avez-vous l'intention de vivre à Jersey jusqu'à...
— Oui, jusqu'à.
— Et votre... femme ?
— Nous en parlerons si nous nous revoyons. Peut-être.

Mary Ann s'appuya sur son épaule comme pour mieux lui faire comprendre qu'elle le quittait à regret.

— Il faut que je m'en aille.

Pierre eut peur d'avoir commis un impair. Et puis il se dit que cela n'avait pas d'importance, pas plus qu'un bouton perdu ou une marche ratée quand le ciel vous est tombé sur la tête et que vous gisez, membres brisés, sous les gravats d'une vie foutue.

— Je suis monteuse à C.T.V., j'ai un boulot à terminer.
— A cette heure-ci ?
— Des films qui arrivent (elle consulta sa montre), pardon qui sont arrivés de Londres à vingt-trois heures, pour le journal de demain. Vous me raccompagnez ? Ma voiture est garée devant *La Pomme d'Or*.

C'était une Austin mini noire.

— Avez-vous encore envie de m'*en* parler? dit Mary Ann.
— Oui.
— Nous nous reverrons, alors?
— Nous faisons tout à l'envers. C'est moi qui devrais vous demander ça.
— Je croyais les Français moins conventionnels que les Britanniques. Je vous appelle?
— Oui.

Mary Ann sourit. Le vent de mer faisait bouffer ses boucles auburn.
— Si vous me donnez le nom de votre hôtel.
— L'*Imperial*.

Lui tendre la main? La joue? Les lèvres? L'enlacer? Ils demeurèrent immobiles, les bras le long du corps, paralysés par une gêne que Mary Ann brisa en s'exclamant d'une voix qui sonnait un peu faux :
— La cravate!

Ils rirent.
— Nous irons la rendre ensemble, dit Pierre.

Elle s'installa au volant, sans s'inquiéter de sa jupe qui découvrit ses cuisses. Elle claqua la portière. La Mini prit la direction du tunnel.

Pierre pensa plus tard que cette absence de contact, de poignée de main ou de baiser – mais quel baiser? l'embrasser sur la bouche aurait rompu le charme –, fut propice à la naissance du mystère.

Tout en marchant vers l'*Imperial*, il éprouva une pointe de jalousie. Mary Ann n'allait-elle pas rejoindre un amant? Un journaliste de c.t.v. qui finissait tard? Un type qu'elle devait attendre sagement au *Blue Duck* en compagnie d'une copine, chaperon destiné à la protéger des dragueurs? Elle était déjà en train de raconter son aventure : « Oh!

écoute John (ou Edward, ou Frank, ou Cleve, ou Williams), j'ai rencontré au *Blue Duck* le type qui, tu sais le Français dont la petite fille... Complètement déglingué, le pauvre... »

Pas le genre de Mary Ann.

Entre cette fille et lui le courant était passé. Comme jamais il n'était passé.

Effrayant. Nouvelle donnée. Ou nouvelle donne. Maldonne ?

Non. Il en était persuadé, Mary Ann allait l'aider, de diverses façons, de trente-six manières.

L'aider à.

14.

Il s'attarda le long de l'esplanade. Un moment, il marcha dans la direction de St. Aubin, jusqu'au *Grand Hôtel*. Il s'assit sur un banc, face au port de plaisance. Les flics avaient-ils fouillé tous ces bateaux ?

Plutôt que de rejoindre l'*Imperial* par les ruelles du quartier des docks, il revint sur ses pas et alla boire une pinte au bar de *La Pomme d'Or*. Trop de monde. Il s'enfuit par le chemin qu'un instant plus tôt il avait voulu éviter.

Envers du décor portuaire : un parking à étages, inquiétant, non pas en lui-même mais à cause de toutes les scènes de films policiers ou d'angoisse tournées dans de tels lieux ; des entrepôts à l'intérieur desquels les pas et les appels au secours résonnent, renvoyés par les parois en tôle comme des boules de billard devenues folles ; des bars aux huis clos renforcés de barreaux de fer forgé ; d'immenses murs aveugles. En France, il aurait craint pour sa vie. Ici, dans l'île, il se sentait en sécurité. Il se rappela l'avoir dit à Ellington. *L'île est à ma mesure, l'île est à mon échelle. Je m'y sens en sécurité, si curieux que cela puisse paraître, dans ces circonstances...*

À l'angle de Vauxhall Street et de David Place, des flics en uniforme mettaient en place un barrage. Par groupes de trois ou quatre, ils descendaient de Rover garées de travers. Un contrôle d'identité ? Pierre vérifia la présence de son portefeuille dans la poche de son pantalon. C'était peut-être lui que les flics cherchaient ? On avait retrouvé Angeline, on n'avait pas réussi à le toucher à l'*Imperial*, on voulait lui apprendre la bonne nouvelle le plus vite possible. Au carrefour de St. Mark's Road et de Gas Lane il ralentit le pas en croisant deux policiers, afin qu'ils aient le temps de l'identifier. Mais leur regard glissa sur lui et il se moqua de lui-même. Il n'était rien. Rien qu'un sous-élément statistique : le père de la gosse qui. Angeline comptait pour *UNE* disparition. Elle figurerait à ce chapitre au rapport annuel du capitaine Ellington. Trois viols, un assassinat, cent vingt-trois vols à la tire, quarante-quatre cambriolages et *UNE* disparition.

Les flics ne s'agitaient pas, ne s'interpellaient pas, ne hurlaient pas des ordres. Ils étaient là. Point. Il y avait quelque chose d'étrange dans ce contrôle sans coups de gueule, sans roulements stridents de sifflets à bille. Pourtant, le quartier était bouclé. Dans un but précis, forcément.

Ces hommes en bleu marchaient dans l'air sulfureux des cauchemars de Pierre.

Une ombre jaillit de l'embrasure d'une porte.

— Mr. Roussel ! bredouilla l'ombre.

— Verryott ! dit Pierre, soulagé.

Le serveur était ivre. Il transpirait abondamment et empestait la bière rance. Mais son visage était comme illuminé par l'ivresse : grands ouverts, ses yeux s'arrondissaient sur une jubilation secrète. Verryott se mit à danser en murmurant un chant. Ses gestes étaient gracieux et aériens, Pierre fut surpris par la souplesse de ce corps empâté.

Le Pakistanais s'immobilisa brusquement, en déséquilibre, le buste en arrière.

– *Very hot ?* s'étonna-t-il, *very hot ?*

Il éclata de rire, pour s'arrêter net en se redressant, les traits crispés.

– Oh! pauvre Mr. Roussel, excusez-moi. *Very hot*, ça amusait beaucoup la petite fille, n'est-ce pas?

Pierre lui dit qu'Angeline l'avait surnommé ainsi.

– Oui, je l'avais deviné. S'il vous plaît, continuez de m'appeler Verryott, c'est très joli. Et d'ailleurs, mon nom est imprononçable.

Il posa sa main droite sur son cœur, s'inclina et ajouta :

– Cher Mr. Roussel, auriez-vous l'obligeance de ramener Verryott à l'hôtel?

– Vous avez peur des flics? Qui cherchent-ils?

Le serveur écarta les bras et haussa les épaules.

– Je n'en sais rien... Mafiosi?

De nouveau, il éclata de rire.

– Non, Mr. Roussel, c'est une rafle. Ils ramassent les ivrognes. Les ivrognes comme moi.

Il passa son bras sous celui de Pierre et l'entraîna. Les flics ne furent pas dupes mais ne les inquiétèrent pas. Une bonne âme ramenait un ivrogne au bercail, ça faisait un de moins à boucler.

L'hôtel était en vue. Le Pakistanais respirait bruyamment. Le personnel de l'*Imperial* occupait le dernier étage d'une annexe qui donnait sur Stopford Road. Pierre poussa Verryott dans l'escalier. La chambre était meublée d'un lit métallique, d'une commode et d'une armoire en bois blanc. Le serveur s'écroula sur son lit.

— Ça va aller? dit Pierre.
— Buvons une bière, marmonna Verryott.

Il fut incapable de se relever. Pierre décapsula deux bouteilles et ils burent au goulot.

— Je vais vous aider à retrouver la petite fille.
— Oui, oui, bien sûr, dit Pierre.

Verryott s'offusqua.

— Mais je parle sérieusement!
— Je n'en doute pas.
— Ecoutez-moi... J'ai un ami, Pakistanais et serveur comme moi, à Rozel Bay, qui a des dons de... (il bafouilla dans sa langue natale) ah! je ne connais pas le mot anglais. Il possède un... un... (il agita sa main en l'air, index et pouce joints).
— Un pendule.
— Oui, un pendule. Une montre en or qui tourne. Il ira avec vous dans l'hôpital souterrain.
— D'accord, dit Pierre, et maintenant, dormez.

Le serveur s'allongea et ferma les yeux.

— Je ne plaisante pas!
— J'en suis sûr.

Un radiesthésiste, pourquoi pas? pensa Pierre en entrant dans sa chambre. Il faut se raccrocher à tout. A n'importe quoi.

Il tira les rideaux, prit une douche et se coucha. Sa lampe de chevet se reflétait dans la boule bleutée de l'autre lampe sur la tablette. Il y voyait toute la chambre, prisonnière du globe comme de l'œil d'un poisson. Une étoile dans une boule de cristal.

Il pensa à Isabelle, composa le numéro de la ferme. Occupé. Elle avait décroché.

— Notre chien aussi a disparu, dit-il à haute voix.

Son rythme cardiaque s'accéléra. Oui, la disparition de Riss, n'était-ce pas un signe de plus ? Il avait oublié ce drame. Il respira à fond, les yeux clos. Ses angoisses, qu'elles fussent colombes ou insectes, lui apparurent prémonitoires, une fois de plus. Une constellation de prémonitions. Un vol de corneilles au-dessus d'un cimetière ou un champ de pierres qui se lèvent de terre après l'orage. Il rit, secoué de frissons. Il but un verre d'eau et alluma une cigarette. Sur le petit lit, à sa gauche, Angeline apparut. Elle dormait, son ours dans ses bras, les lèvres entrouvertes. Pour effacer cette image, il dut user du subterfuge habituel : créer dans sa tête, là, contre l'écran de son front, sa propre image effaçant un tableau noir où l'on avait dessiné à la craie Angeline et son ours en peluche. Coups de chiffon inutiles : l'image réapparaissait. Alors, transformer le tableau noir en miroir d'eau, jeter un caillou dans la mare, mais au lieu de la délivrance, l'horreur : Angeline se noyait. Vite, lui enfiler une brassière, vider la mare d'une pensée magique, la sécher, l'embrasser, siffler le chien, ah ! enfin, voilà l'image du chien.

Tous les soirs, le chien était au rendez-vous. Pierre ne l'attachait plus car il ne s'éloignait pas de la hêtraie et, selon les saisons et le temps, occupait des cachettes qu'Angeline et son père avaient appris à connaître. Riss détestait la pluie : pour peu qu'il bruinât, et si de surcroît soufflait la tempête, il se réfugiait, ô malheur, au fond de sa niche. Par temps froid et sec, il adorait les tas de feuilles mortes. Mais au printemps les feuilles pourrissaient. Heureusement poussait l'herbe drue sous les hêtres : cette couche, fraîche en été, remplaçait les feuilles dispersées en confetti. Riss tenait-il à exprimer un accès de mélancolie – ou d'amour ? ou une rage de dents ? – qu'il se couchait sur le paillasson de la porte de la salle à manger, au plus près d'eux, eux qu'il attendait ces soirs-là avec une impatience fébrile. Episodiquement – en vertu de quelle fantaisie subite ? – il occupait des recoins qui devaient avoir l'attrait du neuf. Il s'était creusé un terrier sous le tas de bois – deux cordes de bois que Pierre appelait « le bois ornemental », un joli tas de bûches qu'il reconstituait au printemps et qui agrémentait jusqu'à l'automne un pignon de la ferme. Une fois, Angeline rampa dans ce trou et se couvrit de terre et de poils de chien. Elle fut déshabillée et plongée dans la baignoire par une Isabelle furieuse.

Baignoire. L'image d'Angeline noyée remonta à la surface du miroir. Vite, rattraper le chien.

Dans le garage, Riss vola un vieil imperméable et le posa sur le tuyau d'arrosage dont les cerceaux souples épousaient la forme de son corps quand il se lovait, le museau sous la queue. Un couvercle de poubelle, trop petit, lui fit le même usage. « Il déborde, Riss ! » disait Angeline, et le chien remuait la queue en la regardant par en dessous, malicieux et caressant.

Pierre pensait souvent à la mort de Riss. Plutôt que de le faire piquer, s'il fallait l'euthanasier, il lui tirerait une balle dans la tête. Il était conscient de la puérilité de ce romantisme de la mort donnée par celui qui aime. Il espérait que cela viendrait le plus tard possible, quand Angeline serait en âge de supporter le chagrin. Le chien était le feu dans la cheminée, le gardien ponctuel, l'ami éternel qui vérifiait lui-même, en ouvrant la portière de la voiture entrouverte par Angeline, la présence de la petite fille à l'arrière. Il aboyait, attendait le tapotement sur la tête et le rituel : « Non! Pas le droit! Pas la papatte sur les sièges, Riss! » qui le tétaniseraient, l'oreille basse et l'œil humide d'amour.

Ce soir-là, il n'accourut pas à la rencontre de la Saab. Angeline sortit de la voiture, Pierre claqua les portières et donna un coup de klaxon.

— Riss! Riss! appela la fillette. Ah! il dort!... Réveille-toi, Riss! Angeline est là!

Il était arrivé que le chien passât la nuit dehors, à hurler à la mort devant un hangar où était enfermée une chienne en chaleur. Mais la vieillesse lui avait ôté le goût de courir le guilledou.

— Alors, c'est l'andropause, mon vieux ? avait plaisanté Isabelle.

Angeline et Pierre explorèrent une à une les diverses cachettes du chien.

— Il a dû rencontrer un copain et aller se promener, dit Pierre.

— Quand est-ce qu'il reviendra ?

— Demain, sûrement.

Angeline tint à préparer elle-même la gamelle de Riss. Toute la soirée, elle espéra l'entendre aboyer ou gratter à la porte d'entrée. Le lendemain matin, elle s'accroupit près de la niche : Riss n'était pas à l'intérieur.

— C'est que quand il pleut qu'il va là, dit-elle.

Elle était sortie sur ses chaussons, en chemise de nuit. Le temps était beau et sec. Un merveilleux mois de juillet.

Sur son lit, chambre 402, *Imperial Hotel*, Pierre tressaillit. Juillet. Presque un an jour pour jour...

Le premier soir qui suivit la disparition de Riss, il rentra plus tôt de l'étude. Il fouilla les fossés, se renseigna dans les fermes alentour, téléphona à la s.p.a.

— Riss avait pu perdre son collier et sa médaille. Les agriculteurs voisins furent réalistes et brutaux.

— Il braconnait pas le lapin, votre chien? Non? Ah bon, parce que ça s'est déjà vu, un clebs accroché à une branche basse par son collier. Il crève de faim et de soif. On retrouve un squelette nettoyé par les renards et la sauvagine.

— Y a pas de blaireau dans votre terrain? Parce que y a pas pire. Des griffes longues comme votre doigt. Ça vous découpe un chien en morceaux, en moins de deux...

On lui demanda si son chien n'était pas malade, s'il ne buvait pas des litres et des litres d'eau. Non, il n'avait pas remarqué.

— Parce que ça aussi, mon pauvre monsieur, c'est un signe. Quand ils boivent comme des éponges, c'est qu'ils sont malades. Le diabète ou une saloperie quelconque. Et un beau jour alors qu'on s'y attend le moins, ils s'en vont crever dans un coin.

A en croire les paysans, les chiens sont comme les éléphants : ils meurent à l'abri des regards, loin du monde.

Angeline en perdit le sommeil et Pierre dut se résoudre à lui donner une explication qui semblerait d'autant plus vraisemblable qu'elle mettrait en cause ces inconnus, ces ogres sans visage auxquels les enfants attribuent toutes les misères du monde : les « méchants ».

— On m'a dit que des méchants l'ont écrasé, et de peur d'avoir des ennuis ils l'ont enterré quelque part.

Angeline pleura mais sa haine à l'égard des « méchants » l'aida à surmonter sa peine. Méchants voisins. Méchant facteur (il roulait vite, elle le soupçonna).

— Je ne veux plus entendre parler de ce chien! lui intima Isabelle, il est reparti là d'où il venait. Faut pas s'attendre à des sentiments de la part d'un chien. Je vous rappelle que c'est à la S.P.A. qu'on l'avait pris. Un fugueur-né, cet animal !...

Pierre n'était pas d'accord. Rien n'expliquait la disparition de Riss.

Restait une hypothèse : l'enlèvement...

Il s'endormit sur cette pensée.

15.

— La thèse de l'enlèvement! répéta Pierre à Mary Ann, c'est idiot, n'est-ce pas, s'agissant d'un chien.

Mal réveillé, nerveux et amer, il avait pris son petit déjeuner dans sa chambre.

— Je pense à vous, Mr. Roussel, avait dit Verryott en posant le plateau sur le lit.

— Vous pensez à moi?

— Le pendule. Cet après-midi, seize heures, si vous voulez. Mon ami et moi, nous avons trois heures de pause entre le déjeuner et le dîner.

Pierre avait accepté le rendez-vous, d'un ton maussade, à la limite de la goujaterie. Mary Ann l'avait appelé vers onze heures. Ils s'étaient retrouvés au *Nelson's* pour déjeuner.

Le port de la cravate n'était obligatoire que le soir. Il rendit celle qu'il avait empruntée la veille. Mary Ann lui tendit un paquet cadeau, long et léger.

— En prévision d'autres soirées, dit-elle.

La cravate était en soie et aux armes du club. Cette fille était-elle folle, elle aussi? Pourquoi *elle aussi*? se reprit-il. Que signifiait ce cadeau? Une femme offre une cravate à son époux, une fiancée à son fiancé, une maîtresse à son amant. Une sœur à son frère. Une amie à un ami ? L'amitié est-elle possible entre un homme et une femme ? L'amitié vient après l'amour, dit-on. Suppose-t-elle l'absence de désir ? D'avoir vaincu le désir ? De l'avoir consommé ? Il pensa à Agnès, la femme de Merkel, son associé. Il ne l'avait jamais désirée. Etaient-ils amis ? La femme d'un ami. Amitié indirecte, par ricochet. Mary Ann n'était ni une épouse, ni une maîtresse, ni une amie, ni une copine. Une explication lui vint à l'esprit, puérile et désagréable : cette cravate était le cadeau charitable (caritatif, ricana-t-il intérieurement) d'une fille gentille à un paumé, ou pire, d'une fille curieuse au principal témoin d'un fait divers. Pourquoi couper les cheveux en quatre ? Ne lui était-il pas possible de vivre les événements, quels qu'ils soient, *simplement* ? Rencontrer une fille qui vous plaît, lui plaire, avoir besoin d'être aidé, *j'ai besoin qu'on m'aide*...

Se reposer : regarder la fille, freiner ses pensées. Entracte. L'ouvreuse vend des *sweets*.

Douceurs : Mary Ann avait noué ses cheveux sur sa nuque en un petit macaron sur lequel elle avait épinglé une fleur en tissu, indéfinie – rose trop ouverte ou pivoine rose et blanc. Elle portait une veste ample, de couleur prune, en toile, aux épaules larges, sur un pantalon blanc serré aux chevilles – qu'elle avait étonnamment fines et que des escarpins rouges mettaient en valeur. Ses yeux noisette paraissaient encore plus grands que la veille et c'était sans doute la fatigue de la nuit (ou l'amour, ne put-il s'empêcher de penser, des heures de passion charnelle avec son Edward ou son Cleve) qui les rendait plus ténébreux. Deux rides d'expression soulignaient leur profondeur.

– Mais oui, on aurait pu *kidnapper* votre chien.
– Quel intérêt ?

— Je présume que vos campagnes ne sont pas très différentes des nôtres. Les gens y sont un peu rustres, un peu primaires, on a du mal à les comprendre.

Elle avait raison. Pierre se souvint de Parisiens bardés d'illusions qui avaient cru trouver le bonheur pastoral – retour à la terre et tous les clichés qu'on y associe – en s'installant dans une vallée proche. Ils avaient restauré un moulin. Panthéistes d'un ordre nouveau, ils créeraient dans la nature, reliés au monde par deux lignes téléphoniques, un télex et un télécopieur. Ils travaillaient dans la publicité. Ça avait fait les choux gras du monde paysan. Au cours d'une réunion de préparation du plan d'occupation des sols à laquelle Pierre avait été convié en qualité de notaire, les agriculteurs s'étaient payé la tête des citadins. Ceux-ci s'étaient barricadés : clôtures de fil barbelé, hauts portails pleins, sirène d'alarme et bergers allemands. Mauvaise plaisanterie ? On leur avait coupé le fil du téléphone et on avait empoisonné leurs chiens. Ni Pierre, ni les paysans, ni les gendarmes, personne ne les avait crus. Des dingues qui avaient pris leurs jambes à leur cou en criant au loup. Pierre ne ressemblait pas à ces énergumènes : il était du terroir, il vivait en harmonie avec ses voisins. Son chien était connu. S'il traversait la route devant une voiture, on ralentissait. On l'appelait par son nom. Certains paysans disaient *Maurice*.

Pierre eut un éblouissement.

— Je commence à avoir le tournis, dit-il.

— J'ai vu William Rault, dit Mary Ann.

La fatigue s'était envolée de ses yeux. Son regard pétillait, ni de joie ni de bonheur, d'attention pénétrante.

— Vous le connaissez ?

— Je travaille à c.t.v., l'avez-vous oublié ? William

a commencé de distribuer les affichettes. A Guernesey aussi, sait-on jamais...

— Hier soir, un serveur pakistanais de l'*Imperial* m'a proposé les services d'un de ses copains radiesthésiste. Vous viendrez ?

— Mais oui, avec plaisir. Me permettrez-vous de vous poser quelques questions ?

— Mon cas vous intéresse ?

— Pourquoi dites-vous cela ?

— Je ne tourne plus très rond.

— Vous pensez que je vous ai harponné parce que je suis plus ou moins journaliste, pour satisfaire je ne sais quelle curiosité malsaine ?

— Pourquoi, sinon ? Pour mes beaux yeux ?

Elle se mordit la lèvre. Elle le faisait fréquemment. Presque un tic. Comme Isabelle, mais avec une différence essentielle : c'était le désarroi qu'exprimait cette morsure et non pas la fureur.

— Je suis désolée, je ne vous importunerai plus.

Il lui prit la main, pour la relâcher aussitôt.

— Je suis un imbécile. Soyez indulgente. J'ai l'impression d'être entre deux vins. De ne plus savoir très bien ce que je dis, ni ce que je pense. Je crois que j'aurais mieux fait de ne pas revenir dans l'île.

— Si vous restez c'est que vous en éprouvez le besoin.

— Quand j'ai dû partir avec ma femme, j'ai eu le sentiment de trahir ma fille, de l'abandonner.

— Ellington est un type bien. Et votre femme ?

— Vous me demandez si ma femme est un *type bien* ?

— Non, je voulais dire... Comment prend-elle ?...

— Ma femme est insensible, dit-il d'un trait et en même temps qu'il prononçait les mots l'assertion perdit de sa gratuité.

— Je ne vous crois pas.
— Ma femme n'éprouve rien.
— Attention!
— A quoi?
— Vous êtes à la recherche de vos méchants.
— Je ne comprends pas.
— Comme votre fille, pour le chien. Sa haine a effacé son chagrin. Vous cherchez quelqu'un à haïr.
— Je ne la hais pas.
— Vous ne l'aimez plus.
— Pourquoi n'est-elle pas avec moi?
— Elle ne l'a pas souhaité? Vous le lui avez demandé?
— Ce n'était pas la peine. Nous ne pouvons pas nous parler.
— Comment cela? En général? D'habitude?
— Oui. Et je ne peux pas lui parler, d'ici, de Jersey. Elle a décroché le téléphone.
— Télégraphiez.
— A mon ami?
— A votre femme.
— Et si elle ne répondait pas?
— Arrêtons, je suis une emmerdeuse.

La gentillesse et la subtilité de cette fille étaient telles qu'il s'interdit de répondre : « Une jolie enquiquineuse. » C'eût été creux et déplacé. Non pas qu'elle se fût méprise : elle aurait décelé la dérision sous le badinage. Mais ils n'avaient pas besoin de ça. Ils se comprenaient. De même, coucher avec elle servirait à quoi? se dit-il. A compliquer les choses. Trop facile et trop difficile. Laisser agir le temps. Quand on est impuissant – le double sens du mot le frappa – on s'en remet au sort. Impuissant, il l'était dans la mesure où il s'interdisait de prendre l'initiative. Il pressentait que ce ne serait pas une simple coucherie.

Mais peut-être Mary Ann appartenait-elle à cette catégorie de filles « libérées » qui couchent par hygiène corporelle? Dans ce cas, ses scrupules étaient vieux jeu. Il pensa que l'espérance passive – non, ce n'était pas un pléonasme – ou la *passivité fervente* sont la marque des faibles, des mystiques et des schizophrènes. Ses pensées le surprenaient. Il se rassura : non, il ne se complaisait pas dans la passivité. Son attente était active. Ah! bien sûr, pas dans le sens commun : passif par obligation pour tout ce qui touchait à l'enquête policière, il déployait, dans son domaine, une formidable *activité mentale*. Il devinait que la solution – le retour d'Angeline – passait par là. Par son cerveau.

– Si vous vous voyiez penser! dit Mary Ann. Croyez-moi, ça vaut le détour. Arrêtez ou vous allez exploser. Je tiens à vous revoir en bon état, ce soir.

– Cet après-midi. Le rendez-vous avec l'homme au pendule est à seize heures, sur le parking de l'hôtel.

– J'avais oublié. J'y serai.

Il régla l'addition.

De sa chambre, il téléphona à Merkel qui accepta de se rendre immédiatement à la ferme. Il rappela une demi-heure plus tard.

– Je suis chez toi. Ça ne va pas très fort. Elle s'est enfermée. J'ai eu toutes les peines du monde à la convaincre de m'ouvrir. Elle est prostrée, sans l'être tout à fait. Elle est...

– Indifférente?

– Oui, un peu comme... Comme, enfin tu vois, comme quelqu'un qui ne va pas très bien.

– Conseille-lui de voir un psy.

– Comment? s'étrangla Merkel.

— Un psy.
— Je rêve ou quoi ? Je suis en plein cirage, avec vous deux. Faudrait me fournir le décodeur. Qu'est-ce qui s'est passé entre vous ?
— Pourquoi ?
— Parce que, mon petit vieux... Isabelle m'a chargé d'une commission... Prends ça comme ça vient. Dans son état... Eh bien voilà : elle veut divorcer.
— Je m'en doutais.
— Comment ça, tu t'en doutais ? Qu'est-ce que vous branlez, vous deux ? C'est pas le moment de vous foutre en l'air.
— On pourrissait sur pied depuis un moment.
— Tu ne pourrais pas être un peu plus clair ?
— Aucune envie.
— Elle t'accuse de cruauté mentale.
— A la bonne heure !
— Tu m'inquiètes, Pierre.
— Moi aussi, je m'inquiète.
Un long silence s'installa.
— Pierre ? Tu es toujours là ?
— De quoi elle a l'air, exactement ?
Merkel baissa la voix.
— Que veux-tu dire ? Quel air veux-tu qu'elle ait ? Tu devrais revenir, merde !
— Impossible.
— Du nouveau ?
— Non, rien de neuf.
— Ça te sert à quoi de te faire du mouron tout seul ? Au moins ici tu y penserais moins.
— Plus.
— Qu'est-ce que tu cherches ?
— Je cherche.
— Ah ! merde, tu me les casses !... Rentre en France, je te le demande !

— Je ferai un aller et retour dès que je pourrai.

Il raccrocha. Planté devant le miroir qui couvrait le mur face aux lits, il éclata de rire. Il grimaça, tout en variant rires et ricanement. Rire de gorge, rire de femmelette, rire digne, rire aristocratique, rire interrogatif, rire cinglant. Ces exercices vocaux le firent tousser. Il suça un bonbon à la menthe. Il se rappela la maison de la presse où Angeline avait acheté un gros sachet de confiseries. Où Isabelle avait acheté le livre sur les sorcières de Jersey. Elle voulait divorcer. Et allons donc ! A quel instant les herses étaient-elles tombées entre eux ? Dès l'arrivée du centenier à l'hôpital souterrain, pensa-t-il. Divorcer ! Cela paraîtrait incroyable. Ou au contraire, inéluctable. Mais on dirait aussi : « Ça cache quelque chose ! » Divorceraient-ils par consentement mutuel ? Il consentirait... Ils étaient mariés sous le régime de la communauté réduite aux acquêts. Isabelle réclamerait-elle sa part ? Au moins, ils ne se disputeraient pas la garde de l'enfant, pensa-t-il cyniquement. Le seul bien commun était la ferme. Les chambres de bonne appartenaient en propre à Pierre. Mais la ferme avait été achetée avec les actifs réalisés de la succession de ses parents. Il y avait là matière à litige, s'il le désirait. Isabelle avait-elle fait mourir la Receveuse et le Receveur pour toucher un jour la moitié de l'héritage ?

Fait mourir... Ces deux mots lui firent peur. Heureusement qu'il ne laissait pas la bride sur le cou à ses méninges. Qu'en sortirait-il ? Quels crapauds ? Quels serpents ? Quelles cavales sauvages ? Surtout, tenir la bride. Mieux, marcher devant, le licou enroulé autour du poignet. Surtout, ne pas les chevaucher à cru. Il serait jeté à terre. Rompu. Réduit en miettes.

16.

A seize heures précises, Verryott lui présenta son compatriote sur le parking de l'*Imperial*. L'homme au pendule s'appelait Arriani, ou quelque chose comme ça. En tout cas, ce fut ainsi que Pierre mémorisa le patronyme du radiesthésiste. Il n'avait rien du gourou que Pierre avait imaginé. Petit, rond de visage et de corps, il avait des membres fins, des doigts longs bien que charnus, et ressemblait à une grosse araignée – sans doute le fil et le pendule avaient-ils provoqué cette association d'idées –, un bon gros insecte de bande dessinée, un peu peureux, aux yeux doux, au sourire avenant.

– Nous attendons une amie à moi, dit Pierre.

Arriani ne parlait pas l'anglais couramment et pria Verryott de l'en excuser auprès de Pierre. Il sortit de la poche de son veston un gousset en cuir duquel il tira un oignon en or, à couvercle. Il l'ouvrit.

– Elle ne marche plus, dit Verryott, elle ne vaut plus en tant que montre, mais il faut indiquer l'heure. A quelle heure la petite fille a-t-elle disparu ?

– A treize heures.

Arriani régla les aiguilles de l'oignon, consulta sa montre-bracelet et s'adressa dans sa langue à Verryott.

— Il dit que c'est dommage. L'heure est passée. Mais s'il le faut nous reviendrons demain à l'heure fatale.

Pierre crut avoir mal compris. Il se fit répéter l'adjectif. *Fatal*. Qui pouvait se traduire par fatale, mortelle ou funeste.

Arriani laissa pendre l'oignon au bout de sa chaîne et leva le pouce.

— La montre de son père, dit Verryott, très bonne montre. Très bon pendule.

Arriani cligna de l'œil. Le soleil lui répondit : un pare-brise étincela à l'angle de Stopford Road. Mary Ann garait sa Mini. Elle traversa la rue au feu en face de l'*Imperial*, avec ces gestes et cette allure quelque peu empruntés de celle qui se sent observée — elle rajusta son sac sur son épaule, elle boutonna sa veste, baissa la tête, la releva et secoua ses cheveux embrasés par le soleil. Elle hésita entre sourire et lancer de loin un « Hello! » cordial aux trois hommes. Elle sourit à Pierre. Quand elle fut près d'eux, Arriani s'inclina et Verryott lui souhaita *good afternoon*. Elle toucha le bras de Pierre, du bout des doigts, et son regard fut à la fois amical et interrogateur, tout comme son « Hello, Pierre! » presque inaudible. Elle essaya de prononcer « Pierre » à la française, détachant les deux syllabes et insistant sur le *er*. Un peu intimidé, Verryott se frotta le nez.

— Jolie madame, dit-il en français.

— Mary Ann travaille à C.T.V., dit Pierre, et il eut l'impression de s'excuser.

— Citivi ? dit Arriani.

Il interrogea Verryott.

— Mon ami s'inquiète de savoir si la dame va faire un reportage sur son travail.
— Mais non, dit Mary Ann.
— C'est une amie, dit Pierre.

Arriani et Verryott hochèrent la tête avec vigueur, puis ils se tassèrent à l'arrière de la Corsa. Ils étaient pressés – ils devaient être de retour à dix-sept heures quarante-cinq au plus tard – aussi Mary Ann indiqua-t-elle à Pierre l'itinéraire le plus direct. Victoria Avenue, carrefour de Bel Royal et route de St. Peter's Valley. A Tesson Mill, ils tournèrent à droite.

German underground hospital.

« Cul-de-sac », pensa Pierre.

Ils pénétrèrent dans la colline par le trou de souris. Hormis la guichetière et l'un des gardiens qui reconnurent Pierre, personne ne les remarqua. Le groupe était aux ordres d'Arriani dont le visage poupin, sitôt la grille franchie, se tendit, lèvres serrées, sourcils froncés, yeux mobiles. Il parlait dans sa langue et Verryott traduisait – « En résumant », pensa Pierre. Ils firent une première fois le tour de l'hôpital. Mary Ann ne prononça pas un mot. Agrippée au bras de Pierre, elle avait la chair de poule. Pierre, quant à lui, luttait contre ses démons, rejetait les images les unes après les autres : Angeline pétrifiée devant le mannequin au teint cireux allongé sous les draps ; Angeline effrayée par les tirs, dans le bunker ; Angeline le suppliant de sortir.

Verryott et Arriani se livraient à des calculs, du moins Mary Ann et Pierre le déduisirent-ils de leurs mimiques et discussions. Ils revinrent au centre de l'hôpital, dans la salle d'opération. Arriani tira le pendule de son gousset. Il ferma les yeux et se concentra. C'était prévisible : un attroupement se forma mais les badauds se turent qui n'échappèrent pas à la fascination de l'ésotérique. L'hôpital souterrain était le temple, Arriani le grand prêtre, Mary Ann et Pierre les prosélytes. Verryott chuchotait ses commentaires. Il lisait sur les lèvres de son compatriote.

Arriani s'inclina profondément.

— Il parle au pendule. On doit lui parler avec le plus grand respect, en le vouvoyant.

Arriani posa une question au pendule.

— Il cherche le code d'accès, chuchota Verryott. Le code dépend de l'endroit. Regardez, il lui demande de dire oui.

Le pendule tourna vivement dans le sens des aiguilles d'une montre. L'index et le majeur réunis, autour desquels était enroulée l'extrémité de la chaîne, ne bougeaient pas. Malgré son scepticisme, qu'il croyait indéfectible, Pierre ne put s'empêcher d'espérer en cet objet *qui répondait aux questions posées*, par oui ou par non.

— Voilà, il sait maintenant que le oui est dans ce sens et le non dans l'autre.

Arriani demanda au pendule s'il acceptait de l'aider. Le pendule répondit oui.

— Es-tu prêt? chuchota Verryott.

Oui.

— Es-tu prêt à rechercher une petite fille qui a disparu ici?

Oui.

Mary Ann se serra contre Pierre. Il s'écarta. N'allait-elle pas troubler le pendule et *l'esprit* d'Angeline? *Mary Ann n'est qu'une amie, tu sais, esprit...* « Bon Dieu, je déconne! » Il accepta le contact – sa hanche, son sein – de Mary Ann.

— La petite fille est-elle ici?

Oui.

— ELLE EST ICI! chuchota Verryott.

Arriani se massa le front. Puis ses lèvres se remirent en mouvement.

— La petite fille est-elle au sud?

Non.

— La petite fille est-elle à l'ouest?

Non.

— La petite fille est-elle au nord?

Oui.

Arriani rouvrit les yeux et parla.

— Il dit : allons vers le nord.

— Où est le nord dans cette saloperie d'hôpital? dit Pierre, les nerfs à fleur de peau.

— Doucement, Mr. Roussel, doucement, pria Verryott. La boussole va nous guider.

— Hé! On peut savoir à quoi vous jouez? dit un grand rouquin en short et chemisette, appareil photo pendu au cou.

Ils l'ignorèrent. Vexé, le touriste rit niaisement et prit sa famille à témoin, sans grand succès. Ils sourirent, mi-figue mi-raisin, solidaires de l'époux et père – Führer d'H.L.M., Duce de banlieue, dictateur de comptoir – mais complices navrés des Pakistanais, de ce type à l'accent français et de cette fille superbe.

— Laissez-nous, dit Verryott.

Le rouquin l'empoigna par le col.

— Hé! dis donc toi, espèce de sale bronzé!...

— Ça va, laissez tomber, dit Mary Ann d'une voix cassante.

Le rouquin lâcha Verryott.

— Oh! toi, la gravure de mode!...

— Pauvre con!... Vous voyez, Pierre, tous les Britanniques ne sont pas des modèles d'éducation.

Ils tournèrent le dos au rouquin et marchèrent

vers le nord. Ils aboutirent à la grille qui séparait le couloir du taillis envahi par les ronces. Ils attendirent qu'un groupe de visiteurs ait fini de s'extasier sur le spectacle « son et lumière » du coup de grisou. L'interrogatoire du pendule reprit.

— La petite fille est-elle près de vous? chuchota Verryott.

Oui.

— A dix mètres?

Non.

— A trente mètres?

Le pendule amorça une réponse, puis s'immobilisa.

— A vingt mètres?

Non.

— A vingt-cinq mètres?

Oui.

— Votre petite fille est là, c'est sûr, Mr. Roussel.

Mary Ann pinça le bras de Pierre. Il était ailleurs. Il errait dans le champ où les images grouillaient comme des serpents. Il repoussait les assauts, esquivait, rompait, se fendait, portait l'estocade à une image trop belle, trop forte : un portrait d'Angeline, un regard, une caresse, une phrase — *Tu es gentil, toi, papa.*

— Pierre, ça ne va pas? dit Mary Ann.

Il vacillait.

— Si, si...

Arriani oscillait, sollicitant les ondes.

— Foutaises, murmura Pierre.

Verryott lui jeta un coup d'œil catastrophé. Les lèvres d'Arriani tremblèrent.

— La petite fille est-elle derrière le mur?

Non.

— La petite fille est-elle au-dessus de vous?

Non.
— La petite fille est-elle au-dessous de vous ?
Le pendule s'emballa.
OUI.
L'orbe décrite par la montre s'élargissait. L'air chuintait. Pierre et Mary Ann étaient hypnotisés par les doigts, la main, le poignet et le bras d'Arriani. Immobiles. Et au bout de sa chaîne, la montre tournait, tournait. Le Pakistanais claquait des dents. A la racine de ses cheveux noirs, des gouttes de sueur perlaient et glissaient dans ses sourcils en broussaille. Il écarquilla les yeux sur une interrogation muette.
— Voulez-vous aller *jusqu'au bout ?* dit Verryott. Vous voulez bien, n'est-ce pas ? Sinon, ça n'aurait servi à rien. Mr. Roussel !
Pierre ne répondait pas.
— Je vous en supplie, Mr. Roussel ! Vite ou il faudra tout recommencer !
— Jusqu'au bout ?
Il rêvait éveillé.
— Pierre, dit Mary Ann, il reste deux questions à poser. Deux questions *essentielles*. Vous ne voyez pas lesquelles ?
— Ah, si ! fit-il, le regard absent.
Verryott ordonna à son compagnon de poursuivre. Trois mots. Un coup de fouet. Les lèvres d'Arriani vibrèrent.
— La petite fille est-elle morte ?
Non.
Sous le coup d'une espèce d'exultation silencieuse – une véritable décharge électrique –, Mary Ann se raidit. Sa tête heurta la tempe de Pierre. Elle posa sa main gauche sur son épaule, se déhancha et s'abandonna. Il était celui sur lequel on se repose, alors qu'il aurait voulu, lui, se reposer sur elle, se perdre dans sa chevelure...

— La petite fille est-elle vivante ?
Le pendule ne bougea pas.
Un marteau-pilon s'abattit sur le crâne de Pierre. Un voile rouge obscurcit son regard et un emboutissoir imprima sur ce rideau métallique une image ondulante qu'il ne put chasser.

Dans un cadre en hêtre teinté, dont le rectangle intérieur est souligné d'un liséré en laiton, c'est un portrait en couleurs d'Angeline. Ses longs cheveux bruns et lisses, séparés par une raie médiane, tombent sur ses épaules. Elle porte son paletot bleu marine. Le seul bouton que l'on voit est bleu-violet, nacré. Ses grands yeux en amande sont d'un brun-vert très sombre. Dans l'iris, les deux virgules lumineuses qui éclairent le regard ont la forme d'une fenêtre. Au coin des paupières, on remarque la trace d'un trait de crayon qu'Isabelle a frotté au coton à démaquiller. Angeline a voulu jouer les demoiselles, c'est le jour de ses six ans. Ses lèvres sont entrouvertes et les commissures, que le coton a rougies, donnent à la bouche une tristesse romantique. La lèvre inférieure est charnue. Il s'attarde devant ce beau portrait en contre-jour et il envie le beau jeune homme pour qui, un jour, ces lèvres s'ouvriront. A quoi pensais-tu, Angeline, au moment où j'appuyai sur le bouton de l'obturateur ? *Tu es gentil, toi, papa.* Ses coudes sont posés sur la table de la salle à manger. Son menton s'appuie sur le dos de sa main droite dont l'index rejoint la paume de sa main gauche, contre laquelle elle incline la tête. *Ma penseuse Angeline...* L'arrière-plan est flou et lumineux : fleurs étranges en massifs, contours indiscernables des verts pétales sur le blanc et le bleu du ciel. Les hortensias du jardin, avant la floraison, par la porte-fenêtre...

– Répondez-moi, répondez-moi, la petite fille est-elle vivante ? insistait Arriani.

Verryott, qui traduisait fiévreusement les injonctions de son ami, avait fléchi les jambes. Il se laissa tomber à genoux.

Le soir, lorsqu'il allumait la lampe au-dessus du chiffonnier où était posée la photographie et qu'il s'asseyait à sa place habituelle au coin de l'âtre, un faux jour parasitait le visage d'Angeline qui devenait un ovale sépia dans l'entonnoir des mains blanches – ou encore fruit dans un bec béant –, creusé d'ombres – les *trous* des yeux et la fente de la bouche, masque des visages surexposés sur les photographies horribles devant lesquelles il s'était attardé tandis qu'Angeline disparaissait. Cette vision était détestable. Il éteignait la lampe ou changeait la place de ce portrait qui, en fonction de l'heure et de l'éclairage, était l'image d'un ange ou l'allégorie de la mort.

– Mr. Roussel, il répond !
Le pendule ne tournait pas. Il se balançait.
Oui-non.
Arriani arrêta le mouvement du pendule et le pria d'excuser son effronterie.
– La petite fille est-elle vivante ?
Le pendule se balança de nouveau.
– Elle est vivante, sous la terre, mais elle est malade ou blessée, traduisit Verryott.
Arriani s'inclina, baisa la montre et la rangea dans son gousset.
– Il est temps de partir, dit Verryott.
Pierre était sonné. Mary Ann prit le volant de la Corsa. A un demi-mile de l'hôpital souterrain, elle

dut se garer au bord d'un fossé. Pierre vomit dans l'herbe.

Sur le parking de l'*Imperial*, il remercia les deux Pakistanais et Mary Ann lui donna rendez-vous au *Nelson's* à vingt heures. Elle lui caressa la joue.

Il avala un double bourbon au bar de l'hôtel et monta dans sa chambre. Il s'allongea et dormit une heure et demie. Quand il se réveilla il était sept heures passées. Le téléphone sonna. Dînerait-il à l'hôtel? Il répondit que non, puis il composa le numéro d'Ellington. La standardiste décrocha à la troisième sonnerie. Il raccrocha. Il n'avait plus envie de parler à qui que ce soit. Il se brossa les dents. Dans sa bouche pâteuse, un arrière-goût de bile se mêlait au parfum de violette du bourbon. Il se fit couler un bain, prit un shampooing. Il se sécha les cheveux au séchoir, devant le miroir de la chambre. Il avait oublié de se raser. Il revint dans la salle de bains. Le savon à barbe moussait joliment. L'eau était douce. Il se rasa une première fois, puis se badigeonna une seconde fois le visage. La mousse était plus épaisse, plus onctueuse. Il se rasa à rebrousse-poil en insistant sur les endroits difficiles, sous le menton et autour de la pomme d'Adam. Il insista jusqu'à ce que sa peau fût aussi lisse que la faïence du lavabo. Il mit des vêtements propres, slip et socquettes, pantalon beige de serge toilée, chemise bleu clair en coton délavé sur laquelle il noua la cravate que Mary Ann lui avait offerte. Il jeta un pull bleu marine sur ses épaules et se considéra dans le miroir. Récuré – physiquement et moralement –, il estima qu'il était maintenant capable de s'exprimer. Il alluma une cigarette et appela Isabelle. Elle décrocha. Surpris, il faillit raccrocher. En fait, c'était la sonnerie « occupé » qu'il avait voulu entendre.

— C'est toi, Pierre?
— Oui.
— Pourquoi? Pourquoi m'appeler? Pourquoi rester là-bas? C'est fini depuis longtemps. On ne s'aime plus, Pierre.
— Oui, Merkel m'en a parlé.
— Il t'a parlé de quoi? Du divorce?
— Oui.
— Je veux reprendre ma liberté.
— Tu la reprendras.
— Et toi, que...

Il coupa la communication. Il se tira une révérence devant la glace, moulina des bras et clama sur l'air de *Carmen* – « Prends gaaarde à toi » :
— Nous-ne-nous-sommes jaaaMAIS... AI-MÉS!

Il grimaça, alluma une autre cigarette et téléphona à Ellington. Il l'obtint sur-le-champ. Il fut flatté. Il devait être inscrit sur une liste de correspondants prioritaires.
— Comment allez-vous? dit Ellington. J'ai appris que vous fréquentiez les fakirs.
— Ah! vous êtes au courant?
— La radiesthésie, ça marche quelquefois.
— Ça a marché. Elle est quelque part dans les galeries. A vingt-cinq mètres sous terre. Vivante, mais blessée ou malade.

Il s'aperçut qu'il croyait vraiment ce qu'il disait.
— Creusez!
— Faites-nous confiance.
— Amenez des bulldozers, des marteaux piqueurs.
— Je vous en prie, laissez-nous décider. Si votre fille n'a pas quitté l'île, nous la retrouverons. C'est maintenant un travail de fourmi.
— Fourmi! ricana Pierre car ce mot évoquait un trou, des galeries, une termitière.

— Pardon ?
— Rien.
— Nous recueillons des indices.
— Quels indices ?
— Il est trop tôt pour en parler.
— Vous êtes un salaud.
— Rentrez en France, et attendez. C'est le meilleur conseil que je puisse vous donner. A moins que vous n'ayez... un intérêt particulier à rester dans l'île.
— La fille, c'est mon problème.
— Tout à fait, monsieur Roussel, et je me garderai bien de me mêler de ça.
— Rien d'autre ?
— Pour l'instant. Monsieur Roussel ?
— Oui.
— Appelez-moi aussi souvent que vous voudrez.
— Merci.

Malgré le « Vous êtes un salaud », Pierre n'éprouvait pas de rancœur véritable à l'égard du policier. Il était soulagé. De quoi ? il l'ignorait. D'avoir brisé des chaînes ? — celles de l'objectivité, celles qui le reliaient à la réalité, ou aux réalités, aux conventions sociales et morales, et d'autres, plus ténues, au point d'être encore innommables. La force qui l'emplit soudain, belle et bonne, bienfaisante et chaleureuse, rédemptrice, était-ce de l'optimisme ou de la lucidité ?

Lucidité. Il sentait que tout allait venir doucement, simplement, sans effort, que ce glissement vers la vérité se ferait sans heurt, extraordinaire divination à laquelle les signes le préparaient, ainsi que l'on vêt une vierge pour le sacrifice ou un soldat pour le combat. Oint d'huiles sacrées, il allait déjouer les pièges et crever la surface des miroirs, plongeur émérite, homme-poisson, homme-phoque, *onk-onk*...

Il répéta tout haut : « Onk! Onk! » et rit en retroussant ses lèvres. Il s'adressa un clin d'œil dans la glace. On frappa. Il n'eut pas le temps de répondre « Entrez! » qu'un passe tournait déjà dans la serrure. La femme de chambre (espagnole ou portugaise?) passa sa tête par l'entrebâillement et, hilare – l'avait-elle entendu rire et gueuler « Onk! Onk! »? –, demanda d'une voix chantante, comme si elle récitait une comptine :

— Papier toilette, savon, serviettes?
— Besoin de rien, merci.

Elle lui souhaita le bonsoir. Il répartit ses cigarettes, son briquet, son portefeuille et son mouchoir dans ses poches et sortit. Le groom le salua. Une hôtesse le rattrapa sur la dernière marche du perron.

— Monsieur Roussel, excusez-moi, j'ai oublié de vous dire : vous avez un message.
— De France?
— Non, de Jersey. Un certain Henry Morvan. Il vous prie de le rappeler. Voici son numéro.

Pierre lut le papier. Un de ces dingues contre lesquels Ellington l'avait mis en garde? Il empocha le feuillet et remercia la fille. Il descendit David Place en direction de Bath Street. Il était huit heures moins le quart et il se sentait de plus en plus lucide.

Un monstre de lucidité.

Le premier effet de cette monstruosité fut de le transporter trois années en arrière. Oui, calcula-t-il, trois années. Angeline avait quatre ans et Merkel venait d'acheter l'étude. Dix-huit mois plus tard il lui proposerait la moitié des parts.

Cette année-là, Isabelle avait voulu passer des vacances dans le centre de la France.

17.

Angeline est tombée dans le trou de souris. Et puis elle s'est endormie. Elle s'est réveillée plusieurs fois : elle avait mal à la tête. Du sang coulait de sa blessure. Oh! pas à gros bouillons. Ça suintait et poissait ses cheveux. Elle a cru rêver lorsqu'elle a senti sur elle le souffle chaud d'une bête puante. Elle a pensé à son grand singe. La bête murmurait des mots pour la bercer, dans une langue qu'elle ne comprenait pas. Ah! si, la bête aimait le chocolat au lait, comme elle. Elle n'arrêtait pas de dire : kinder, kinder, kinder...

La bête a fini par l'emporter dans ses bras.

Il faisait noir partout. Ou bien alors elle était devenue aveugle. Elle était si faible, si faible qu'elle n'avait même pas peur de la bête. Elle se fichait de mourir. Elle voulait dormir, dormir, dormir...

18.

Attention vipères...
Les panneaux de ce genre pullulaient. Il s'en souvenait.

Une idée d'Isabelle, ce voyage. Et d'elle seule. Maintenant c'était clair.

Lui, il n'aimait pas l'idée de centre. Le centre est loin de tout, loin des bords, loin des mers. Lorsque quelqu'un est prisonnier, c'est au centre de quelque chose.

Il se trouvait au centre de ses problèmes...

C'était clair, aussi, qu'il n'avait pas discuté. Pourquoi ? Il y avait des lacunes dans sa nouvelle lucidité : il n'obtint d'elle aucune réponse. Bah, Isabelle avait vanté les vacances paisibles, la marche, la lecture, le bon air, la découverte...

Attention, vipères!

A la montagne on se repose mieux qu'à la mer. Angeline aurait préféré la plage. Mais. Mais Isabelle.

Ils atteignirent la Ville Noire – étonnant de la baptiser ainsi, si justement, en déambulant dans les rues de Jersey, pensa-t-il – après avoir roulé huit heures d'affilée. Il était environ dix-neuf heures et il leur restait une soixantaine de kilomètres à parcourir avant d'arriver au village où Isabelle avait loué une maison – « Une petite villa avec jardin, un peu en retrait des autres habitations ». Pierre avait mal évalué la distance et le temps nécessaire. Pas de sa faute. Ils s'étaient traînés sur des routes étroites et sinueuses, encombrées de caravanes. Cinquante de moyenne. Ils auraient pu continuer. Ils seraient arrivés au village vers huit heures et demie, et cela n'aurait pas eu d'autres inconvénients que de devoir dîner dans un restaurant – à condition qu'il en existât un dans ce trou perdu –, vider la voiture, déballer les affaires et faire les lits à la nuit tombée.

Un orage d'une violence inouïe éclata dès qu'ils eurent abordé les faubourgs de la Ville Noire. Pierre fut obligé de rétrograder, et bientôt de rouler au pas, à l'affût des panneaux de signalisation noyés sous des trombes d'eau, illisibles, étincelant dans la lumière des phares qui n'éclairaient pas à dix mètres. Penché sur son volant, il maudissait la Ville Noire et Isabelle qui trouvait ça « chouette » et « très spectaculaire ». Il aurait dû sortir de la bagnole, la pousser au volant et lui dire : « Prends-le, conduis puisque ça t'amuse! » Il ne le fit pas. Sur la banquette, Angeline dormait. Les gouttes énormes qui martelaient le toit de la Saab ne l'avaient pas réveillée. Ils firent deux fois le tour d'une place centrale semblable à toutes les grand-places des villes moyennes – jets d'eau, statues, gare routière, Nouvelles Galeries ou Dames de France, banques, boutiques de luxe. La Ville Noire était un point au centre d'un vaste cirque et la place centrale la bonde au milieu de l'immense bassine. Toute l'eau semblait se déverser là. « Le Dien Ben Phu des vacances foutues! » dit Pierre et il marmonna qu'ils auraient de la chance s'ils dégottaient un hôtel dans cette piscine découverte. Il tourna au hasard à l'angle d'un bâtiment, église ou temple d'une architecture lourde et massive, espèce de gros hangar en mâchefer dont il n'aurait pas été étonné qu'il fondît sous l'averse torrentielle. « Ô cathédrales de pierre blanche, ô églises de granit! » ricana-t-il intérieurement.

Oui, il se souvenait très bien de cela.

La rue était aussi pouilleuse que la place était rutilante. Envers du décor, façades craquelées, peintures écaillées, vitrines misérables, caniveaux bouchés, ateliers couverts de tôles rouillées, *Hôtel des Princes*. L'établissement venait d'être ravalé. Il se gara.

Le hall d'entrée était un chef-d'œuvre de rococo tape-à-l'œil : appliques dorées, chaises Louis XV assorties à la tapisserie, fausses glaces vénitiennes purs produits de bazar, moquette rouge sang et sur chaque marche de l'escalier d'honneur le luxe suprême d'un butoir en laiton. Un bouton de sonnette avec l'intimation manuscrite : « Sonnez! » était fixé au chambranle d'une porte de service. Pierre sonna. Une bonne femme boulotte dont le maquillage, la robe damassée et les chaussures à talons aiguilles étaient au diapason du hall, sortit de ce qui se révéla être une cuisine – pichets, tasses et soucoupes, gazinière entrevus, c'était là que l'on préparait les petits déjeuners. Y avait-il des chambres de libres? Et comment! Pas une clé ne manquait au tableau. Avec salle de bains?

– Avec salle de bains et w.-c. privés.

Ah! l'hôtel n'en avait qu'une. Heureusement, elle était libre. Le contraire eût été étonnant.

Ils entrèrent dans la chambre aux w.-c. privés. Pierre prit le parti d'en rire et pour une fois Isabelle fut objective. Elle qualifia le décor de « camaïeu de caca d'oie ». Moquette marron foncé, tapisserie beige, jeté de lit moutarde, rideaux terre de Sienne et, pour éclairer ce palais, deux lampes de 40 watts – Pierre s'était amusé à vérifier la puissance des ampoules. La salle de bains était un réduit aveugle, le bidet à roulettes, le w.-c. chimique et la baignoire sabot. Des craquelures brunes ne donnaient aucune envie de s'y asseoir. Isabelle doucha Angeline en la tenant debout après avoir étalé une serviette sur le fond.

Ils sortirent chercher un endroit où dîner. La pluie avait cessé mais le ciel était toujours aussi bas et menaçant. L'éclairage public était allumé. Dans la rue, à cent mètres de l'hôtel, des putes tapinaient dans le plus pur style parisien, de guingois dans les encoignures, les cuisses à l'air, la cigarette au coin des lèvres, cariatides peintes soutenant les murs branlants de masures décrépies.

Ils mangèrent une pizza, puis ils revinrent à l'hôtel. Isabelle inspecta les draps. Ils étaient propres.

Le lendemain matin, par la fenêtre, Pierre vit qu'à l'arrière du temple s'ouvrait un porche à l'intérieur duquel une flèche blanche indiquait le chemin à suivre pour pénétrer dans une étroite galerie.

La précision de ce souvenir lui coupa la respiration. Il s'arrêta de marcher. On le bouscula. Sa salive était amère. Il acheta un paquet de chewing-gum. Il alluma une cigarette. Il chercha son chemin. Bath Street. Il ne savait plus s'il devait prendre à droite ou à gauche. Que signifiait ce souvenir de porche, de trou béant, de flèche ? Il pensa que bientôt, à son corps défendant, les mots « coïncidence », « hasard », « fatalité » ne lui conviendraient plus.

Ils s'enfoncèrent dans les vallées par des routes encaissées, profondes saignées dans des massifs déserts que Pierre compara à l'échine courbée d'animaux velus – l'épaisse forêt de chênes et de châtaigniers était oppressante, plus étouffante encore que le couvercle du ciel bleu de Prusse. De temps en temps les arbres cédaient la place à des pâturages où aucune vache, aucun mouton ne paissait. Les monts succédaient aux monts et Pierre aurait voulu être un oiseau, prendre de l'altitude et voir enfin le monde au-delà des épaules soudées de ces gardiens, sphinx accroupis entre les pattes desquels la Saab n'était pas plus grosse qu'un scarabée.

Ce fut là qu'il lut, accrochés à des clôtures, les premiers avertissements.

Attention, vipères!

Le paysage plaisait à Isabelle – elle aurait eu mauvaise grâce de se plaindre, elle qui les avait menés dans ce traquenard.

– C'est formidable, cette désertitude! déclama-t-elle.

Le ciel s'ouvrit en deux comme un fruit mûr, comme si le bleu-noir eût été la voûte d'un observatoire et qu'une lumière blanche, éclatante et brûlante eût attendu la déchirure pour peser de tout son poids sur les dos ronds des montagnes.

Dans la voiture, ils suffoquèrent.

Le village ne leur serait d'aucun secours : adossé à un coteau, exposé plein sud, il s'offrait au soleil. Partout les volets étaient clos. Etait-ce pour se protéger de la chaleur ou avaient-ils été fermés, des décennies auparavant, au moment de l'exode? La grand-rue, abrupte, montait vers les cieux et s'évasait en un champ de foire – vide lui aussi – dont le sol en tuffeau était d'un ocre jaune crayeux. C'était la fin de la route. Cul-de-sac.

Pierre fit le tour du champ de foire. Les bouches et les yeux morts des hangars à grain à demi écroulés lui inspirèrent des images confuses de sacrifices – Aztèques qui gravissent les marches innombrables menant à l'autel où l'on égorge les vierges; sommet perdu dans les nuées scandinaves où brillent les haches d'armes des Vikings; oratoire des Fête-Dieu de son enfance au bout du chemin jonché de pétales de roses. Isabelle rit, amusée, non pas de ces images que Pierre garda pour lui, mais de sa réflexion : « On ne risque pas d'être emmerdés par les touristes, ici. »

L'hôtel du *Bon Accueil*, dont le propriétaire leur louait sa villa, occupait l'angle de la grand-rue et d'un passage perpendiculaire. Egalement à l'abandon, la bâtisse était plus haute que les autres de deux étages. Un rideau sale, ajouré de brûlures de cigarettes, pendait de travers dans une vitrine poussiéreuse. Un autre rideau, fait de perles multicolores, barrait la porte et laissait passer les accents d'une musique arabe dont quelqu'un soulignait le tempo au moyen d'objets métalliques. Couteau et fourchette, maniés comme des baguettes de tambour, sur le Formica du comptoir, par un gros type en tricot de corps, rougeaud et mal rasé.

Pierre se présenta. Le batteur amateur donna un coup de menton en arrière, désignant un miroir publicitaire dans son dos sur lequel on avait écrit en majuscules et en arc-de-cercle : DANY GOMOT. Ayant ainsi décliné son identité, le dénommé Gomot cligna des yeux rougis par l'alcool, l'hypertension et la sueur qui lui dégoulinait du front, sans cesser de se tortiller. Pierre prit son mal en patience. Le bistrot n'était pas séparé du restaurant. L'ensemble était meublé de quatre tables dont la toile cirée s'écaillait, de chaises lie-de-vin, d'un juke-box des années 50 et d'un baby-foot qui trônait au milieu des tables comme s'il s'agissait de l'élément le plus important du décor. Sur la tomette crasseuse, on avait semé de la sciure de bois grenue.

Le disque s'arrêta.

— Alors, c'est vous les touristes? Vous êtes tout seul?

— Ma femme et ma fille attendent dehors.

— Moi, je vous attendais ce soir.

— Hier soir!

— Ah? Bof! Hier, aujourd'hui ou demain, on est pas à un jour près, hein! Vous prenez quelque chose? Une anisette? Allez, une anisette, ça tue les microbes.

Pierre n'osa pas refuser.

— Je viens prendre les clés, dit-il en trempant ses lèvres dans son verre.

— Ah! mais c'est que la bicoque n'est pas prête. Pas grave, on va arranger ça vite fait bien fait. Marcelle! Marcelle, remue tes fesses!

Une fille très jeune, mi-souillon, mi-pute, déguisée en soubrette de comédie — jupe noire, chemisier et tablier à peu près blancs — sortit de la cuisine et traîna jusqu'au bar ses pantoufles avachies. Elle avait les yeux cernés et la bouche molle. Son rouge à lèvres mauve débordait.

— Va faire les pieux chez la vieille! Prends des draps propres! Allez, reste pas rêver!... Ah! faut se les farcir ces greluches. Mais on se les farcit, hahaha!...

La fille disparut en patinant dans la sciure.

— Et votre p'tite dame? dit Gomot en associant sans doute le verbe « se farcir » à l'idée d'une épouse soumise. Dites-lui d'entrer. Il est l'heure de midi, on va bouffer tous en famille. C'est moi qui régale !

Comment refuser l'invitation ? Gomot remit le disque de musique arabe et chuchota à l'oreille de Pierre :

— Vous avez pas connu ça, vous, hein ? Les mouquères à peine pubères, onze-douze ans, treize maxi, reines de la gymnastique. Elles s'allongent par terre, se passent les chevilles autour du cou et vous présentent les deux plats au choix...

Pierre écarta le rideau de perles et appela Isabelle. D'ordinaire si méprisante à l'égard de la crasse physique et intellectuelle, elle trouva l'individu « sympa » et « nature ». Il leur servit des côtes de porc avec des haricots verts pralinés de sauce de viande brûlée. Bien qu'Isabelle glorifiât ce plat en lui accordant la qualité de « cuisine familiale », Pierre interdit à Angeline d'y toucher. La fillette déjeuna de fruits et de yaourts. Revenue de la villa, la soubrette leur apporta du café. Dany Gomot se désintéressa soudain de ses invités. Il leur tendit les clés, leur indiqua le chemin et leur dit de « faire comme chez eux ».

La bicoque – Pierre avait perdu toute illusion : dans un bled pareil un *Dany Gomot* ne pouvait être propriétaire d'une *villa* – se trouvait à l'écart de la grand-rue, au fond d'une impasse qui permettait tout juste le passage d'une voiture. Heureusement, elle se terminait par un terre-plein gagné sur la pente grâce à un mauvais remblai de matériaux de démolition – morceaux de plâtre et lambeaux de papier peint, tuiles cassées, ciment en plaques – où Pierre ferait demi-tour. La maisonnette à un étage comprenait deux fois deux pièces, de part et d'autre d'un couloir et d'une cage d'escalier. Les pièces du rez-de-chaussée étaient fermées.

— La taule est à vous, avait dit Gomot, mais je peux pas vous filer les pièces du bas.

Ils avaient loué un appartement, donc : une chambre à deux lits, une cuisine et, en avancée sur l'arrière et surplombant le ravin, un cabinet de toilette, minuscule et malodorant.

— C'est pas beau, hein, papa ? dit Angeline.

— Pas très, mais pour des vacances ça ira. Et puis on se promènera, on restera le moins possible à l'intérieur.

Isabelle râla un peu, pour la forme, mais ne reconnut pas qu'elle avait fait preuve de crédulité. Indulgent – et diplomate –, il ne lui fit pas observer qu'elle avait décrit *la villa* comme une thébaïde.

La grande armoire à glace de la chambre était bouclée et la clé n'était pas sur la porte. Ils posèrent les valises sur le parquet ciré, où elles resteraient jusqu'à la fin du séjour, aucun placard n'ayant été aménagé sous les combles. Cette armoire fermée renforça la conviction de Pierre : deux heures avant leur arrivée cette maison était occupée. Ça sentait le vieux, ça sentait la vieille dame, l'antimites, l'encaustique, les légumes qui mitonnent, le lait caillé et la litière de chat. L'évier était humide. Le robinet gouttait et il y avait des traces de détergent. En façade, la fenêtre de la cuisine et celle de la chambre donnaient sur l'impasse et, plus loin, sur un potager, oasis dans le coin le plus proche d'une étendue en friche. A l'arrière, la seule ouverture était le vasistas du cabinet de toilette. Entre les lames de verre cathédrale, le regard de Pierre plongea dans un ravin rocailleux et le lit asséché d'un torrent. De là, on voyait aussi le côté pile des maisons de la grand-rue construites au bord du précipice, voire pour certaines carrément au-dessus du vide, moitié sur le roc, moitié sur deux pilotis en moellons. Çà et là du linge séchait aux fenêtres. On n'entendait pas un bruit. Ni cris d'enfants, ni radio, ni télévision – on aurait pu compter les antennes sur les doigts d'une seule main –, ni outil, ni moteur.

La chaleur était de plus en plus lourde. Angeline demanda à faire la sieste. Isabelle la coucha nue sur le drap du lit de bébé. Elle s'endormit aussitôt, le nez sur son ours en peluche. Pierre regarda autour de lui : pas un fauteuil où s'asseoir pour lire ou rêvasser. Gomot leur avait accordé deux chaises bancales à dossier et fond en croûte de cuir brun qui n'auraient pas supporté le poids d'un manteau. Il n'eut d'autre ressource que de s'allonger sur le lit. Isabelle ôta sa robe et vint près de lui. Il remonta son oreiller, croisa ses mains derrière sa nuque et ferma les yeux. Comment nommer sa crainte de blesser, de mettre en péril – emphase des mots ! – l'équilibre fragile des heures communes ? Excès de tact ou angoisse du conflit qu'engendrerait la franchise ? Barrage, en tout cas, qui contenait dans sa gorge les phrases cinglantes qu'il ruminait. « Dis donc ma belle, on peut pas dire que t'as eu la main heureuse... On parlait pas de piscine dans le dépliant du Comité départemental du tourisme ? »

Isabelle chuchota qu'Angeline dormait à poings fermés, qu'ils devraient en profiter pour aller faire un tour, visiter le village.

— La laisser seule, *ici* ?
— Qu'est-ce qu'elle risque ?
— Non, non.

Il ajouta que ça ne lui plaisait pas.

Ils s'endormirent aussi.

Ils avaient apporté des provisions – thé, café, sucre, nouilles, riz, confitures, bref tout ce qui ne se gâterait pas pendant le trajet –, prévoyant, à juste titre, que l'hypermarché le plus proche serait à une heure de route et que ces produits seraient hors de prix dans une épicerie de cambrousse.

Ils se firent du thé. Angeline but du chocolat.

— Je m'ennuie, dit-elle.

Pierre rongeait son frein. Ils avaient quitté la ferme, son confort, sa pelouse, sa hêtraie, sa fraîcheur, pour venir s'enfermer dans un deux-pièces sordide, alors qu'ils avaient les moyens de s'offrir des vacances dignes de ce nom, en France ou à l'étranger. A quoi bon partir, d'ailleurs ? Il avait en horreur ce qui semblait être une nécessité vitale pour la plupart de ses contemporains : *partir* à seule fin de pouvoir se vanter d'*être parti en vacances*.

Isabelle annonça gaiement qu'il était temps de faire quelques courses. Elle leur promit de se délecter de jambon cru et de saucisses du pays.

— Après l'orage, ma belle, dit Pierre.

Le ciel s'était obscurci. Le premier coup de tonnerre éclata et des trombes d'eau inondèrent le village, poussées par des rafales de vent qui obligèrent Pierre à colmater les tablettes des fenêtres avec des serpillières.

— Papa, j'ai peur, dit Angeline.

Chez eux, les orages étaient si rares et si peu violents qu'ils en suivaient l'évolution avec plaisir, à l'abri des murs épais de la ferme, le chien couché près d'eux sur le tapis devant la cheminée.

Le soleil réapparut, plus blanc encore que tout à l'heure. La terre se mit à transpirer. Des colonnes de vapeur d'eau s'élevèrent au-dessus du potager.

— Flotte et chaleur, pas étonnant qu'ils poussent, leurs légumes, dit Isabelle.

— Peut-être que les citrouilles vont devenir aussi grosses que des maisons ? dit Angeline.

Il y avait trois boucheries-charcuteries dans la grand-rue. Dans l'une ils achetèrent des saucisses, dans la deuxième du jambon cru et dans la troisième des côtes fumées.

Trois boucheries-charcuteries, deux boulangeries et deux épiceries.

— Un commerce par habitant, plaisanta Pierre, ils doivent se fournir les uns chez les autres.

Par plaisir – « Faut faire connaissance », dit-elle – Isabelle acheta des bricoles dans chaque boutique. On les observa avec une curiosité non dissimulée. On tapota les joues d'Angeline. « Qu'elle est mignonne, la petite ! »

Le soir, une odeur de soupe monta du rez-de-chaussée. Ils entendirent des bruits légers, des bruits retenus.

— Tiens, il y a un ou une autre locataire, dit Pierre d'un ton badin.

Irritée, Isabelle répondit que ça ne changeait rien, que la maison était « super » et que ce voisin, ou cette voisine, était d'une discrétion parfaite.

Les trois jours suivants, ils visitèrent ce qui méritait d'être visité dans la région : une station thermale, des grottes et des gorges. Ces contacts avec le monde civilisé ne firent qu'augmenter l'angoisse de Pierre. Il se demanda combien de temps Isabelle mettrait à admettre son erreur. Il n'avait qu'une hâte : s'enfuir de ce village fantôme où personne ne venait jamais.

Au matin du quatrième jour, il fut réveillé, assez tard – il ne niait pas que l'endroit fût calme, (« mortel », pensait-il) –, par un bruit de ballon qu'on tapait contre un mur. Un ballon en cuir, lourd et dur. Il se leva et regarda par la fenêtre de la chambre. Il voyait le ballon rebondir contre le mur du potager, revenir, repartir, écraser les feuilles rondes des minuscules plantes grasses qui poussaient entre les joints de terre jaune, il l'entendait crisser – bloqué par une semelle – mais le joueur, le lanceur, le métronome demeurait invisible. Le rythme contenait une secrète insistance, un appel auquel Pierre répondit sitôt habillé.

C'était un garçon d'une quinzaine d'années, grand et maigre, à la peau blanche. Une tignasse d'un blond filasse lui mangeait le front. Ses yeux étaient d'un bleu clair presque transparent, trop rapprochés dans un visage étroit. Un duvet plus foncé que les cheveux ombrait sa lèvre supérieure, épaisse et protubérante. Dégingandé, le dos voûté, il avait quelque chose de simiesque. Pierre remarqua ses pieds – du quarante-cinq, ou plus – chaussés de tennis à rabats qui font les jambes pataudes.

Le garçon se tenait dans l'embrasure de la porte et la façade de la maisonnette constituait son en-but. Le ballon rebondissait violemment, parfois en ligne droite, parfois de travers, et dans ce dernier cas le garçon se précipitait, l'arrêtait du pied – le crissement sous la semelle, Pierre ne s'était pas trompé – ou le captait d'une seule main, à la manière des gardiens de buts professionnels.

– Pardon, dit Pierre.

Le garçon s'écarta, sans interrompre son jeu.

– C'est vous les touristes ?

Il récupéra son ballon et s'adossa au mur.

– En vacances ? dit Pierre.

Le garçon baissa les yeux.

— Je suis venu voir ma grand-mère.
— Votre grand-mère?

Pierre alluma une cigarette. Penchée à la fenêtre de la chambre, Angeline lui fit « Hou-hou! ».

— Elle habite là.
— En bas?
— En haut et en bas, quand y a pas de touristes.
— Je ne l'ai pas encore vue.
— Elle sort pas beaucoup.

Le garçon glissa son ballon entre le creux de ses reins et le mur, puis se tortilla en ployant les genoux. Il cala le ballon contre sa nuque et releva la tête, les yeux clos. Il grimaça. Sourire narquois, roublard — ou sourire d'idiot, à cause de cette grosse lèvre supérieure.

— Et vous? dit-il.
— Nous quoi?
— Vous avez pas la trouille?

Pierre contint un tremblement. Il sourit aimablement.

— La trouille? Mais de quoi?
— C'est la maison de Dany Gomot.
— Et alors?
— Il est complètement barge, ce gus.
— Ah?
— Vous avez pas vu le baby-foot?
— Euh, si.
— Vous avez dû voir les trous, non?
— Quels trous?
— Les trous de balles de mitraillette.

Le sourire hypocrite s'élargit. Le garçon avait touché sa cible. Il se préparait à exploiter son avantage.

— C'est pas une histoire, je vous jure. Il a plein d'armes chez lui. Des fusils, des pistolets et des mitraillettes. Et même des grenades.

— Et il fait des cartons ?
— Moi je rigolerais pas, à votre place. Le samedi soir, ils se retrouvent à toute une équipe de mecs comme lui. Et quand ils sont bourrés, ils dégainent. Ils tirent dans le bar. Ils arrosent le baby.
— Et les gendarmes, qu'est-ce qu'ils en disent ?
— Les gendarmes ? Quels gendarmes ? D'abord, la gendarmerie est à vingt bornes d'ici. Et quand on leur téléphone que Dany Gomot pique sa crise, ils bougent pas. Vont pas risquer leur peau. On les comprend.
— Et pourquoi voulez-vous que ça me foute la trouille ?
— La dernière fois, c'était le mois dernier, ils ont remonté la grand-rue en rampant et en tirant dans tous les coins. Le Dany Gomot, il gueulait : « Les fells ! les fells ! » Arrivés là-haut, sur le champ de foire, ils ont balancé des grenades dans les granges. Y a plus de portes, vous avez pas vu ?

Pierre se força à plaisanter.

— C'est bien d'avoir des soirées animées.
— Vous avez tort de rigoler, je vous dis. D'ici qu'ils se mettent dans le crâne de foutre le feu à une bagnole de touristes.
— Mais il loue sa maison aux touristes, votre Dany Gomot, rétorqua Pierre.

L'irritation commençait à le gagner. Il s'en voulait. Discuter de la réalité du danger, c'était entrer dans le jeu du garçon. Et plus que l'éventualité d'un baroud d'honneur de Dany Gomot et consorts l'inquiétait l'attitude de l'adolescent dont l'apparente sollicitude (« Je vous aurai prévenu ! ») dissimulait des sentiments et des motivations ambigus.

— Oh ! des touristes, y en a pas tous les ans !
— Il loue par l'intermédiaire de l'office du tourisme.

Sous-entendu : « Cette location est officielle, une région ne cautionnerait pas un fou. »

— Et ça lui rapporte, ajouta Pierre pour lui-même. On ne tue pas la poule aux œufs d'or.

— N'empêche, à votre place je me méfierais...

Le garçon shoota dans son ballon, le bloqua à mi-course au rebond et disparut en driblant.

Pierre remonta dans l'appartement.

— Une vieille dame habite en dessous, dit-il. Le gamin, c'est son petit-fils.

— Elle ne nous dérange pas.

— Je vais acheter un journal et des cigarettes.

— Je peux venir avec toi? dit Angeline. Je suis belle, hein papa?

— Tu es très belle.

Elle portait une robe blanche. Il la prit par la main. Il acheta le journal local et franchit le rideau de perles du *Bon Accueil*. Gomot était absent. Pierre regarda le baby-foot.

Une vraie passoire.

Il but un café et la soubrette offrit une orangeade à Angeline.

Au retour, Isabelle dit qu'elle avait pris une décision : elle n'allait pas continuer à faire la cuisine – « Merde alors, je suis en vacances! » –, elle avait repéré un petit restaurant sympathique en retrait du champ de foire, et à en juger par les prix affichés ça leur reviendrait moins cher que d'acheter de la viande.

— Du poisson, pas la peine d'en parler, ils ne savent pas ce que c'est...

Sur le chemin du restaurant, ils comptèrent les maisons habitées. La proportion était de l'ordre de cinq bicoques abandonnées pour une occupée. Les menuiseries extérieures partaient à vau-l'eau, les tuiles se désagrégeaient et sur les volets vermoulus étaient pointés jusqu'à cinq panneaux « à vendre » de notaires différents.

— Encore heureux que tu ne bosses pas dans le coin, dit Isabelle, on vivrait dans la dèche. Tous ces notaires doivent crever la dalle.

Isabelle négocia un tarif : puisqu'ils viendraient tous les jours, on leur ferait le prix pension.

— Et rien pour la petite, dit la dame du restaurant, une femme entre deux âges, aux cheveux déjà gris, aux yeux bruns et tristes, indifférente à deux clients de plus ou de moins.

A midi et demi arrivèrent trois habitués. Des employés de la Caisse agricole, supposa Pierre en se fiant à leurs vestons aux coudes lustrés.

Un vieux monsieur vêtu de noir entra sur leurs talons. Il prit sa serviette dans le tiroir ouvert d'une commode et s'installa seul dans l'angle le plus éloigné de la porte. Il lisait *Le Monde*. Les pliures du quotidien montraient qu'il l'avait reçu par la poste. Pierre l'imagina en poète local retiré dans ses montagnes après une longue carrière d'ingénieur des mines en Extrême-Orient – « Pourquoi pas, ça sonne bien ».

On leur servit une tomate, du jambon fumé et des pommes de terre sautées, du saint-nectaire et des fruits. En apportant le café, la bonne femme leur donna des ronds de serviette. Elle changeait les serviettes le lundi. Elle les rangeait dans le tiroir de la commode.

— Le tiroir du haut. Attention, pas celui du bas. J'y mets des tapettes, à cause des souris.

Souris.

Pièges.

Où était le piège, à Jersey ?
Pierre avait dépassé l'entrée du *Nelson's*. Inconsciemment, il retardait le moment de retrouver Mary Ann.
Rester seul.
Juste le temps de boucler ce périple au-delà de la Ville Noire.
Percer le mystère de ces vacances.
Le mystère d'Isabelle.
En sa faveur il avait plaidé l'erreur.
Mais la disparition d'Angeline rouvrait les débats. Eclairait les faits d'un jour nouveau.

Organiser ses journées, au village, signifiait composer avec une chronologie climatique invariable : matins ensoleillés et relative fraîcheur, chaleur étouffante des après-midi, arrivée soudaine des nuages, orage en guise d'angélus, serpillière et seaux d'eau, retour du ciel bleu, coucher dans la touffeur de la chambre.
Ils se réveillaient vers dix heures, s'attardaient devant leur petit déjeuner – Angeline dessinait ou Pierre lui lisait des histoires –, se rendaient au restaurant à une heure moins le quart et ils disposaient ensuite, grosso modo, de cinq heures à tuer avant l'orage.
Ils convinrent de les passer sur les hauteurs, à l'abri des feuillus.
ATTENTION VIPÈRES.
— Faut pas exagérer, dit Isabelle, ils n'en font pas l'élevage...
Le vendredi après-midi, ils inaugurèrent ce nouvel emploi du temps dans une clairière en altitude où Pierre serait à l'ombre, où Isabelle pourrait bronzer nue et où Angeline ferait sa sieste.

Assis sur un banc de King Street, Pierre frissonna longuement. Trois souvenirs, trois séquences, trois visages de l'angoisse...

Premièrement, les routes bombées taillées au ciseau à bois dans la masse compacte des forêts. La futaie comme un mur. Oui, les hauts murs verts et noirs des taillis. Au-dessus, l'air qui vibre, en torsades huileuses. Un hameau. Cinq maisons. Une enseigne : *Café*. Une table et quatre chaises en métal rouillé. Un parasol publicitaire *Orangina*. Un charretier velu leur sert des diabolos menthe et grommelle des mots incompréhensibles. « Des injures », dit Pierre. Angeline pleure. L'ogre lui a fait peur.

Deuxièmement, un bas-fond, entre deux prairies où fleurit la ciguë géante. Voie romaine qui ne cherche pas à contourner les monts. Une énorme couleuvre jaillit d'un buisson et traverse le chemin tête levée, non pas en serpentant, mais dressée à hauteur du capot de la voiture, courbe sinusoïdale sur l'abscisse du goudron, longue d'au moins deux mètres puisque aussi bien la tête a disparu dans les fourrés que l'extrémité vient à peine de quitter le buisson.

Troisièmement, l'aire de pique-nique qui domine les vallées. Il y a de l'ombre et du soleil. Pierre coupe une branche de châtaignier et balaie le sol tout autour des couvertures étalées. *Attention vipères*. Ils lisent, Angeline dort. Ils détalent dès que la vague noire des nuages roule et gronde à l'horizon.

— Pierre, où êtes-vous ?
La voix de Mary Ann le réveilla. Mary Ann !... Il s'était donc levé du banc, avait marché, était entré au

Nelson's, avait ?... oui, avait embrassé Mary Ann. Comme un automate.

Pierre, où êtes-vous ? Sans doute avait-elle dit : « Où *étiez*-vous ? »

— Mais non, Pierre. D'ailleurs, vous n'aviez que cinq minutes de retard. Je vous ai demandé : Où êtes-vous ? Enfin, où étiez-vous il y a dix secondes, si vous préférez.

Il lui raconta la Ville Noire, le village, la « villa » louée par Isabelle.

— Ce ne sont que des coïncidences, Pierre.

Il douta qu'elle oserait encore parler de « coïncidences » après avoir entendu la suite.

Cela lui coûta d'avouer à Mary Ann que le lendemain, samedi, prétextant l'achat de journaux et de revues introuvables au café-tabac du village, il se rendit à la Ville Noire, sous le coup d'une impulsion.

Il lui fallait une arme. Pour défendre Angeline.

L'armurier en cravate et blouse blanche lui posa de nombreuses questions avec cette froide sagacité du médecin consciencieux et méfiant qui s'enquiert des symptômes ressentis par un malade qu'il voit pour la première fois. Arme de poing ou carabine ? Tir ou défense ? Un coup ou plusieurs ? Revolver ou pistolet ?

— Les armes de poing et de tir, à un coup, de calibre 22, sont en vente libre. Mais si vous voulez un automatique ou un revolver – vous connaissez la différence ? automatique égale chargeur, revolver égale barillet – il faut une autorisation de détention d'arme, délivrée par le préfet, après enquête de la gendarmerie ou de la police nationale. Ça dépend de votre lieu de résidence. En revanche, les carabines à répétition de calibre 22, tout comme les armes de chasse de gros calibre, sont en vente libre. Ne me demandez pas pourquoi. A mon avis, une carabine à canon et crosse sciés, ça fait le même effet et ça ne prend pas plus de place qu'un pistolet. Bon, si j'ai bien compris, ce qui vous intéresse c'est la défense. Il y a d'excellents revolvers ou pistolets d'alarme qui tirent des balles à blanc, des capsules de gaz ou des cartouches à grenaille. Efficace. Dans la plupart des cas l'aspect de l'arme suffit à tenir l'adversaire en respect. De même, la détonation met généralement en fuite les agresseurs. Et si vous tirez à bout touchant, vous provoquez une brûlure qui surprend l'individu. Moi, j'aime assez... Ce sont des reproductions parfaites. Avez-vous l'intention de porter votre arme ? En principe c'est interdit.

— La porter ? Euh, non.

— Ah ! dans ce cas, pour la maison ou la voiture, la meilleure arme de défense c'est le fusil de chasse automatique, le fusil à pompe, le fameux riot-gun. Vous le chargez de cartouches à balles caoutchoutées, vous tirez en pleine poitrine et vous envoyez votre zèbre valdinguer à dix mètres. Pas mort. Sonné. Aucun ennui. Parce qu'il faut tout de même se méfier : la notion de légitime défense est très élastique. Et la justice n'est pas toujours du côté des victimes.

Pierre hochait la tête poliment, honteux d'être l'objet d'un tel discours parce que cela insinuait que lui, Pierre Roussel, notaire, appartenait à cette engeance de débiles qui s'arment jusqu'aux dents pour défendre leurs clapiers. Mais son angoisse était insurmontable. Il était l'un de ces malades imaginaires qui courent de spécialiste en spécialiste, réclament des examens sophistiqués et finissent par accepter, pleins d'humilité, le sédatif léger qui aura raison des troubles psychosomatiques. « Mais vous n'avez pas eu tort, concède le médecin, mieux vaut prévenir que guérir. »

L'armurier diagnostiquait mais ne prescrivait pas. Il devait avoir affaire à des tas de cinglés et s'il voulait vendre, il avait tout intérêt à recommander l'automédication.

Comme on se jette à l'eau, Pierre porta son choix sur une reproduction de colt Python 357 magnum : crosse en noyer, six coups, chambré en 9 mm, cartouches à grenaille Flobert double charge.

— Une arme classée en sixième catégorie. Portée efficace de ces cartouches : cinq mètres. Mais si vous visez les yeux, la grenaille est dangereuse à des distances beaucoup plus importantes.

A l'extérieur de la Ville Noire, Pierre se gara dans un chemin creux, défit le paquet, jeta l'emballage, garnit les chambres du revolver et tira deux coups. Il fut très impressionné par le bruit et par la flamme. Il éjecta les étuis, les remplaça par des cartouches et glissa l'arme dans la boîte à gants, à l'intérieur d'une boîte de kleenex vide.

Il avait oublié d'acheter les revues et les journaux, l'alibi de son déplacement. Il dut revenir en ville.

Il se sentait mieux. Il se sentait flic. Il se sentait puissant. Il se dit qu'une fois rentré à la ferme il chercherait à se procurer une vraie arme.

Ce qu'il fit quelques semaines plus tard en achetant le fusil de calibre 20 et le pistolet 6,35 chez un brocanteur.

19.

Elle s'est réveillée, pour de bon cette fois. La fatigue et la douleur l'ont quittée. Seule une grande tristesse lui serre le cœur, comme à la maison quand elle pensait à son pappy et à sa mammie qui sont morts.

Elle a bien regardé la bête. Ce n'est ni un ours ni un singe bien qu'elle ressemble beaucoup à l'orang-outan du zoo de Jersey, celui avec un grand manteau et que papa ne voyait pas. Il croyait que c'était une botte de foin!

Oh! papa, elle aimerait bien revoir son papa.

La bête est un très vieux monsieur. Sa barbe et ses cheveux sont très longs. Ses vêtements sont tout déchirés.

Lorsqu'elle a ouvert les yeux, il était accroupi près d'elle. Il a souri et a dit des choses qui devaient être gentilles mais qu'elle aurait eu beaucoup de mal à répéter. On aurait dit qu'il se raclait la gorge ou qu'il reniflait, ou même qu'il s'étranglait, comme si les mots restaient coincés dans sa gorge.

Elle s'est assise et a regardé autour d'elle. La bête a eu l'air très fière de sa tanière. Elle a bondi sur ses pieds et a montré toutes ses affaires à Angeline en les appelant par leur nom, dans sa drôle de langue. Des lampes à huile – des boîtes de conserve ! – disposées dans les anfractuosités des roches ; une table et une chaise en bois de caisse ; une paillasse ; une espèce d'établi, un jeu de cubes en caisses avec des inscriptions bizarres, et sur lequel il y a un réchaud, des tasses et des assiettes en fer.

Une pensée lui a traversé l'esprit : et si la bête était le fantôme de son pappy ? Un pappy qui l'aurait attirée dans sa tombe ? Alors, elle serait où ? Pas au paradis, en tout cas. En enfer, sous la terre. Bêtises, tout ça : l'enfer, ça n'existe pas.

Bête-pappy – tiens, c'est mieux de l'appeler comme ça – l'invite à sa table. Vite, vite, a-t-il l'air de dire. Sur le réchaud, de l'eau bout. On dirait qu'ils jouent à la dînette. Il remplit une tasse en fer, souffle dessus. Chaud, chaud...

Elle se rappelle Verryott, l'hôtel et son papa.

– Papa !

Bête-pappy rit. Il n'a plus aucune dent. Il répète « Papa ! Papa ! » en se frappant la poitrine.

Angeline secoue la tête. Bête-pappy lui caresse les cheveux, palpe le pansement qu'il lui a fait, derrière la tête. *Kinder, kinder, kinder...*

Dans une assiette creuse il a disposé des biscuits. En rond, pour faire joli. Il en prend un, le trempe dans sa tasse et invite Angeline à l'imiter. Elle goûte le liquide. C'est du thé.

– Moi aussi j'ai des gâteaux, dit-elle.

Elle a vu son sac-panda sur la paillasse. Elle l'ouvre. Elle ne se rappelait plus qu'elle était si riche : des Crousty au miel, du jus d'orange, des bonbons. Et son ours chéri !

Bête-pappy colle son oreille contre le sac. Qu'a-t-il entendu ? Bip-bip, bip-iiiiiip ! Angeline rit de bon cœur. Ce bruit, c'est son donkey-kong. Le petit bonhomme monte tout seul à l'assaut du gorille. Angeline ouvre le jeu électronique et le montre à Bêtepappy. Il n'en croit pas ses yeux.

— Je te montrerai comment jouer.

Bête-pappy a servi du thé. Est-ce le goûter ou le petit déjeuner? Peu importe. Angeline décortique la paille d'une boîte de jus d'orange et enfonce le bout pointu dans le rond argenté. Elle aspire. Que c'est bon! Trempés dans le thé, les biscuits sont bons, aussi. Elle aurait préféré du chocolat, mais Bêtepappy a l'air si content de la voir manger!

— Bon, maintenant ramène-moi à l'hôtel. L'*Imperial Hotel*.

Il retrousse ses lèvres et rit.

— Hôtel! dit-il en écartant les bras.

— Tu parles pas français, hein?

Il secoue la tête. Non, il ne parle pas français. Tout à coup ses yeux s'allument. Il se gratte la tête.

— Jolie mad'moiselle! lance-t-il.

Puis, de nouveau pressé, il lui ordonne de finir de manger.

— *Schnell! Schnell!*

Là, il a l'air un peu méchant. Et on dirait qu'il a peur. Angeline boit vite son thé et fait comprendre à Bête-pappy qu'elle a assez mangé. Son estomac a dû se rétrécir depuis qu'elle est tombée dans le trou de souris.

Soudain, une sirène se met à hurler, lointaine.

Bête-pappy devient fou. Il court à droite, à gauche, souffle les lampes à huile, enlève Angeline dans ses bras et se couche avec elle sur la paillasse.

Elle se débat. Elle a envie de vomir. L'odeur de Bête-pappy est épouvantable. Il respire à toute allure. Elle entend son cœur cogner dans sa poitrine. Elle sent ses os contre son corps. Il est maigre comme un épouvantail. Il ne veut pas la lâcher. Elle se roule en boule et attend.

Au loin des mitrailleuses crachent des balles et des obus explosent.

Le silence revient. Bête-pappy tremble de tous ses membres grêles. Angeline n'ose pas bouger. Bête-pappy attend autre chose.

— *Achtung! Achtung!* murmure-t-il.

Une voix assourdie lui répond.

— *Achtung! Achtung!*

Des cris suivis d'une autre sirène, d'un son différent, qui ressemblent plus à des coups de klaxon qu'à la sirène des pompiers.

Une explosion. Des cris de terreur.

— Papa!

Bête-pappy bredouille des mots de réconfort.

— *Kinder, kinder...*

Enfin la paix, de nouveau, dans la grotte. Bête-pappy se lève – on dirait qu'il voit dans le noir! – et rallume les boîtes de conserve. Il est furieux. Il jure, le poing brandi en direction des murs.

Angeline se rappelle : la fenêtre étroite dans le mur en béton, son papa qui la soulevait pour qu'elle voie les bateaux de guerre, les canons qui tiraient et tonnaient, les étincelles qui traçaient des chemins dans la nuit.

Elle se rappelle les grilles, les mots *Achtung! Achtung!*, les lumières qui clignotaient dans la mine, l'explosion et la fausse poussière. Son papa lui avait tout expliqué.

L'hôpital souterrain!

Elle est prisonnière de Bête-pappy sous l'hôpital souterrain. Dans les profondeurs de la terre. Et son papa qui l'attend de l'autre côté du mur! Il faut qu'elle aille le rejoindre.

— Papa! Je veux retourner avec papa!
— Papa, papa, répète Bête-pappy.
Elle pleure.
— *Kinder, kinder*...
Bête-pappy la berce. Alors elle prend son nounours chéri et le berce aussi.

Elle pense qu'elle va rater tous ses devoirs de vacances si elle reste trop longtemps dans le trou de souris.

20.

Ils étaient revenus au même endroit que la veille. Avant d'étaler les couvertures, Pierre avait balayé le sol et frappé à coups de bâton les ronciers alentour. Puis il avait gonflé le matelas pneumatique. Isabelle s'était allongée dessus, nue, en plein soleil. Angeline s'était assise sur une couverture. Pierre lui avait acheté un puzzle.

Les ombres déjà s'allongeaient lorsqu'il vit la vipère lovée au pied d'un chêne, à moins d'un pas d'Angeline. Elle s'était glissée sur la mousse, silencieuse, et se réchauffait côté soleil de l'arbre, presque familière.

— Comme Isabelle, deux vipères au soleil, dit Pierre à Mary Ann.

— Pierre! Pourquoi avez-vous des pensées pareilles? lui reprocha-t-elle.

Comment faire? Le revolver dans la boîte à gants? Tirer une cartouche de grenaille? La gerbe de plombs réduirait-elle la bête en charpie? Et s'il ratait la tête?

Il aurait voulu couvrir les pieds, les jambes, le dos, les bras nus d'Angeline.

La vipère se dresse au moment où lui-même se lève. Elle frappe. Elle plante ses crochets dans l'épaule d'Angeline, s'enroule autour de son bras. Pierre arrache la bête et la piétine. Angeline s'est évanouie.

La vipère se dresse au moment où lui-même se lève. Elle frappe. Elle plante ses crochets dans son mollet. Il ne hurle pas. Il couine, secoue la jambe, court. Vite un vaccin.

La vipère se dresse au moment où lui-même se lève. Angeline tourne la tête. La vipère se détend, bondit, frappe, plante ses crochets dans la joue d'Angeline, s'enroule autour de son cou. Muette de terreur, la fillette s'évanouit. Vaccin, vite. La voiture, à toute allure. L'hématome déforme le beau visage d'Angeline. Le venin inonde le cerveau. L'interne de garde aux urgences de l'hôpital, dans la Ville Noire : « Trop tard, coma profond, si elle s'en sort les séquelles seront irrémédiables. Gâtisme, folie, hémiplégie. »

Pierre était blême. Il toucha le bras d'Isabelle et lui montra du doigt la vipère au pied du chêne. Sur ses lèvres, il lut : *Ne bougeons pas, elle partira d'elle-même*. Il secoua la tête, *non, non*, et donna un coup de menton dans la direction d'Angeline. Isabelle haussa les épaules. *Ça ne saute pas sur les gens !* articula-t-elle.

Où avait-il entendu cette histoire d'un paysan qui découvre une vipère à ses pieds et qui tente de lui écraser la tête du bout de sa botte ? Le reptile s'était enroulé vivement autour de la jambe de l'homme, avait pénétré dans la botte pour remonter à l'intérieur du pantalon, jusqu'à mi-cuisse. Le paysan était resté immobile pendant de longues minutes, le cœur battant, le corps en sueur. Enfin la vipère était redescendue, prisonnière de la botte. L'homme s'était agenouillé et le serpent avait disparu dans l'herbe sèche. Le paysan s'était écroulé comme une masse, victime d'un malaise cardiaque.

Histoires, histoires... Le dénicheur qui, bras tendu, farfouille dans un nid. Mordu.

Pierre ramena ses jambes sous lui, lentement, très lentement.

— Où tu vas papa? dit Angeline.

Elle posa son livre sur son ventre et se redressa sur un coude.

— Ne bouge pas, il y a une vipère à côté de toi!

Lèvres pincées, avec cette gravité des enfants qui jouent un rôle, la petite fille rentra sa tête dans ses épaules.

Ne bouge pas idiot! articulèrent les lèvres d'Isabelle. La tête de la vipère recula au centre des anneaux.

Jeter un livre, une chaussure, un pull? La vipère filerait. Et si, au contraire, plus vive que l'objet, elle se détendait?

Un serpent ne peut mordre qu'une fois. Il allait se dévouer. Offrir sa jambe. Il n'en crèverait pas. Angeline serait sauvée.

Il vit le bâton dont il s'était servi pour frapper les broussailles. Il tendit la main. Lever le bâton et l'abattre? La vipère s'enroulerait autour de la branche, de sa main, de son bras...

La titiller, l'énerver, *fous le camp, sale bête*.

Il approcha le bâton de la vipère, à toucher les anneaux. Elle tendit son ressort. Sa tête disparut. Elle allait planter ses crochets dans le bois. Balancer le tout dans les fourrés.

Et soudain, avec une rapidité qui effraya Pierre, le

corps épais, bien plus épais qu'il ne l'avait imaginé, se déroula et fila sur la mousse.

— Elle est partie ? dit Angeline.

Pierre tremblait.

— Elle est partie et nous on se tire !

Isabelle dit :

— Comment, on se tire ?

Ils n'allaient pas gâcher leur après-midi pour une vipère. Il n'était que cinq heures. Pierre n'insista pas. Encore une heure à brûler avant l'orage quotidien. Une heure dans la prison champêtre. Soixante minutes entre quatre murs de verdure.

Trois quarts d'heure s'étaient écoulés, pendant lesquels aucune voiture n'avait franchi le col — nom pompeux donné à un passage entre deux vallées. Fébrile, les sens aux aguets, Pierre entendit le grésillement d'un vélomoteur qui grimpait difficilement la côte nord. On relançait le moteur à grands coups de pédales et Pierre sentait sous lui — ayant possédé un tel engin dans son adolescence — la brusque accélération, puis le ralentissement progressif du régime sous l'action de l'embrayage automatique. Il suivit ainsi l'arrivée du vélomoteur sur le plat, son approche et son arrêt non loin de là.

Angeline sommeillait, Isabelle offrait son corps nu aux derniers rayons du soleil.

Pierre se livrait aux images. Des légions de serpents surgissaient du sous-bois, pénétraient dans la Saab par les portières ouvertes, grouillaient sur les sièges, pendaient au volant.

Il alla fermer les portières de la voiture.

Il revint à *l'image* du vélomoteur invisible. Identifier l'intrus. Bûcheron venu marquer ou évaluer une coupe de chênes ? Chercheur de champignons ?

Jeune fille en robe d'indienne rentrant chez elle – une masure dans le ventre de la forêt, la cabane de l'ogre.

La réalité brisa net le cours de ses divagations.

D'abord, réalité d'un son : un coup mat, une lame qui s'enfonce dans du bois tendre. Réalité de coups réguliers. Régularité de métronome enfantant l'image : le jeune homme au ballon, dans l'impasse. Et la mémoire cède le pas au réel : auréolé de lumière orange, le garçon est assis à trente pas de là, au bord du fossé. L'éclairage rasant creuse son visage et, bien sûr, le sourire vicieux n'est qu'illusion. En revanche, le couteau existe. Sa longue lame réfléchit le soleil. Le jeune homme au ballon – c'est lui, sa mèche blondasse, son front bas, sa lèvre protubérante, son dos voûté – lance le couteau dans le tronc d'un bouleau tombé en travers du fossé et sur lequel il est assis à califourchon. Nonchalant, il avance le bras, arrache le couteau, le relance. Recommence. Le regard fixe.

Un deuxième engin vrombit au sud. Petite moto qui rétrograde. Seconde, première. Le moteur s'emballe sur le plat. Point mort. On chasse les gaz. Moteur coupé.

La peau de Pierre se grumela.

Les deux autres apparurent, silhouettes élancées dans des jeans moulants et des chemises cintrées, également éclairées de côté, également orangées sur fond vert. Ils s'arrêtèrent à environ trente pas, respectant une espèce de symétrie par rapport à leur acolyte. Ils tirèrent de leur poche un couteau à cran d'arrêt – clac-clac ! – et choisirent un tronc. Debout, jambes écartées, ils se livrèrent au même jeu : lancer, arracher, lancer, arracher.

Ils souriaient.

Aux images de Pierre. Au viol d'Isabelle sous les yeux de sa fille. Isabelle déjà nue. Les flics diront : « Vous tentiez le diable, dans ce pays les gens sont rustres, ils n'ont pas l'habitude de voir des filles les cuisses à l'air, les cuisses et le reste. » Pierre, lardé de coups de couteau, agonise, crache des bulles de sang. Un type s'assoit sur la tête d'Isabelle, le deuxième lui tient les bras et le troisième joue à la brouette. Angeline crie-t-elle : « Maman! Maman! » ? Non. Elle se couche sur la poitrine de son père et pleure.

Le cœur de Pierre s'emballa. Le triple crime allait se perpétrer. A moins que? Faire peur, simplement? Non. Trop élaborée, la mise en scène, pour être gratuite. Trop intellectuelle, la notion d'acte gratuit pour ces cerveaux rabougris. Seul l'instinct les guidait. L'instinct d'arracher les couteaux et les ailes des mouches, l'instinct de jeter les hannetons dans le feu, de pendre les chiens, de dépecer les chats, d'assassiner les poupées des filles. Oui, l'instinct qui les pousserait à aller jusqu'au bout, bourreaux incapables d'imaginer que l'angoisse est pire que l'accomplissement du sacrifice.

Des loups des montagnes.

Les couteaux ne vibraient plus dans les troncs.

Pierre bondit sur ses pieds. Obnubilé par ses images, il avait relâché son attention. Les trois types avaient disparu. Il tendit l'oreille. Un bourdonnement lui emplissait la tête. Des branchages craquèrent dans les fourrés.

Il se précipita. Voiture. Clé de contact. Moteur! Angeline se réveilla. Isabelle se redressa. Pierre se saisit du revolver d'alarme. Colt Python. Grenaille. Viser les yeux. Il prit Angeline dans ses bras et la jeta sur le siège arrière de la Saab. Isabelle était debout. Il lui cria : « Vite, vite! Monte! » Elle ne comprenait

pas. Le garçon au ballon apparut à la lisière du bois.
« Vite ! » hurla Pierre. Isabelle ramassa ses sous-vêtements et sa robe et monta dans la voiture. Pierre démarra avant qu'elle eût refermé la portière. Il évita le fossé d'un coup de volant. La Saab fit une embardée.

— Qu'est-ce qu'il y a, papa ? Pourquoi on est partis ?

— A cause des types. Trois types avec des couteaux.

Il roula cent mètres et pila, hors de portée.

— Tu déconnes ? dit Isabelle en enfilant son slip.
— C'est vrai, papa, je les vois !

Isabelle se retourna.

— T'as rêvé, ils n'ont pas de couteaux.
— Ils en avaient tout à l'heure.
— Ils voulaient nous tuer ? dit Angeline.
— Non, mais on ne sait jamais, dit Pierre.

Dans le rétroviseur, ils observaient les trois loups des montagnes. Pouces dans les poches de leurs jeans, ils s'étaient emparés de l'aire de pique-nique. Immobiles. Conquérants. Chasseurs de fauves le pied sur le lion foudroyé d'une balle en plein cœur. Ils considéraient la proie qui leur avait échappé.

— C'est malin ! Et nos affaires ?
— Pas question d'y retourner. Tant pis pour les couvertures.
— Tant pis pour mon puzzle et mon matelas, puisqu'ils avaient des couteaux, hein papa ? Tu te rends compte, maman, c'étaient des méchants !

Isabelle vit le colt Python dans la ceinture de Pierre.

— Tu es armé ? C'est nouveau ?
— Il ne tire pas des vraies balles.
— Impressionnant, en tout cas.

— C'est fait pour.
— Eh bien, tant pis pour les couvertures et le matelas, soupira Isabelle. Avec un peu de chance on les retrouvera demain.
— Moi j'ai plus envie de revenir ici, et toi, papa ?
— Moi non plus, ma douce.
— Tu serais pas un peu parano, par hasard ? dit Isabelle.

— Votre femme a raison, dit Mary Ann en allumant une cigarette, il y a trop de choses dans cette tête. Il faudrait y faire un petit trou et pfuitt ! les idées noires s'envoleraient.

Elle le dit sans sourire, agrémentant le « pfuitt » d'un geste enfantin puis, décomposant ses mouvements, elle s'accouda, croisa les doigts, posa son menton sur ses mains jointes et le regarda dans les yeux. Il baissa les siens, fasciné par ses lèvres charnues, « Bouche légèrement déclose qui souffle les graines de la mélancolie », pensa-t-il.

— Parano, on le serait à moins. Attendez, la journée n'est pas finie.

— Pierre, vous arrangez les choses à votre manière. Vous les peignez en noir. Vous vous faites peur vous-même, comme un enfant dans le fond de son lit qui imagine des monstres sortant des armoires.

— Et la disparition d'Angeline, c'est de la peinture ? dit-il avec brusquerie.

— Non, bien sûr. Je... Je vous en prie, continuez.

Il lui prit le poignet, elle lui abandonna sa main. Elle rejeta sa tête en arrière, secoua ses cheveux – elle avait changé de coiffure, ils étaient libres, artistiquement décoiffés, nouvelle mode à laquelle s'appliquait sans doute, pensa Pierre, le terme *dés-*

tructuré, et qui produisait ce naturel, cette fragilité de la femme surprise à sa toilette et donc désirable, plus que nulle part ailleurs désirable – et sourit des yeux, sa bouche demeurant perplexe, figeant sur son visage cette expression indéfinissable qui le charmait tant – bouderie empreinte de tristesse ou fausse fâcherie qui prépare l'éclat de rire, la déclaration d'amour ou la plus prosaïque des envies subites (« J'ai envie d'un cornet de frites »), et il s'aperçut que ses sourcils étaient larges, non épilés, qu'ils agrandissaient les yeux en amande aux longs cils, soulignés en coin par trois rides de fatigue ou de lecture, et il pensa à la dureté des lampes des projecteurs qu'elle devait utiliser dans son métier.

Il répondit à la pression de ses doigts.

– Nous sommes bien ici, n'est-ce pas? dit-elle.

Il acquiesça. Sans nul doute la plupart des membres du *Nelson's* savaient qui il était, qui elle était, mais aucun regard, aucune parole méchamment murmurée la bouche en coin ne laissait transparaître la moindre curiosité, le moindre voyeurisme.

– Terminez votre histoire, après nous irons chez moi.

– Chez vous?

– Pierre, nous ne sommes plus des gosses.

L'orage, les serpillières sur les appuis de fenêtres, le soleil, le dîner, le coucher.

Angeline s'endormit malgré la chaleur étouffante. Nus sur les draps, Pierre et Isabelle lisaient.

Pierre se leva pour aller aux toilettes. Quand il revint un détail accrocha son regard. La porte de l'armoire à glace était entrouverte. Il interrogea Isabelle. Avait-elle remarqué?

— Oui, enfin je crois, mais quelle importance ?
— Jusqu'à présent elle était fermée à clé. Quelqu'un l'a ouverte.

Isabelle dit que ça devait être la vieille dame du dessous. Ils occupaient son logement, elle avait eu besoin de linge.

— On entre ici comme dans un moulin et tu t'en fous ?
— C'est le charme des vacances. Et il n'y a rien à voler.
— Vacances ! Il aurait pu nous donner une clé de la porte d'entrée, l'autre dingue.
— Tu parles de qui ?
— Notre propriétaire, l'hôtelier-restaurateur, le quatre étoiles du bled.
— Ils s'en tirent comme ils peuvent.
— Une sorte de souscription aux bonnes œuvres, cette location, si je comprends bien. J'aurais préféré adresser un chèque. Je l'aurais déduit de mes revenus. Dons aux associations et œuvres reconnues d'utilité publique.
— Tu nous les brises...

Elle lui tourna le dos. Bien qu'elle fût nue, il ne la désirait pas. Ils n'avaient pas fait l'amour depuis leur arrivée. Elle n'en avait pas manifesté le désir et il n'aimait pas quémander.

— Regarde donc dans l'armoire, dit-elle.
— Pour que foutre ?
— Comme ça, pour voir.
— Pour voir quoi ?
— Histoire de passer le temps, de se calmer les nerfs.

Il se retint de lui dire : « Combien de temps comptes-tu rester encore dans ce trou à rats ? Je te préviens, j'ai tenu six jours, je ne tiendrai pas quinze. »

— Il y a de quoi devenir dingue, murmura-t-il.

Elle lui répondit qu'il exagérait, qu'ils étaient mieux là que sur la côte d'Azur à chercher un galet où poser les fesses.

— Tu as raison, dit-il.

Il ouvrit la porte de l'armoire. L'étagère centrale croulait sous les livres. Il haussa les sourcils. Il inclina la tête afin de lire les titres, sur les tranches, et ce qu'il déchiffra — beaucoup de titres étaient imprimés en lettres gothiques ou dans une calligraphie s'en inspirant et destinée à évoquer le sang — lettres rouges et noires, bavures pourpres, flammes jaune vif — lui fit dresser les cheveux.

Il y avait là un ramassis d'horreurs : *Recueil de supplices chinois*, *Les Décapités célèbres*, *Dictionnaire illustré de la bestialité*, *La Médecine et le nazisme*, *Le Sadisme de l'antiquité à nos jours* (sic), *Les Camps de la mort*, *L'Inquisition*, etc. Et des revues pornographiques allemandes. Il en feuilleta une : porcs, chiens et filles. Petites filles.

Il entendit Isabelle remuer sur le lit. Elle s'était adossée au traversin plié en deux.

— Eh bien montre !
— Des bouquins dégueulasses.

Elle insista. Elle voulait voir.

— Non, dit-il en refermant la porte de l'armoire.

Elle se précipita, rouvrit la porte, prit une brassée de livres. Un gros volume tomba. Angeline gémit.

— On va la réveiller... Tu ne vas pas lire ces saloperies ? chuchota-t-il.

Elle s'installa confortablement et soutint son regard. Elle l'accusa de puritanisme. Puritain, lui ? Il éluda la discussion. Mais, mentalement, il lui rétorqua que le mot ne convenait pas, que ça n'avait rien à voir avec le sens qu'elle lui donnait. En revanche, oui, il acceptait le substantif dans son sens étymologique. *Puritan, purity*, pureté. Ces livres étaient sales. Salissants.

Elle, elle les trouvait « marrants ». Marrants les chiens, les porcs et les petites filles.

— C'est pas tous les jours qu'on a l'occasion de regarder des trucs pareils...

Il prit le livre sur les supplices chinois. La première image lui suffit. Il eut un haut-le-cœur. Un écorché — *vif*, précisait la légende. Une photographie, pas un dessin dont on aurait pu croire qu'il était sorti de l'imagination tordue de l'auteur, mais un cliché qui prouvait que le supplicié avait existé. Et le tirage à partir d'un négatif en mauvais état — points blancs, gélatine griffée — en rajoutait, par ces défauts, dans l'authenticité.

Isabelle était émoustillée. Feuilletant les revues de la main gauche, elle caressait Pierre de la main droite. Mi-étonnée, mi-espiègle, elle s'étonna qu'il ne réagît point. Une fois qu'elle eut parcouru la plupart des livres et des revues, elle entreprit de parvenir à ses fins. Pierre céda. Son corps céda. Ils le firent sur une chaise, dans la cuisine.

Après, elle dit que c'était le meilleur moyen de guérir les gens nerveux.

Partagé entre la satisfaction physique et la surprise — Isabelle n'avait jamais pris l'initiative aussi franchement —, Pierre ne put trouver le sommeil. Il se releva, rangea les livres dans l'armoire — Isabelle les avait flanqués sur le plancher entre les lits, au risque qu'Angeline se réveillât avant eux le lendemain matin et les découvrît —, et repoussa la porte jusqu'à ce qu'elle s'inscrivît en creux dans le chambranle. Faute de clé, on ne pourrait l'ouvrir qu'à l'aide d'un outil. Qu'Isabelle fermât les yeux sur ce que signifiait la présence de ces livres – sur le pourquoi et le comment de leur présence – l'inquiétait bien plus que leur contenu. Pendant qu'on leur jouait la scène des couteaux, là-haut dans les montagnes, quelqu'un pénétrait dans la chambre, ouvrait l'armoire, y déposait les livres – Pierre réfutait l'idée de leur présence *préalable*, car c'eût été gravir un degré supplémentaire dans l'épouvante que d'admettre que la vieille dame du dessous possédait à demeure ces ouvrages démoniaques entre ses draps, ses chemises de nuit, ses serviettes de toilette et ses mouchoirs –, afin qu'ils les découvrent à leur retour et fassent le lien entre le bois tendre des bouleaux et la chair des suppliciés – leur chair de futurs suppliciés.

La vieille dame avait-elle verrouillé la porte du bas? On pouvait lui prêter les sentiments ordinaires qui naissent de la solitude : la peur de l'agression, du faux employé du gaz, du romanichel. On boucle les serrures à triple tour. Mais cette vieille dame, qui était-elle? Charmante mammie à la voix chevrotante, aux yeux doux, aux gestes mesurés, portant chapeaux fleuris et robes roses, matrone tout de noir vêtue, bossue et fessue, aux rides grimaçantes, aux yeux flamboyants, au visage parcheminé, à la langue pointue – Pierre pensa tout d'abord « fourchue » mais rejeta ce mot qui le menait tout droit chez les démons –, aux dents jaunes, aux doigts crochus, aux ongles longs comme des rejets de saule? Un cloporte tapi dans son trou qui a l'agilité des lézards géants de Sumatra, rapides comme des lièvres?

La porte du couloir était ouverte, il en avait la certitude. Et celle de la chambre ne fermait pas à clé. Il aurait dû acheter un verrou, ou une simple targette, dans une quincaillerie de la Ville Noire.

Egorgés dans leur lit. Tous les trois. Image fulgurante, avec ses accessoires. *Le triple assassinat de l'impasse. Une nouvelle affaire Dominici?* Les assassins déménageraient la bibliothèque. Dany Gomot, le fou du samedi soir – on est samedi! –, serait soupçonné. Il aurait un alibi. Alibi? Serait-il complice ou coupable? Mieux que cela: instigateur, maître d'œuvre, Grand Maître des Cérémonies. Les exécutants – *exécuteurs* : le jeune homme au ballon et ses deux acolytes. Ils ouvrent la porte du couloir dont ils ont graissé les gonds à l'heure du déjeuner. Sur leurs tennis, ils montent silencieusement l'escalier. Ils rient sous cape. La poignée de la porte de la chambre tourne...

A force de fixer cette poignée, il la voyait tourner. Il se leva. Ouvrit. Personne. Il bloqua une chaise entre le plancher et le boîtier de la serrure. Il se rallongea. Pour se relever aussitôt. Il glissa le colt Python sous son oreiller. Isabelle s'étira dans son sommeil et souffla bruyamment. Pierre chercha sa bonne position – sur le côté droit – et s'efforça de penser à la mer, à une île, à des poissons, à des moissons, à des nuages blancs, à des articles du Code civil.

Une heure – ou une minute – plus tard, il sursauta. Il ne sut si ce sursaut était réel ou s'il s'agissait de cette détente brutale des muscles qui accompagne la plongée dans le sommeil, ou un cauchemar – une chute dans le vide. Il ne sut pas non plus si la détonation simultanée avait été intérieure ou si elle avait vraiment frappé ses tympans et provoqué le sursaut.

Il se remit sur le dos. Son cœur battait à tout rompre. Isabelle n'avait pas bougé. La *déflagration* l'aurait réveillée : il avait donc rêvé.

Néanmoins, il se mit à guetter les bruits. Un raclement. Il l'attribua au ressort d'un carillon sur sa butée, juste avant le ou les coups. Il attendit. Aucun carillon ne sonna chez la vieille dame.

Les raclements se multiplièrent : chaises et tables que l'on repousse sur un plancher.

De nouveau, le silence.

Puis lui parvinrent des chants lointains, comme des cantiques qui accompagnent la procession vers l'oratoire.

Messe noire !

Sur le champ de foire, un autel dressé, des prêtres en toge écarlate. Les visages sont d'un blanc crayeux. Masques ?

Des coups sourds.

Esprit es-tu là ?

Il rit. Rire de détraqué.

Réponds-nous. Un coup pour non, deux coups pour oui.

Il n'en pouvait plus. Il secoua l'épaule d'Isabelle. Elle ronchonna.

– Qu'est-ce qu'il y a ?
– Tu entends ?
– Mais qu'est-ce que tu as ? Dors !...
– J'entends des voix.
– La télé, ou la radio, bredouilla-t-elle.
– A cette heure-ci ?

Il déchiffra le cadran lumineux de sa montre. Minuit et demie.

– Les vieux sont insomniaques... Maladie du troisième âge...

Elle mâchouillait les mots.

Il était impossible qu'elle n'entende pas ces chants. Des voix aiguës se balançant sur des escarpolettes, grincements, cordes qui couinent, martèlement de poings sur une table, grognements de bêtes.

Grattements à la porte.

Le colt Python au poing, il sauta de son lit, ôta la chaise qui bloquait la porte et ouvrit brutalement. Il alluma le plafonnier de la chambre et éclaira le couloir.

Rien. Personne.

Les chants avaient cessé. Baguette magique du chef d'orchestre, ciseau des bras qui coupe les sons, immobilise les archets, bloque les respirations, écarte les cymbales.

Réveillée cette fois, Isabelle lui demanda ce qu'il fabriquait.

— J'ai entendu des bruits, dit-il, incapable de traduire ses troubles et de partager ses images.

— Et ce pistolet?

— T'occupe pas de ça.

Assise dans son lit, Angeline se frottait les yeux.

— Papa!

— Oui ma douce...

— J'ai envie de faire pipi.

Isabelle lui dit d'y aller, qu'elle savait où ça se trouvait, et elle ajouta qu'entre un mari qui se prenait pour Jeanne d'Arc et une petite pisseuse ce serait un miracle de se payer une nuit complète, que ce serait de leur faute si elle avait des valises sous les yeux au réveil.

Angeline courut sur ses pieds nus et entra dans le cabinet de toilette.

La lumière s'éteignit.

L'obscurité paralysa Pierre. Ses veines se vidèrent.

— Papa! cria Angeline.

— N'aie pas peur, on est là, la lumière va revenir. Isabelle?...

Elle ne répondit pas.

Il fut bousculé. *Il eut l'impression* d'être bousculé ? Ces pas qui dévalaient l'escalier, réalité ou un pieu de plus enfoncé dans la boue du cauchemar ? Il releva le chien de son arme. Tirer ? La flamme éclairerait la cage d'escalier, une fraction de seconde.

— Angeline ? ANGELINE ?...

Se heurtant aux murs et aux barreaux de la rampe, il se dirigea vers le cabinet de toilette. De la main gauche il explora le réduit, retenant ses hurlements, haletant, les sens affûtés au point d'entendre, de sentir, de toucher Angeline – ses cheveux soyeux, sa respiration saccadée, son eau de Cologne – alors que dans le cagibi il n'y avait rien de chaud, rien de vivant, seulement de la faïence, du métal et des serviettes rêches.

Il fit tomber l'abattant de la cuvette sur ses doigts. Il grogna de douleur.

Il dégringola les marches. Une porte claqua.

— Angeline !...

Dans le couloir il mit une ombre en fuite.

La porte de la maison était ouverte.

— Papa !

La lune éclairait le fond de l'impasse d'un halo bleuté. Dans sa chemise de nuit blanche, Angeline tournoyait sur elle-même, bras tendus, aveugle, essayant en vain d'agripper une main.

Il se précipita et l'enlaça, à l'étouffer.

Dans la maison la lumière revint.

Isabelle était couchée.

— Elle est dingue cette gosse, quelle idée d'aller se promener dehors !

Pierre borda Angeline et l'embrassa. Il bloqua la porte avec la chaise, désarma le chien du colt et glissa l'arme sous son oreiller. Il éteignit la lampe de chevet.

Seul le son mat d'une mouche qui heurtait les carreaux troublait le silence.

La quiétude d'un réveil tardif rendit encore plus étranges les événements de la nuit. Ce fut un bruit synonyme de paix qui réveilla Pierre : les pas ferrés d'un cheval. Non pas le trot allègre d'un alezan fin et racé mais le claquement incertain et pesant des sabots d'un percheron qui tire une lourde charge, s'arrête, repart en dérapant sur ses fers et frémit du garrot. Un percheron dont les fers creusaient le tuffeau de l'impasse et sous lesquels giclaient les cailloux qui affleuraient de-ci, de-là.

Pierre alla à la fenêtre et Angeline le rejoignit. Le cheval de trait était attelé à un tombereau rustique, vestige rafistolé de charrette agricole, équipé de deux roues de camion et dont l'essieu grinçait à chaque soubresaut. Le cheval soufflait, battait des paupières et secouait la tête, ses oreilles et ses œillères chassant un essaim de mouches vertes.

– On dirait qu'il a quatre oreilles, dit Angeline, deux normales et deux d'éléphant.

Torse nu et en short – un jean coupé et effrangé –, chaussé de bottes de travail, le jeune homme au ballon tenait les rênes, juché sur un tas d'immondices, fier comme Apollon. Son œil de saurien croisa le regard de Pierre et un sourire fielleux s'afficha sur son visage émacié. Il sauta à terre en criant : « Ho-ooo ! »... Il disparut de l'angle de vision de Pierre. Il réapparut en portant une poubelle. Le cheval renâclait, énervé par les mouches. Il avança d'un pas. Le jeune homme au ballon cria « Ho-ho-ooo ! » Puis il grimpa sur un marchepied et vida la poubelle sur le tas. Il la cogna contre les ridelles et la jeta. Elle roula. Il monta sur les ordures. A l'aide d'une fourche, il étala le contenu de la poubelle.

– Oh ! regarde, papa !
– Quoi, ma douce ?

— On dirait mon matelas.

Pierre frémit en reconnaissant les dessins : crabes, poissons, coquillages. La pièce de plastique avait été découpée en lanières et le jeune homme au ballon les exposait à leurs regards, les tournant et les retournant comme du foin. Il s'amusait.

— Pourquoi ils ont fait ça, papa ?

Ils... Dans une tête de petite fille de quatre ans, qui étaient ces *ils* ? Les méchants ?

— On t'en achètera un autre.

— Oh ! tu sais ça sert à rien. C'est pour la plage et ici y a pas de plage.

— Justement. On s'en va. Voir la mer.

— Chouette ! s'exclama la fillette.

De son lit, Isabelle dit :

— Qu'est-ce que c'est que cette nouvelle idée à la noix ?

Elle était contre. Aussi prit-elle un malin plaisir à laisser Pierre ramasser les affaires – jouets, livres, provisions, linge sale –, mais quand ce fut le tour de son linge à elle, elle se précipita et lui arracha des mains les culottes et les soutiens-gorge qu'il s'apprêtait à fourrer pêle-mêle dans une valise.

Elle l'accusa d'être un saboteur et de tout foutre en l'air.

Pierre habilla Angeline et ils allèrent ensemble régler le restaurant. La bonne femme lui demanda si quelque chose lui avait déplu. Il la rassura : non, pas du tout, simplement l'entreprise où il travaillait le rappelait. Lâchement, il ajouta qu'ils reviendraient.

Dany Gomot, le tueur de fells, Isabelle l'avait payé d'avance. Un mois d'avance. Pierre n'eut donc pas à subir ses regards humides, sa transpiration aigre, son anisette tiède. Il se frotterait les mains : il avait empoché le loyer d'un mois. Pour une semaine.

Isabelle monta dans la Saab. Boudeuse, elle alluma l'autoradio, à fond la caisse. La voiture vira au coin de l'impasse et s'engagea dans la grand-rue. Pierre sollicita une dernière image : derrière les volets clos de la rue morte, des yeux étincelaient de jalousie qui accompagnaient leur cheminement. Jaloux et furieux de voir s'envoler une proie, une jolie petite fille aux cheveux châtains et aux yeux vert foncé.

Dans le rétroviseur, il vit s'étirer la perspective des maisons qui désignait, là-haut, sur le champ de foire écrasé de soleil, ainsi qu'une flèche qui allait en s'étrécissant, les masques de douleur des hangars en ruine.

– On s'ennuyait ici, hein papa ? dit Angeline.

Vers le milieu de l'après-midi, au bas de monts verdoyants couverts de vignobles qui figuraient la logique, le travail et la présence humaine, s'inscrivirent les méandres de la Loire, le vert clair de l'eau sur le sable, le glissement frais du fleuve en direction de l'océan, de la liberté, d'un univers où existent les horizons, où l'esprit n'est pas prisonnier.

Pierre chercha dans ses souvenirs livresques – manuels scolaires, histoire de la Grèce antique – l'existence de monstres marins. Il y en avait quelques-uns, certes, mais aucun qui n'eût été vaincu par les Héros ou les Dieux, à sa connaissance.

Il en vint à penser que les démons sont toujours terrestres. Le Diable vit sous terre, pas dans les airs, ni au fond des mers.

21.

Elle n'est pas bête comme Bête-pappy. Elle a compris : le jour, c'est lorsqu'il y a les alertes, que les avions bombardent, que les coups de grisou suivent les coups de klaxon. Et la nuit c'est quand on n'entend plus rien.

Seulement voilà, elle ne peut pas expliquer ça à Bête-pappy. S'il parlait français, elle lui dirait que grâce à son donkey-kong qui donne l'heure quand on appuie sur *time*, elle connaît l'horaire des spectacles, à la minute près. Les premiers bombardements à dix heures, et d'heure en heure jusqu'à dix-sept heures. Les coups de grisou aux demies.

Le jour, Bête-pappy vit dans la terreur des alertes. A force, son corps est réglé mieux qu'une montre.

Ils prennent leurs repas – thé et biscuits, parfois un fruit à moitié pourri ou un paquet de chips – entre deux grands frissons de Bête-pappy.

La nuit, il s'en va. Après l'avoir attachée à la paillasse. Sans lui faire mal. Il a juste peur qu'elle ne le quitte.

Quand il revient, il la délivre et prépare le petit

déjeuner. Il l'amène au petit coin, dans le fond de la grotte. Pouah, une véritable infection.

Les soirées sont paisibles. C'est le meilleur moment de la journée. Ils se racontent des histoires, chacun de son côté puisqu'ils ne se comprennent pas. Un peu tout de même. Bête-pappy mime tout ce qu'il raconte. Il creuse, il reçoit des coups de fouet, il a soif, il a faim, il a froid, on lui tire dessus, tac-tac-tac, il se cache, il meurt. Il y a des tas de méchants dans les histoires de Bête-pappy.

Angeline joue au donkey-kong. Elle devient imbattable. Elle a fait 896 points au niveau *one*. A trois cents points on gagne un bonhomme gratuit et après c'est plus facile. On peut se permettre d'en perdre.

Plusieurs fois elle a fait l'inventaire de son sac-panda et Bête-pappy a appris des mots.

Savon. Elle n'ose pas se laver de peur que Bête-pappy ne la regarde.

Nécessaire à couture. Les minuscules ciseaux amusent Bête-pappy.

Shampooing. Bête-pappy empoigne sa tignasse.

Pansement. Là, Bête-pappy exulte. Des pansements, il en a des boîtes et des boîtes, blanches avec une croix rouge.

Carton et *zone bleue*. L'agence de location l'avait donné à papa qui lui avait expliqué qu'il y avait quatre zones à Jersey. Jaune, rouge, verte et blanche. Bête-pappy n'y comprend rien. Il tourne les cercles, les chiffres s'affichent dans les fenêtres carrées, il hausse les épaules. Ça vraiment, ça le dépasse. Il doit croire que c'est une sorte de montre.

Elle a pris tout ça sur la tablette de leur chambre, à l'hôtel *Imperial*.

Ah! elle a aussi retrouvé son élastique. Avant les

vacances, c'était la saison de l'élastique, à l'école. De l'élastique à culotte, deux bons mètres que l'on tend entre deux chaises et on saute par-dessus. Il y a tout un tas d'exercices, de plus en plus durs. Angeline a essayé d'apprendre à Bête-pappy le saut de l'aveugle, le saut chinois, la bougeotte. Mais il est beaucoup trop vieux. En vrai, il est tout rouillé.

Ils dînent et Bête-pappy l'attache. Il éteint tout et s'en va.

— Bête-pappy, ramène-moi à la maison s'il te plaît !

— *Kinder, kinder...*

Il part à la chasse comme un homme de Cromagnon. Mais ce n'est pas des Kinder qu'il rapporte. Presque pareil : des biscuits, des barres de céréales au miel et au chocolat.

Un matin, il lui a rapporté une poupée. Une moche.

22.

L'île de Jersey appartenait-elle aux étendues maritimes préservées des monstres ou à la terre, morceau de continent parti à la dérive ainsi qu'une bouchée de banquise et son ours blanc en perdition?

Cette question tenait du délire. Il ne la posa pas à Mary Ann.

— Qu'attendez-vous de moi? dit-elle.

Elle avait écouté son récit sans l'interrompre. Il avait craint son ironie. Il avait buté sur des mots — revolver –, sur des scènes — la chaise qui bloque la porte de la chambre, Angeline tournoyant sur elle-même dans la clarté lunaire –, sur des images — le champ de foire, lieu de sacrifice –, mais quand il eut compris qu'elle l'encourageait à évacuer ses obsessions il les étala, fades et nues car les mots n'arrivaient pas à la cheville des images.

Que voulait-elle dire? Qu'attendait-il de Mary Ann? S'il avait dû répondre à brûle-pourpoint (« Vite, vite, votre réponse s'il vous plaît! »), dans la seconde il aurait dit : « Rien, je n'attends rien de vous. » Et pourtant, le fait qu'il acceptât sa présence, qu'il la désirât — il se posa la question de savoir s'il avait pris des initiatives susceptibles d'être qualifiées de sollicitations –, qu'il l'appréciât – il réfuta le verbe « aimer » – tenait à prouver qu'il attendait bien quelque chose de sa part. Quelque chose : une complicité dans les fantasmes – encore que ce dernier mot ne lui plût guère mais y en avait-il de mieux approprié ? –, ou à l'inverse des sermons, des coups de trique, des seaux d'eau froide en pleine figure ?

— Attendez-vous de moi une analyse rationnelle de votre histoire ? Si oui, il me serait facile de dire que votre jeune homme au ballon vous a fait une bonne farce. Vous occupiez le logement de sa grand-mère. Imaginez une personne âgée quittant ses meubles pour abandonner les lieux à un étranger. Imaginez-la se plaignant à son petit-fils du sans-gêne de Gomot qui, pour quelques livres, enfin quelques francs – je suppose que le loyer ne devait pas être bien élevé –, gâche tous ses étés. A la place du garçon, vous auriez fait comme lui. Vous vous seriez arrangé pour que les importuns prennent la fuite avec armes et bagages. L'endroit que vous m'avez décrit se prêtait à ce jeu. Au pays de Galles et dans les Highlands il y a des vallées aussi sinistres que la vôtre. Et votre jeune homme au ballon regarde la télévision, va au cinéma. Les idées ne lui ont pas manqué. Voilà ce qu'il faudrait dire, si je voulais tuer vos démons. Est-cela que vous attendiez de moi ?

Ils avaient dîné l'un en face de l'autre. Mary Ann changea de place. Elle prit sa main et la serra dans les siennes, sur ses genoux. Puis entre ses cuisses, qu'elle entrouvrit.

— Allons chez moi, dit-elle, à l'hôtel je n'aimerais pas.

Sur les hauteurs de Mont des Vignes, elle habitait un bungalow à toit plat au milieu d'un champ de lavande. Ils prirent une douche puis elle le mena dans sa chambre. Elle ouvrit la grande baie, laissant entrer la nuit et ses parfums.
— Ne craignez rien, murmura-t-elle, la première fois c'est rarement l'apothéose. Nous aurons d'autres nuits, si vous le voulez.

Plus tard, elle lui alluma une cigarette et tandis qu'il fumait, ivre encore d'une jouissance qui n'avait pas eu recours aux images, elle le prévint :
— Pierre, tu n'as pas de chance. Je veux dire, tu n'as pas de chance d'être tombé sur moi. Je ne suis pas du tout rationnelle. Moi aussi, je suis attirée par le mystère. J'en suis au même point que toi quant aux images : les mots me semblent tellement inférieurs à elles que je préfère les garder pour moi. Et puis je suis du genre à sauter avec le type qui va se suicider en se jetant d'en haut d'un pont. A condition qu'il me plaise, bien entendu. Que son regard ressemble au tien. Mais note bien, ajouta-t-elle avec un enjouement inattendu, une fois dans l'eau, une fois dans le fleuve en train de barboter, peut-être que j'essaierais de le sauver, le type en question...

Elle mit le couvert du petit déjeuner sur la table du jardin. Pierre fit l'inventaire de son sac. Il ne lui restait plus beaucoup de liquide, il lui faudrait passer à la banque. Mary Ann vit le livre d'Isabelle.
— Tu as acheté *ça* ?
— Ma femme. La veille de la disparition d'Angeline.
Devait-il lui confier qu'il pensait qu'Isabelle avait glissé ce livre dans son sac ?

— Et elle ne parle ni ne lit l'anglais.
— Ah? Bizarre, non? Elle s'intéresse à la sorcellerie?
— Simple curiosité, je présume.
Pierre feuilleta le livre.
— Ne le lis pas, ça ne servirait à rien. C'est plein d'histoires abominables.
— Tu les connais?
— J'ai monté un film là-dessus, à mes débuts à c.t.v. Ici les sujets n'abondent pas. La sorcellerie dans les îles, on l'a traité tout de suite.
— Raconte.
— Non. Après on voit des sorcières partout.
— Tu en es une.
— Comment cela?
— Cette nuit...
— Pierre!

Elle rougit et remplit les tasses d'un thé âpre et noir. Elle s'assit sur ses genoux. Il dénoua la ceinture de son peignoir et lui caressa les cuisses.

— Tu sais, c'est un sujet brûlant.
— Je m'en suis rendu compte.
— Non, sérieusement. Tous ceux qui ont travaillé sur ce film, à c.t.v., étaient un peu gênés. Troublés. Ça fiche la trouille même si on n'y croit pas.

En souriant, elle ajouta :
— Si je suis une sorcière, tu es le diable.
— Et pourquoi?

Elle feignit de chercher ses mots, comme une écolière qui a oublié le début de sa récitation.

— Le film commençait par une citation... « Les sorcières de Jersey... Elles abhorrent la beauté, corrompent la jeunesse et forniquent avec le diable! »
— Forniquons.

Ils se regardèrent dans les yeux. Ils virent

l'ombre s'installer entre eux. Angeline. Il leur était impossible de jouer la comédie du bonheur.

Mary Ann se leva et noua la ceinture de son peignoir. Elle se rassit en face de Pierre et alluma une cigarette.

— Imagine qu'entre 1550 et 1660, plus de quatre-vingts sorciers et sorcières, ou supposés tels, furent condamnés au bûcher. A Jersey, on était plus civilisés : on les pendait avant. A Guernesey, ils étaient brûlés vifs.

— C'est plus conforme à la tradition.

— Beaucoup avouèrent avoir jeté des sorts à leurs voisins, détruit des récoltes, empoisonné le bétail, avoir rencontré le diable à la Rocqueberg et...

— Et?

— Je ne devrais pas te dire ça...

— Dis-le quand même.

— Avoir immolé leurs propres enfants. Et tu ne sais sans doute pas, continua-t-elle d'un ton léger, qu'à la suite de ces événements des familles entières émigrèrent en Amérique. En Nouvelle-Angleterre, à Salem.

— Les sorcières de Salem ?

— Oui. Le diable les accompagna de l'autre côté de l'océan. Dix-neuf personnes furent victimes d'une nouvelle épidémie de pendaisons. Tu vois que le sujet n'a rien de réjouissant.

— Je suppose que ces sorcières avouaient sous la torture.

— Tu penses bien. Quelque chose comme la Très Sainte Inquisition. Une espèce de jugement de Dieu. On te flanque dans un baquet d'huile bouillante et si tu n'es pas brûlé c'est que tu es innocent. Ou on te plonge la tête dans l'eau pendant une semaine ou deux et si tu ne meurs pas noyé... Le plus moche, c'est qu'on ne peut pas s'empêcher de penser qu'il y a un fond de vérité dans ces histoires à dormir debout.

Debout derrière lui, elle pressa sa poitrine nue contre son dos et s'inclina sur son épaule.

— Mon pauvre Pierre, chuchota-t-elle, ta fille a été enlevée, c'est la seule hypothèse valable.

Elle se redressa et secoua le dossier du fauteuil de Pierre.

— Bon! Il faut que j'aille travailler. Que fais-tu aujourd'hui? La maison t'appartient. Tu pourrais aller chercher tes affaires à l'hôtel.

Il se retint de dire: « Alors, on se met en ménage? » et énuméra des arguments qui n'en étaient pas vraiment: le courrier, le téléphone, Ellington... Mary Ann lui répondit qu'il lui serait facile de passer chaque jour à l'*Imperial* chercher son courrier – des lettres d'Isabelle? – et de demander aux standardistes de faire suivre ses communications. Quant à Ellington et le qu'en dira-t-on, Mary Ann lui cria de la salle de bains que Saint-Hélier n'était qu'un gros bourg, qu'à cette heure-ci tout le monde était au courant de leur liaison, qu'Ellington l'avait déjà écrit sur une fiche et que cela n'avait absolument aucune importance. Pierre écarta le rideau de la douche.

— Et la presse?

— Les journaux de Jersey ne sont pas des boîtes à ragots et je ne suis pas lady D.

Elle partit au volant de son Austin. Elle en avait pour deux ou trois heures. Elle serait de retour pour le *lunch*. Ensuite, elle l'accompagnerait à l'hôtel et ils essaieraient de rencontrer Ellington.

Pierre s'installa sur la terrasse dans un fauteuil en rotin, une tasse de thé tiède à portée de la main. Il ne comptait plus ses cigarettes. L'immense baie de St. Aubin était déserte. Sa mémoire y fit revivre Angeline, son ballon, ses brassières, le jeu de badminton et, ainsi qu'il en avait pris l'habitude, il effaça ces images pour se concentrer sur le réel, le palpable, le banal : les voitures sur la route de Corbière, la brume de chaleur qui occultait partiellement Elisabeth Castle sur l'îlot d'Hermitage, une vedette rapide qui filait plein sud, le dôme du parc de loisirs — paysage hostile, ce champignon de béton qui provoqua l'image-symbole d'Angeline qui dévale le toboggan géant et glisse en enfer.

De nouveau fébrile, il lava les tasses, les soucoupes, les assiettes et les couverts, les essuya et les rangea afin de retarder un moment qu'il redoutait, mais à l'égard duquel il éprouvait cette même hâte irrépressible qu'il avait connue, adolescent, lorsqu'il se livrait au plaisir solitaire dans les toilettes ou dans l'abri de jardin où le Receveur venait lui aussi s'isoler — lire le journal ou rêver, hors de portée des griffes de la Receveuse. Retarder la lecture du livre sur la sorcellerie. Il ne doutait pas qu'il y trouverait ce qu'il souhaitait : la satisfaction coupable de l'onanisme suivie de serments d'ivrogne : « Je ne le ferai plus, *je n'y penserai plus.* »

Il se fit du café et se réinstalla sur la terrasse. Il examina longuement la couverture du livre et songea à la conversation qu'il avait eue à ce propos avec Ellington. N'avait-il pas fabulé ? Non. Ellington avait décrit cette couverture.

> *Ce livre est un best-seller dans les îles.*
> *Vous vous souvenez de la couverture ?*
> *Non ? Permettez-moi de vous la décrire.*
> *La lune, pleine dans un ciel noir, éclaire*

> *des nuages gris et blancs, sorte de flammes qui semblent sortir d'un amas de roches en forme de feuilles d'acanthe. Acculée contre ces rochers, au centre d'un cirque où elle s'est elle-même enfermée – où le Malin l'a menée après une longue poursuite à travers champs –, une jeune fille en robe blanche, aux reflets verdâtres sous la clarté lunaire, se tient assise, une jambe pliée sous elle. A bout de souffle, résignée, elle attend l'assaut du monstre. Il est dessiné de trois quarts dos. On ne voit pas son sexe long et courbé sur lequel, pourtant, les yeux de la victime sont fixés. Bien qu'il soit représenté avec tous les attributs de l'imagerie populaire – pattes de bouc, cornes, barbiche, langue fourchue, crête de coq –, le Malin ne donne aucune envie de sourire. Pour lui, l'illustrateur n'a utilisé qu'une seule couleur : le rouge. Ma description est-elle fidèle ?*

Elle l'était. Il ouvrit le livre.

L'avertissement de l'auteur était hypocrite et facile : lecteur, attention ! La sorcellerie est une chose dangereuse et quiconque s'en approche d'un peu trop près risque de se brûler les doigts – Mary Ann le lui avait dit. « Mais quelle civilisation ne possède pas ses magiciens, ses guérisseurs, ses pythies, ses gens capables de passer à travers les murs ?

Voilà, songea Pierre, il y aurait *des gens* capables de traverser les murs de l'hôpital souterrain.

Il s'ébroua, alluma une autre cigarette. Il devait résister. Repousser les images. Au second degré, lire.

Lire la triste histoire de Marie Grandin, condamnée au bûcher en juin 1648, par sir George Carteret, Bailiff of Jersey. Plus de soixante-dix témoins déposèrent contre elle. On l'accusa de s'être transportée dans le temps et d'avoir vécu des vies antérieures, des siècles avant Jésus-Christ.

Lire, par souci de se cultiver – de se donner bonne conscience ? –, des considérations sur les mégalithes. Dolmens, menhirs, peulvens, alignements de Carnac et autres monuments mégalithiques celtes. S'inquiéter avec l'auteur de leur destination : immenses cadrans solaires ? portes de mondes inconnus ? observatoires célestes ? lieux de culte ? lieux de sacrifices ? Sous des pierres on avait découvert, en Bretagne, en Cornouailles, au pays de Galles, en Irlande et dans les îles Anglo-Normandes des ossements d'enfants. Brisés. Ce qui laissait supposer qu'ils avaient été atrocement mutilés avant d'être occis.

Attention, enfants.

Je ne devrais pas te dire ça... Ils immolaient leurs propres enfants.

Lire une carte de Jersey sur laquelle étaient tirés des traits, frémir aux mots lay lines, *essayer de les traduire. Lignes de gisements, alignements.*

Apprendre que dans un ouvrage écrit en 1925 (*The Old Straight Paths*) un certain Arthur Watkins tente de prouver que les mégalithes sont dressés selon des lignes précises et que si l'on tire une droite entre deux points – entre deux sites – l'on constate que le long de la ligne existent d'autres monuments mégalithiques. Watkins, affirmait l'auteur, utilisa cette théorie pour découvrir des sites jusque-là insoupçonnés, et il alla plus loin en suggérant que les Celtes avaient ainsi établi ce que l'on pourrait appeler des « lignes de communication » dans l'Europe entière. L'édification des monuments ne devait rien au hasard. Mais l'historien s'interrogeait sur le crédit à accorder à Watkins. Il avait le regret de constater que les *lay lines* n'étaient que de simples droites tirées sur une carte et qu'aucun chemin digne de ce nom ne menait d'un mégalithe à un autre. Quiconque aurait voulu suivre les *lay lines* aurait été dans l'obligation – ou dans l'impossibilité – de franchir ravins et précipices, rivières et cascades, lacs et falaises.

– Fadaises, dit Pierre tout haut.

Le livre lui répondit : « Toutefois, si l'on admet un tant soit peu le surnaturel, si l'on ne rejette pas d'emblée les phénomènes parapsychologiques » – ces mots lui firent monter le sang à la tête, il revit Verryott et Arriani, le pendule, *she is alive, sir*, elle est vivante, monsieur –, « on est forcé d'admettre, avec les très sérieux membres de la très sérieuse Académie des chercheurs, que les mégalithes sont bel et bien reliés aux autres par une énergie spirituelle qui tresse de par le monde celtique un filet de rayons invisibles et de pouvoirs extrasensoriels. » A l'appui de cette thèse, continua de lire Pierre, « les historiens ont beau jeu de constater l'existence d'une mémoire collective, la forme la plus élaborée de l'énergie spirituelle qui transmet de génération en génération le témoignage des pouvoirs surnaturels et prouve par là que ces pouvoirs s'exercent toujours. Ainsi, dans les monts du comté de Wicklow (république d'Irlande), se trouve un cromlech – ronde de pierres – où ont eu lieu des sacrifices humains. On raconte qu'afin de conjurer la malédiction qui hante l'endroit un homme, dans un passé récent, grava une croix dans l'une des pierres.

Cette croix a disparu. Les forces surnaturelles l'ont effacée. »

Ainsi que j'efface mes images, pensa Pierre.

Il s'attacha à traduire le plus fidèlement possible un chant de Wicklow, écrit dans la nuit des temps et donné comme preuve de cette mémoire collective évoquée plus haut.

> *Leur Dieu c'était lui,*
> *Ce cromlech dans les brumes,*
> *Aride et blafard.*
> *Ceux auxquels il dictait son épouvan-*
> *table loi*
> *Sont morts. – Et jusqu'où sont-ils allés ?*
> *Sur son autel, ô honte !*
> *Leurs enfants, malheureux nouveau-*
> *nés,*
> *Ils égorgeaient.*
> *Leur sang, en son nom, ils versaient,*
> *Pleurant, gémissant et accablés.*

Accablés. *Accablée*, Isabelle l'était-elle ? A la ferme, gémissait-elle ? Pleurait-elle ? Il l'accusait : « Madame, pendant ce temps, pleuriez-vous ? gémissiez-vous ? De tant de peine étiez-vous accablée ? »

Il esquiva cette nouvelle image. Il n'allait pas, lui, Pierre Roussel, notaire, touiller ce salmigondis. Pourtant, de plus en plus honteux – « Masturbation mentale », ricana-t-il –, il se pencha sur la carte de Jersey couverte de *lay lines*. D'où tenait-il que le triangle est une figure cabalistique ? Etait-ce vrai ou n'était-ce qu'un fruit blet – il rit tout haut – détaché de son arbre à pensées ? Il rit plus fort en énumérant les triangles : le triangle des Bermudes, le triangle d'or, le triangle occipital, le triangle pubien, la barbiche triangulaire des démons, les triangles inscrits dans un cercle et formant des étoiles, les pyramides, associations de triangles... *Mais certainement mon vieux que les triangles signifient quelque chose.* Les *lay lines* en formaient des dizaines. Il s'amusa à les recenser. Trois points.

Table des Marthes, St. John Tumulus, Havre des Pas.
Blanches Banques, St. John Tumulus, Havre des Pas.
Blanches Banques, St. John Tumulus, Mont à l'Abbé.
Table des Marthes, St. John Tumulus, Faldouet.

Et ainsi de suite. Il se lassa de les compter. Puis il en vint à l'évidence (*evidence* : en anglais, preuve) qui lui procura un plaisir violent : au centre de tous ces triangles se trouvait St. Lawrence Church, église qui n'était qu'à deux pas de l'hôpital souterrain. « Le filet des lignes d'énergie spirituelle » emprisonnait en son milieu ce monument de pierre, de gravier et de béton : l'hôpital nazi. De mémoire et en s'aidant de la carte, il recomposa leur itinéraire dans l'île. Isabelle les avait menés le long des *lay lines*, d'un mégalithe à un autre, et c'était elle qui avait décidé de visiter l'hôpital souterrain dans les dernières heures de leur séjour.

Logique.

Logique ? Par rapport à quoi ? Par rapport à qui ?

Soudain migraineux, il se leva. Dans le vaste séjour, une bibliothèque en bois laqué noir occupait tout un pan de mur. Debout devant les livres, il fut pris de panique : il avait oublié ce qu'il venait y chercher. Il ne savait si sa tête était vide ou trop pleine – « Petit trou, pfuitt ! » avait dit Mary Ann. Le cliché habituel du brouillard, du cerveau embrumé, ne convenait pas. Il pensa : *blanc*. Il pensa : « J'ai les pensées blanches », et cette blancheur évoquait une chambre d'hôpital, l'odeur d'éther, de formol et de chloroforme – enfant, il avait été endormi au chloroforme et la puanteur des glaires qu'il avait vomies s'associait dans sa mémoire à n'importe quelle impression de malaise –, puis il se souvint : Europe. Et, se moquant de lui-même, il songea : « C'est bien le diable si... » – Diable !... C'était bien le diable si dans une bibliothèque de journaliste ne figurait pas en bonne place un atlas ou une encyclopédie. Mary Ann était très éclectique dans ses lectures : romans – Faulkner, Caldwell, James, Isherwood, Greene, C. McCullers, Fitzgerald –, biographies, essais, ouvrages politiques et économiques, tous classés par genre. Il découvrit un atlas de poche. Une page était pliée qui marquait le chapitre consacré au Moyen-Orient. Les cartes d'Europe étaient au début. Il posa le livre sur la table et à l'aide de la tranche d'une revue tira un trait fictif entre Dublin (comté de Wicklow) et la Ville Noire. Il ne fut pas étonné de s'apercevoir que cette ligne passait très exactement par Jersey et que, d'autre part, l'île se trouvait à égale distance du cromlech irlandais et des montagnes maudites – maudites ? cet adjectif lui avait été soufflé et il songea que son esprit était corrompu par le contexte, par ces recherches chimériques, par cette quête erratique, *à blanc*.

Fièvre blanche. Il estima que ces termes – les avait-il inventés ou étaient-ils une réminiscence d'un lointain malaise ? – qualifiaient à la perfection l'état d'esprit auquel il succomba, livre ouvert, et sur les pages duquel il chercha avec avidité les mots *girl(s)*, *child*, *children*, *babe(s)*. Enfants, gosses.

Il ne lisait plus. Enfermé dans une boule translucide et nauséabonde, il parcourait les lignes d'un paragraphe dès qu'il voyait le mot *fille* ou *enfant*. Les paragraphes s'enchaînaient dans le plus grand désordre et peu lui importait qu'il ne comprît pas la pensée de l'auteur, qu'il ne suivît pas le cheminement de la démonstration. Un long exposé sur les méfaits du calvinisme se mélangea à la légende d'une gravure où les flammes du bûcher léchaient trois sorcières dont deux étaient liées à un poteau. Pérotine – Pé*rotine*, Ang*eline* –, qui n'était pas attachée, allait accoucher quand on la mena au supplice. « Lorsque les flammes l'atteignirent, elle se laissa tomber sur le côté. Alors elle poussa un long cri. Son ventre se déchira et de ses entrailles sortit l'enfant, un beau bébé de sexe mâle. » Sur la gravure – l'artiste l'avait-il voulu? – le bourreau ressemblait au diable, noir, éclairé de face par les flammes, moustachu et barbu. Le cordon ombilical pendait entre les petites cuisses potelées du bébé. Le bourreau s'en emparait. Allait-il connaître le même sort que sa mère?

Plus loin il était question des Vikings. Sur la Volga, au Xe siècle, ils enivraient de force les jeunes filles et les violaient et les étranglaient. Ensuite ils livraient leurs victimes à une vieille femme nommée l'Ange de la Mort qui les découpait au couteau. Ou bien encore ils enterraient vivantes les jeunes veuves arrachées au corps de leur mari assassiné.

Les Vikings qui avaient aussi envahi les territoires celtes et transmis leurs mœurs cruelles à leurs ennemis.

L'agnosticisme de Pierre était mis à mal. En proie à la *fièvre blanche*, il traquait les signes et les images dans des extraits d'un manuel écrit en 1484 par des pères dominicains – *Witches hunting, la Chasse aux sorcières,* il pensa fugitivement au maccartisme et à la chaise électrique, version moderne du bûcher.

> « Les femmes, de par leur nature, sont plus redoutables que les hommes. Elles ont la langue fourchue. Elles se consacrent corps et âme au service du démon. Au Diable elles présentent leurs enfants non baptisés. Elles copulent avec Satan. Elles volent dans les airs. Elles sèment la maladie et la mort. Mais il est presque impossible de découvrir qui elles sont. Il faut rechercher sur leur corps une tache bleue ou un morceau de peau insensible. A cet effet, on plantera un peu partout une longue aiguille et si une plaie ne saigne pas, ou si l'intéressée ne se plaint pas, on saura qu'on a découvert la marque. »

Isabelle, peau insensible. Frigidité. Aiguille : mon sexe dans son...
Il allait trop loin. Il referma le livre. Il alluma une cigarette et se servit une tasse de café froid. Le téléphone sonna. Il sursauta et décrocha. Mary Ann. Elle voulait savoir si ça allait bien. Et pourquoi ça n'irait pas bien ?
— Tu as une drôle de voix.
— J'étais en train de lire.
— Les sorcières ?

— Oui.
— Tu as tort. Je serai un peu en retard. Repose-toi.

Bye-bye darling... Le livre fut de nouveau entre ses mains. Il l'ouvrit par la fin et compulsa la liste des hommes et des femmes brûlés en ce siècle de folie. Pouvait-il en être autrement, après cette accumulation de signes ?

Isabelle Becquet, burnt at the stake after confessing under torture, 4th july 1617.

Isabelle Becquet, brûlée sur le bûcher après avoir avoué sous la torture, 4 juillet 1617.

> « Isabelle Becquet, épouse de Jean Le Moygne, ayant été soumise à la question, a avoué être une sorcière. Le Diable, dit-elle, m'est apparu en plein jour sur un chemin proche de la maison, dans le corps d'un lièvre. Il m'a persuadée de lui accorder ma dévotion et il m'a promis qu'en échange de mon âme il m'aiderait à me venger de dame Girarde, ma belle-sœur. Je participais au sabbat lorsque mon époux pêcheur restait en mer du crépuscule à l'aube. »

Sortilèges. Se venger. Belle-sœur, belle-mère, beau-père. Receveur, Receveuse.

Maléfices. Sortilèges : des objets faits de chanvre tressé et de plumes pétries dans un mélange de glaise et d'excréments. Ils représentaient un animal ou un être humain. Ils devaient être placés aussi près que possible de la victime que l'on voulait envoûter. Une sorcière avoua avoir placé quarante-quatre sortilèges *dans le lit de son enfant.*

Pierre eut un sursaut de lucidité. Brûler ce livre. Brûler! Il était imprégné de ce vocabulaire. Mais pendant sa lecture il avait oublié son chagrin. Un moment de répit sur l'intolérable chagrin – le mot anglais, aux sombres accents, lui sembla bien plus fort : *mourn, mourner, mourning* – tandis qu'il se baladait autour des bûchers. La certitude d'un mystère s'affirmait et commençait à nimber la douleur d'une brume au sein de laquelle, bientôt, il se dirigerait à tâtons, insensible. Il sourit : de l'effet du mystère en tant qu'analgésique. Ses effets étaient lents et pervers. Le mystère écrivait des mots en caractères gras : « Les sorcières se réunissaient le vendredi soir », lut-il. Normal. Vendredi, jour saint. Et nouveau signe : vendredi, jour de la disparition d'Angeline.

Le téléphone sonna. C'était la standardiste de l'*Imperial*. Mary Ann avait fait le nécessaire. On l'informait d'un message : la personne qui avait déjà appelé plusieurs fois insistait et la fille ne savait plus que répondre.

– Quelle personne?
– Mr. Henry Morvan.
– Dites-lui que je prendrai contact. Qu'il ne rappelle plus.

Il entendit l'Austin virer et se garer dans l'allée bordée de rosiers. Il alla à la rencontre de Mary Ann. A travers sa jupe blanche on voyait ses cuisses. Il se souvint de son corps, de son ventre, de son sexe. Il n'en revenait pas de l'avoir possédée. Qu'elle l'aimât lui donnait le vertige en même temps que s'imposait, qu'explosait – grenade à ses pieds, nouvelle vision – et l'éclaboussait la formidable puissance du destin qui l'avait conduit par le licou d'une enfance morose aux études de droit, au mariage, à la paternité, au fait divers effroyable, au divorce bientôt, à l'amour d'une fille de dix ans plus jeune que lui, une Mary Ann qui se jetait dans ses bras, l'embrassait sous la pergola, face à la baie de St. Aubin, Jersey, Channel Island. Il était une boule roulant sur son erre et l'image d'une sphère de marbre soutenue par une statue, était-ce une vision née des couleurs méditerranéennes du paysage ou l'empreinte d'un rêve enfoui dans sa mémoire?

— Tu es tout pâle, dit Mary Ann.

Il répondit que lorsque l'on reste trop longtemps au soleil on pâlit. Elle fronça les sourcils. Lui-même ne comprit pas ce qu'il avait voulu dire.

— Sers-nous un Martini dry pendant que je mets le bacon à griller. Tu trouveras les bouteilles dans le bahut à droite de la bibliothèque. Il y a de la glace pilée dans le freezer.

Continuant à douter de sa propre existence, il s'amusa à se convaincre que ce n'était pas lui, Pierre Roussel, notaire, qui débouchait cette bouteille de gin, en versait un doigt dans deux verres en cristal, ajoutait le Martini, zeste de citron, glace.

Il but une gorgée et regarda le sol à ses pieds. Le Martini n'avait pas traversé. Il n'était pas une ombre. Il existait.

La folie de cette série d'images l'abattit.

Mary Ann étala une nappe sur la table du jardin, mit le couvert et apporta un plateau avec deux bières, des avocats au crabe, du bacon, des œufs brouillés, des toasts, du cheddar et des pommes. Elle prit le verre qu'il lui tendait, s'assit sur ses genoux et l'embrassa sur les lèvres.

— Cheers!

Ils choquèrent leurs verres et burent. Puis ils s'assirent l'un à côté de l'autre, face au champ de lavande. Mary Ann, coudes sur la table, posa son menton sur ses doigts croisés – ah! qu'il aimait cette attitude qui lui rappelait le portrait d'Angeline – et ses yeux noisette sourirent.

— Alors, comment allez-vous, monsieur?
— J'ai lu.
— Tu n'aurais pas dû. Tu as lu l'histoire de Ted Paisnel?
— Paisnel? Non. Mais je n'ai pas tout lu.
— Autant que je t'en parle, dans ce cas. Parce que à Jersey, tout le monde y pense. Tout le monde pense à un autre Paisnel à propos de... d'Angeline. Etonnant, d'ailleurs, qu'une bonne âme ne se soit pas chargée de te mettre la puce à l'oreille. Mettons cela sur le compte de la correction britannique. Paisnel, c'est notre gloire nationale, notre Jack l'éventreur des îles. Excuse-moi de parler ainsi, d'avoir l'air de plaisanter, mais on ne peut pas toujours manifester sa peine. Le cerveau ferme la grande porte du chagrin et il y a d'autres petites portes qui s'ouvrent. Les portes de la vie de tous les jours. Et bien que ce ne soit pas pour nous une porte de tous les jours, plutôt exactement le contraire, oh! je m'embrouille, enfin tu me comprends, n'est-ce pas? On oublie le malheur, ne serait-ce que quelques minutes. Pierre tu me comprends, n'est-ce pas?

S'il la comprenait? Lui-même avait le sentiment de trahir la mémoire d'Angeline à chaque fois qu'il franchissait le seuil de ce que Mary Ann appelait si bien « les portes de tous les jours ». *Mémoire* était un mot définitif: il le gomma. Il fermait autant de portes qu'il en ouvrait. Il dissimulait. Sournoiserie ou pudeur? Parler à Mary Ann des triangles, des *lay lines*, du cromlech de Wicklow, des sabbats du vendredi soir, c'eût été bien plus qu'une mise à nu : un anéantissement. Comment confier à Mary Ann qu'il avait dépassé le stade des atermoiements et de l'humilité face au tragique pour atteindre le confort doucereux de l'impuissance? Il ne vivait plus vraiment. Un autre être l'habitait. Il sourit en songeant qu'il était *possédé*.

— Qu'est-ce qui te fait sourire?
— Une petite porte.
— Il faut bien respirer.
Elle servit le café. Ils fumèrent.
— Alors, ce Paisnel? dit-il en feuilletant le livre.
— Une attraction comme une autre. Qui donne des frissons aux touristes. Jersey, ses fleurs...
— Son zoo, son hôpital souterrain, *sa bête*, dit-il en lisant le titre du chapitre – *The Beast of Jersey*.
— Une trouvaille de journaliste, je suppose. L'étrangleur de Boston, le boucher de Cleveland, le chien des Baskerville, la bête de Jersey... Oui, parlons-en... Edward, John Louis Paisnel a été arrêté par hasard en 1970 ou 1971, je ne me souviens plus exactement. Il conduisait une voiture volée. Une Morris 1100, ça j'en suis sûre parce que papa et maman en ont eu une pendant longtemps et qu'ils plaisantaient souvent à ce sujet : « On prend la Morris de Ted? disait papa. Oui, mais ne fais pas la bête », disait maman. Bref, ce type, Paisnel, est conduit au poste de police pour un interrogatoire de routine. Il avait très bien pu « emprunter » la Morris. Pas bien grave. Par routine, aussi, je suppose, un flic fouille la voiture et découvre dans la boîte à gants un tas de trucs comme on peut en trimbaler dans cet endroit, dont un objet plutôt bizarre : un crucifix en raphia. Le flic demande à Paisnel si ce bric-à-brac lui appartient. A la vue du

crucifix l'autre saute littéralement en l'air, renverse les chaises, bondit par-dessus les tables et se rencogne au fond de la pièce en criant comme un cochon qu'on égorge. Tout d'abord, les flics se marrent. Mais comme ils ont sur les bras un certain nombre d'affaires non élucidées dans lesquelles il y avait un parfum de sorcellerie, ils poussent le bouchon un peu plus loin. Ils approchent le crucifix, le type entre en transes. Ils l'éloignent, il se calme. Ils l'approchent... « Pourquoi ça te fait peur ? » Paisnel supplie qu'on ôte le crucifix de sa vue. Il promet d'avouer. « Avouer quoi ? » disent les flics en lui collant le crucifix sous le nez.

— D'où venait ce crucifix ?

— Ça c'est très drôle. La petite fille des propriétaires de la Morris l'avait tressé pour le porter au spectacle de la fête des écoles où elle devait jouer le rôle d'une pénitente.

— Une petite fille ?

— Oui, mais ne vois là aucun rapport avec...

Un signe de plus, songea Pierre.

— Et il s'est mis à table ?

— Tiens-toi bien ! Sous la menace du crucifix, Ted Paisnel avoue sept agressions.

— Sept, un chiffre maléfique.

— Sept agressions sexuelles dont le viol d'une adolescente de quatorze ans et d'un gamin de onze. Mais probablement beaucoup plus. Bon nombre de victimes ne portent pas plainte. Finalement, il est reconnu coupable de treize chefs d'inculpation et condamné à trente ans de prison.

— Treize, remarqua Pierre.

— Tu sais, on peut voir des signes partout avec ces gens-là.

— Quels gens ?

— Les sorciers. Paisnel n'était pas un obsédé sexuel ordinaire. Il commettait ses forfaits au nom de Satan, selon un rituel, avec des objets, euh, *spéciaux* : un couteau à lame courbe, une corde et un calice destiné à recueillir le sang de ses victimes. Et il portait un masque macabre, des gants, un imperméable et une perruque de femme. Ah! j'ai oublié de te préciser : la maison où il habitait s'appelait *La Maison du Soleil*. Elle se trouve à Grouville. Et puis tant qu'on y est, épuisons le sujet, terminons la visite guidée des curiosités de notre chère île aux fleurs : à deux pas de l'*Imperial*, au 12, Beresford Street, la police a découvert il y a quelque temps une pièce secrète. Sur le plancher était dessiné un cercle magique avec des étoiles à six branches, des tulipes et une enclume.

— Une enclume?

— Je crois que ça représente la porte de l'enfer. Et puis à St. Lawrence...

— St. Lawrence?

— Euh oui, près de l'hôpital souterrain — mais je t'en prie, Pierre, ne nous laissons pas impressionner par ces bêtises — une maison bourgeoise, *The Homestead*, a été exorcisée en 1980. On y entendait des bruits inquiétants. Enfin, tu vas rire, sais-tu pourquoi la plupart des cheminées à Jersey ont cette espèce de tablette, de rebord? Pour que les sorcières puissent s'y asseoir et s'y reposer pendant leurs vols de nuit. Moyennant quoi elles ne viennent pas hanter ces maisons. Marrant, non?

— Très.

— Tu ne crois pas à ces idioties, n'est-ce pas? Bon! Maintenant, voyons si Ellington peut nous recevoir. Pauvre Ellington...

— Pourquoi dis-tu « pauvre Ellington »?

— Ah! c'est vrai, j'avais oublié. Attends...

Elle téléphona. Ellington leur donna rendez-vous à dix-huit heures trente. Il était seize heures. Mary Ann dit qu'elle avait le temps de prendre une douche et de se changer. Elle dégrafa sa jupe et la jeta sur une chaise. Elle lui donna le *Jersey Evening Post*.

— Lis ça... Ellington doit être dans ses petits souliers.

Pierre était assis, elle appuya sa hanche nue contre son épaule et il fit ce qu'elle désirait : il la déshabilla et la prit sur le canapé, devant la fenêtre ouverte.

Ce n'est qu'après, lorsqu'elle fut sous la douche, qu'il lut le journal. Il éclata de rire : tout déraillait. La police, cette police en laquelle il avait confiance était suspectée de faux témoignages.

Accused officers! Pocket-books were fabrications! Trois détectives de la police officielle étaient accusés d'avoir fabriqué des preuves ayant permis la condamnation d'un certain McLaughin à trois ans de prison pour le cambriolage d'une officine de paris, en 1984. L'article du *Jersey Evening Post* contenait de larges extraits de la déclaration de mise en accusation. On citait l'avocat général : « Il nous faut balayer devant notre porte, bien que ce soit pénible et douloureux de voir dans le box des accusés, pour la première fois depuis que notre police existe, trois gradés... Les poursuivre est un terrible devoir mais il nous faut, des racines de notre justice, extirper le Mal... Si des preuves peuvent être inventées, fabriquées de toutes pièces, qui peut prétendre n'être pas un jour victime des fruits empoisonnés de la forfaiture?... Ô ironie du sort, c'est moi-même qui prononçai en mai 1985 la mise en accusation de McLaughin sur la foi des témoignages de ces mêmes inspecteurs qui, aujourd'hui, sont couverts d'infamie. Sans eux, McLaughlin aurait été acquitté au bénéfice du doute. »

— Alors, c'est dingue non ? dit Mary Ann. Imagine que dans le cas d'Angeline ils aient fait la même chose.

Pierre ne voyait ni comment ni pourquoi.

— Pour garder l'affaire, pour en tirer la gloire, la très éventuelle gloire. A part les chiens policiers, ils n'ont rien demandé à Scotland Yard.

— Pas le genre d'Ellington.

— Tu as raison. Frotte-moi le dos...

Il l'enlaça. Elle s'était enveloppée dans une serviette de bain. Ses cheveux frisaient. Il obéit et se régala de la vue de son corps. Il ne se souvenait plus de celui d'Isabelle. Il ne se souvenait plus de leurs huit années de vie commune. Entre deux points, leur mariage et l'image d'Isabelle seule dans la ferme, prostrée au coin de l'âtre, c'était le vide. Angeline était à part. Il avait toujours mis Angeline *à part d'eux*. Une nouvelle image apparut : les deux points dans le temps étaient les deux piliers d'un pont suspendu au-dessus d'un *canal céleste*. Il enragea. Il pesta contre sa passivité. Il était un écran de cinéma, totalement démuni et impuissant face aux humeurs du projectionniste.

— Pierre, arrête donc de t'analyser, lui disait souvent Merkel.

— Qu'est-ce qui te fait croire que je m'analyse ?

— Ça se lit sur ton visage. Et ça me sidère. Contente-toi de vivre, de bosser, de bouffer et de boire, de baiser. Essaie d'être un peu plus simple.

« On ne peut pas être plus simple », pensa-t-il. « Je

crée des images logiques : Isabelle se trouve de l'autre côté de la mer, un canal nous sépare et moi je plane à dix mille mètres, du côté de ma jeunesse. »

Sa jeunesse : Mary Ann avait la douceur et la fragilité d'un premier amour.

— Pierre?

Elle se moqua de lui. Où était-il « parti »? Elle avait compté les secondes, prenant garde de ne pas briser son rêve.

— On ne réveille pas un somnambule, ça pourrait le tuer, dit-on.

Il s'excusa. Elle lui prit la serviette des mains et couvrit ses épaules et ses seins.

— Pierre, que ferons-nous après?
— Après?
— Quand tout cela sera fini?

Il dit qu'il viendrait travailler dans l'île, qu'il divorcerait et qu'il l'épouserait.

— Oh! Pierre, et si *ça ne finissait jamais*?

23.

Un jour, ou une nuit, non, un jour à cause des sirènes, elle a entendu des chiens aboyer. Oh! très loin! Elle a pensé, évidemment, que c'étaient des chiens policiers lancés à sa recherche.

Elle a crié :
— Par ici, par ici!... Je suis là, papa!

Bête-pappy a roulé des yeux épouvantés. Ma pauvre, a-t-il eu l'air de lui dire, tais-toi! Si jamais ils nous découvrent!...

Il l'a empêchée d'appeler. Les chiens lui ont fait encore plus peur que les bombardements.

Les chiens ne sont pas revenus.

24.

Il se le répéta : Ellington était un poids, une masse, une force. Puis ses divagations reprirent de plus belle qui lui inspirèrent les mots : arme, marteau, serrure, chien de garde, et lui qui exécrait le corps médical détenteur des arcanes de la vie et de la mort – ah! l'horrible privilège de lire sur un visage les signes du cancer et de parier avec soi-même la durée du sursis –, ressentit face au policier le même trouble qui le poussait à lancer des plaisanteries de mauvais goût au médecin qui lui prescrirait un anxiolytique à faible dose en lui disant prudemment : « Couchez-vous plus tôt, promenez-vous dans les bois, fatiguez-vous physiquement et oubliez le droit, les actes et toute cette paperasserie qui vous mange les nerfs. »

Oui docteur, bien docteur, oui papa, bien maman. Ellington les scruta tour à tour.

– Vous avez lu le *Post* ?

– Le secret avait été bien gardé, dit Mary Ann, rien n'avait transpiré de cette affaire avant la mise en accusation. Pas très sympa pour les journalistes.

– En France on appelle ça une bavure, dit Pierre.

Il ajouta :

— En France se serait une toute petite bavure de rien du tout.

— Ah ? Et qu'est-ce donc qu'une grosse bavure ?

— Des flics qui se trompent de cible, qui tuent un collègue ou un innocent.

— Nous n'en sommes pas là. Et si ça peut vous rassurer, en 1984 je travaillais à Londres.

— Pourquoi vouloir nous rassurer ?

— Je concevrais très bien que vous ayez un doute sur... notre conscience professionnelle.

— Aucun.

— Merci. Et vous avez raison : sous mon commandement je verrais mal de telles magouilles se produire.

— A votre insu, dit Mary Ann. Nul n'est infaillible.

— Oh ! que oui, nul n'est parfait, n'est-ce pas ? Bah, je suppose que vous savez ce que vous faites, vous deux. Thé, café ?

— Café, dit Mary Ann.

— Aussi.

Ellington commanda les cafés à sa secrétaire. Quand elle les eut servis l'entretien commença véritablement.

— Comment allez-vous, Pierre ? murmura le policier.

Plus que le fait d'être appelé par son prénom, ce fut le ton d'Ellington qui surprit Pierre. Un ton de confident, de toubib, de psy... Il rejeta ce dernier mot. Un long silence s'écoula. Mary Ann fumait.

— Comme un père qui a perdu sa fille. Comme un mari dont l'épouse veut divorcer et refuse de décrocher le téléphone.

Mary Ann lui prit la main.

— Vraiment ? dit Ellington. C'est étonnant. Et peut-être pas, au fond. Peut-être est-ce une réaction normale.

— Je vais comme quelqu'un qui a le vertige. Quelqu'un dont la tête tourne. Quelqu'un qui pense trop.
— Et à quoi pensez-vous ?
— A rien qui mérite qu'on en parle.
— Je vous en prie.
— Non.
— Vous vous intéressez à la télépathie, à la radiesthésie, à ces choses-là ?
— Vous nous faites suivre ?
— Mary Ann, ne montez pas sur vos grands chevaux !
— Vous vous connaissez ? dit Pierre.
— L'île est petite, tout le monde connaît tout le monde, surtout quand des deux personnages l'un est flic et l'autre journaliste.
— Comment se fait-il qu'il vous ait fallu dix ans pour épingler la bête de Jersey ?
— Vous avez de mauvaises lectures. Ce n'est pas *ça* qui vous rendra Angeline.
— Tout de même, dit Mary Ann, nous filer comme des malfrats.
— Laisse tomber, dit Pierre, le capitaine et moi nous nous sommes mis d'accord là-dessus.
— Sur la filature ?
— Non, dit Ellington, sur une certaine vision des choses.
— Quelle vision ?
— Que parfois les plaignants sont les auteurs du crime, en d'autres termes...
— Mais c'est monstrueux ! s'écria Mary Ann, toi ?
— Ou ma femme.
— Rien qu'une hypothèse de travail, déjà abandonnée, chère Mary Ann. Mais convenez avec moi qu'il y a des braves gens qui se cambriolent eux-

mêmes, qui se volent leur propre voiture, qui déclarent le vol de leur chéquier et qui...

— Un gosse, il s'agit d'un gosse! D'une petite fille! Nous ne sommes plus au XVIe siècle, les parents n'immolent plus leurs enfants. A supposer qu'ils l'aient vraiment fait, d'ailleurs, murmura-t-elle.

— Que vous ont dit les Pakistanais?

— Nous en avons parlé au téléphone. Vous avez oublié?

— Non. Mais j'aimerais que vous me le répétiez.

— Qu'elle y est. A l'hôpital souterrain. A vingt-cinq mètres sous terre. Malade ou blessée.

— Et vous y croyez?

— Capitaine! s'exclama Mary Ann.

— Bon, je retire ma question, elle était déplacée. Bien sûr que vous y croyez. Vous savez, votre... recours aux Pakistanais, c'est de la bricole à côté de ce qu'on peut voir dans ce genre d'affaires. Les parents consultent des voyantes, se font tirer les cartes, engagent des détectives privés. Alors, votre pendule... Vous avez échappé à ce fatras de conneries, mais j'aurais préféré, justement, que vous n'y échappiez pas. C'eût été plus simple.

— Plus simple? Que voulez-vous dire? demanda Pierre.

— Plus clair si votre femme et vous étiez un couple normal. Plus simple si Mary Ann et vous... Votre femme, vous avez des nouvelles?

— Elle a toujours été un peu renfermée.

— Dépressive?

— Si l'on veut.

— J'aurais aimé mieux la connaître.

— Convoquez-la.

— Je n'ai pas de motif.

— Vous me convoquez bien, moi.

— Nuance : je ne vous *convoque* pas, je vous prie de passer me voir pour vous tenir informé.
— De quoi ? dit Mary Ann.
— Patience, j'y arrive.
Ellington se cala dans son fauteuil et allongea les bras sur les accoudoirs, qu'il tapota du bout des doigts.
— Une enquête comme celle-ci ne se résume pas à sonder, à creuser, à distribuer des affichettes, à surveiller les ports et les aérodromes. Boulot inutile si, comme je continue de le croire... tout en y croyant moins, Angeline a été enlevée. Nous avons procédé à des recoupements.

Au mot « recoupements », Pierre blêmit, un frisson lui parcourut le ventre et ses oreilles se mirent à bourdonner. Il déglutit. Ellington le regarda d'un air inquiet.

— Si vous vous sentez mal dites-le-moi avant de tomber dans les pommes.
— Ça ira.
— Ce que je vais vous dire est absolument confidentiel et vous devez me jurer que ça ne sortira pas de ce bureau. Je ne veux pas que les journaleux brodent là-dessus.
— Merci pour eux, dit Mary Ann.
— Juré ?

Mary Ann hocha la tête.
— Oui, dit Pierre.

Il alluma une cigarette.
— Ça fait longtemps que cet hôpital souterrain nous... trotte dans la tête. Oh ! des broutilles ! Mais quand les petites choses se répètent, nous pensons qu'elles veulent dire... quelque chose. Vous avez remarqué, sur le parking de l'hôpital, la camionnette du marchand de glaces qui vend aussi des

gaufrettes, des chocolats, des cartes postales, des gadgets et des souvenirs.

Pierre ferma les yeux. La camionnette rouge et blanc, identique à celle de Corbiere Point où il avait acheté une glace en cornet à Angeline – « Une glace qui tortillonne, papa! » avait-elle dit.

– Figurez-vous que depuis des années les poubelles de ce commerçant ambulant sont visitées. Et les poubelles alentour aussi, de temps en temps. Il n'y a pas de tiers ni de quart monde à Jersey. Pas de clochards. Pas de pauvres. Il y a des gens moins riches que d'autres, mais personne ne crève de faim. Il n'y a pas de chômeurs. Des poubelles visitées, curieux n'est-ce pas? Curieux, sans plus. Et peu importe. Peu impor*tait*. Comme peu impor*tait* que la cantine des gardiens de l'hôpital fût visitée par-ci, par-là. Un tiroir de classeur avec quelques biscuits secs et du sucre pour le thé. En revanche, que la camionnette ait été visitée à trois reprises en dix jours, à trois reprises depuis la disparition d'Angeline, et que le *visiteur* ait pris des biscuits, du chocolat et *du lait*... et une *poupée* – une poupée souvenir à une livre –, voilà qui importe, voilà qui semble *signifier* quelque chose.

Pierre écrasa sa cigarette.

– Quelles conclusions en tirez-vous? dit-il.
– Aucune. Je constate.

Ellington consulta sa montre.

– Allons dîner. Je vous invite au *Nelson's*. Vous ne m'arracherez plus un mot sur ce sujet.
– Capitaine, vous êtes un monstre, dit Mary Ann.
– Tous des monstres : les flics et les assassins sont cousins germains...

Après dîner, Mary Ann et Pierre passèrent à l'*Imperial*. Plusieurs messages avaient été notés que le standard n'avait pu faire suivre chez Mary Ann en leur absence. Trois personnes avaient appelé : Merkel, l'inconnu Henry Morvan qui se « permettait d'insister » — selon les termes retranscrits par l'hôtesse — et un juge d'instruction.

— Qu'est-ce qu'il peut bien me vouloir ? dit Pierre.

Il remercia le veilleur de nuit.

A Mont aux Vignes ils s'installèrent sur la terrasse. Le temps était d'une douceur exceptionnelle. Ils n'évoquèrent pas l'entretien avec Ellington. Silencieux et pensifs, ils contemplèrent la baie, les phares des voitures qui balayaient la jetée, loin vers l'est l'enseigne du *Grand Hôtel* et, au sud, les lueurs des balises et les feux des bateaux.

Pierre eut l'illusion d'avoir déjà vécu cette scène : Mary Ann en chemise de nuit, les verres vides sur la table de jardin, leur silence et le bruit du ressac sur les rochers de Corbière.

La lune était dans son dernier quartier. Une image s'inscrivit dans le ciel. Hagarde, le visage couvert de croûtes, Angeline sortait du trou de souris, pénétrait dans la camionnette rouge et blanc et volait une poupée à une livre.

Pierre frissonna.

Mary Ann noua ses bras autour de son cou. Ses seins étaient lourds et parfumés. Ils se couchèrent dans l'herbe et firent l'amour.

Tout cela était irréel.

Au milieu de la nuit, le téléphone sonna. Mary Ann décrocha. Dans le silence, la voix à l'autre bout du fil était reconnaissable qui portait au-delà de l'écouteur. Merkel.

— C'est pour moi, dit Pierre.

— Où es-tu ? C'est quoi ce numéro qu'on m'a donné à l'hôtel ?

— Qui t'a donné ce numéro ?

— Un type. Le veilleur de nuit, je présume. Ou le petit copain de la standardiste. Qu'est-ce que ça peut foutre ?

Merkel criait presque comme ont tendance à le faire les gens peu habitués aux appels longue distance.

— Ne gueule pas, je t'entends.

— T'as pas fait de connerie, au moins ?

— Connerie ?

— Tu es où ?

— Chez une amie.

— Toi ? s'étrangla Merkel.

— Oui, moi. Ça t'étonne tant que ça ?

— Ecoute, on n'est pas de bois, mais dans ta situation...

— Ne te méprends pas, je ne suis pas dans le lit d'une call-girl. Et merde, je n'ai pas à me justifier !

— Je ne te demande rien. Mais ça ne va pas arranger ton dossier. Si je t'appelle en pleine nuit, c'est que... Ah ! j'avoue que je n'y comprends plus rien et j'aimerais que tu éclaires ma lanterne.

— Eclairons.

— Rigole pas, c'est sérieux. Ce soir, tout à l'heure, j'étais invité à dîner chez Leblé, le bâtonnier. J'avais promis de le garder pour moi, mais bon... Pierre, je dois te prévenir : Isabelle a porté plainte contre toi. Avec constitution de partie civile.

— Quel motif ?

— Homicide volontaire.

— Qui lui a conseillé cette procédure ?

— D'après Leblé, elle est allée voir les flics, au commissariat, pour porter plainte. Les inspecteurs de la Sûreté urbaine en sont restés sur le cul. Ils lui ont dit de s'adresser au procureur. Et le procureur l'a éconduite en douceur : la police de Jersey enquêtait, les flics britanniques sont les meilleurs du monde, tu étais toi-même à leur disposition dans l'île, etc. Elle n'a pas baissé les bras pour autant. Leblé suppose qu'elle a téléphoné à un pénaliste parisien qui l'a aiguillée sur la bonne filière : juge d'instruction avec constitution de partie civile. Le juge était coincé : obligé d'enregistrer la plainte. Mais il a tourné la difficulté, il a évité les emmerdes : il a signé une commission rogatoire au nom de la police anglaise et il l'a transmise par la voie diplomatique. Et il a demandé à la P.J. d'envoyer un observateur à Jersey. Une espèce d'émissaire, de témoin sans pouvoir susceptible de lui rendre compte, afin qu'il se fasse une idée. Une manière élégante de clore le dossier, je pense.

— Elle est folle, dit Pierre. Tu l'as vue?

Pelotonnée contre lui, Mary Ann essayait de comprendre le dialogue en français.

— Leblé l'a vue. Quant à moi, je suis retourné à la ferme. Elle ne m'a pas ouvert, cette fois.

— Je te remercie.

— Tu restes de marbre, bravo! Moi, à ta place...

— Tu n'es pas à ma place.

— Qu'est-ce que tu vas faire?

— Attendre.

— Défends-toi, bon Dieu!

— Les choses avancent d'elles-mêmes, elles finiront par aboutir.

— Tu ne me caches rien?

— Tu peux encore me rendre un service?

— Bien sûr.

— N'appelle plus.

Il raccrocha brutalement.

— Qui était-ce?

— Mon associé. Ma femme a porté plainte contre moi. Elle m'accuse d'avoir fait disparaître Angeline.

— C'est affreux, elle doit être à bout, murmura Mary Ann.

— Ce cochon d'Ellington ne nous a pas dit qu'il y avait un flic français à Jersey.

— Pour t'arrêter?

— Mais non, dit Pierre en souriant. Même s'il le voulait, ce serait impossible. Seul Ellington aurait le droit de m'arrêter. Ensuite, il faudrait m'extrader. Mais qu'est-ce que je raconte?

« J'exorcise cette plainte », pensa-t-il. Et le verbe « exorciser » l'amena à cette conclusion – *logique* : en portant plainte, avec constitution de partie civile, s'il vous plaît! Isabelle *lui avait jeté un sort*.

25.

Un jour, à propos de Riss, son chien que les méchants ont tué (à moins qu'il ne soit tombé dans un trou de souris, lui aussi?), son papa lui a dit : « Je me demande si les chiens ont conscience du temps qui passe. Je crois bien que non. Autrement, ils s'ennuieraient, à rester ainsi immobiles, des heures et des heures. »

Angeline se demande si Bête-pappy est comme Riss, incapable de mesurer le temps qui passe.

Parfois les heures sont interminables, parfois la nuit succède à un jour qui s'est écoulé très vite.

La nuit, elle ne dort pas si bien que ça. Bête-pappy ronfle et depuis deux nuits il tousse et râle.

C'est le dos courbé et la poitrine creuse qu'il s'en est allé aux provisions.

Tout juste s'il a eu la force de l'attacher.

Elle s'est endormie très longtemps après s'être couchée. Ce matin, elle a été réveillée par la première alerte. Elle a essayé de bouger. Elle était toujours attachée. Bête-pappy était allongé près d'elle. Elle l'a appelé. Il n'a pas répondu.

Elle se tortille sous ses liens. Elle n'est pas très étonnée de la facilité avec laquelle les lanières de tissu se relâchent. Elle le savait bien qu'elle n'était pas vraiment attachée. Si elle avait voulu, elle aurait pu se détacher. Mais qu'est-ce qu'elle aurait fait, toute seule dans le noir ?

Et maintenant que Bête-pappy est mort ? Car il est mort. Il est froid et dur.

Elle cache sa tête dans ses petits bras et pleure.

26.

La veille au soir, le gardien de nuit de l'*Imperial* avait commis l'impair de donner le numéro de téléphone de Mary Ann à deux personnes : à Merkel, ce qui était sans importance – encore que Pierre eût préféré rester dans l'ignorance de la folle démarche juridique d'Isabelle –, et à l'inconnu Henry Morvan.

Il appela à la première heure, déclina son identité et se confondit en excuses. La promesse de « révélations importantes » ou l'affirmation de « détenir le secret de la disparition » d'Angeline – phrases auxquelles il s'attendait – aurait conduit Pierre à envoyer paître son interlocuteur, qui lui proposa simplement de venir prendre le thé et de « converser un moment ». Il accepta le rendez-vous, se fiant à cette simplicité et à la chaleur sympathique d'une voix de vieillard qui énuméra les repères qu'il était nécessaire de connaître pour atteindre sa propriété – « Je vais aller ouvrir le portail. La maison se trouve à environ trois cents yards de la route. Prenez garde, il y a quelques ornières. »

L'allée sinueuse était bordée d'énormes massifs de rhododendrons âgés d'un demi-siècle. Bâtie sur la falaise, la villa dominait Boulet Bay et le hameau de Porteret. Bien que construite en pierre de taille avec beaucoup de soin dans les détails – cache-moineaux sculptés, gouttières en cuivre, carreaux antiques aux bow-windows –, elle n'était ni prétentieuse ni austère. Au centre d'une rosace végétale composée de buissons et parterres multicolores, elle trônait tel un palais baroque dessiné à la plume au milieu d'une page de livre d'heures surchargée d'enluminures.

Henry Morvan attendait sur le perron. Il était vêtu d'un pantalon de toile beige, d'un cardigan bleu marine, d'une chemise blanche au col élimé mais immaculée sur laquelle il portait une cravate en soie bleu ardoise. Ses yeux étaient bleu clair et ses joues couperosées. Une couronne de cheveux longs et fins, d'un blanc de neige, rebiquait sur ses oreilles et dans son cou. Pierre lui donna entre soixante-dix et quatre-vingts ans. Ils se serrèrent la main.

– Je n'aime pas la côte sud, dit Henry Morvan, elle manque de caractère. Et puis elle est envahie par les touristes. Pardonnez-moi, vous êtes, vous étiez un touriste.

Par politesse, mais aussi parce que lui plaisaient le lent débit de la voix d'Henry Morvan, sa mise élégante sans être affectée, la douceur de son regard et l'amour des êtres et des choses que suggéraient les abords de la villa, Pierre complimenta son hôte sur l'entretien de son parc.

– C'est très gentil à vous, mais vous savez, maintenant j'ai le souffle un peu court.

Un sourire empreint d'un fatalisme ironique laissa entendre que le souffle en question était de mauvais augure.

— Mourir n'est rien, dit le vieil homme, c'est tout abandonner qui est désolant.

Pierre répondit que c'était un formidable privilège que de vivre dans un tel endroit.

— Le vôtre est supérieur au mien.

Pierre haussa les sourcils.

— Vous avez le privilège de la jeunesse. Et ce privilège lui-même n'existe plus à côté du malheur qui vous frappe. Entrons, si vous le voulez bien. Par ici... Je n'occupe qu'une partie de la maison. Trois pièces me suffisent amplement.

Morvan passait l'essentiel de son temps dans le salon-bibliothèque. Les murs étaient couverts de rayonnages et de tableaux. Des vitrines regorgeaient de roches, de statuettes, de soldats de plomb, de tasses dépareillées, de coquillages, de pipes et de pots à tabac, de passereaux naturalisés et autres collections d'objets disparates. Une théière fumait sur un plateau et Pierre fut honoré qu'on n'eût pas douté de sa venue, ni de sa ponctualité. Morvan coupa un cake en tranches et servit le thé. Pendant une dizaine de minutes ils parlèrent de la France, de l'Ecosse et de la Grèce, de romanciers américains et de poètes anglais.

— J'étais universitaire, j'ai enseigné à Oxford. Mais je dois dire que j'ai toujours préféré la recherche à l'enseignement. C'est souvent le défaut des historiens. Et je suis historien.

Pierre éprouva le besoin de confier ses velléités de juriste et son échec dans sa spécialisation.

— Comme c'est dommage, dit Morvan, le droit maritime est un sujet passionnant. Et il n'y a que très peu de spécialistes de par le monde.

Le vieil homme se leva et invita Pierre à le suivre jusqu'à une longue table où était étalée une grande carte de Jersey. Avec un pincement de cœur, Pierre vit que des traits rouges avaient été tirés sur la carte, la plupart à partir de St. Lawrence.

— Si ça ne vous gêne pas nous resterons debout. Nous lirons la carte plus facilement.

— Je peux fumer ?

— Je ne fume plus mais la fumée ne me dérange pas. Au contraire, devrais-je dire : la fumée du tabac blond me chatouille agréablement les souvenirs. Je fumais la pipe. Du Dunhill *thick cut*, ce tabac dont on pourrait faire des fagots... Bien ! On y va ?

Morvan chaussa des lunettes, se caressa l'arête du nez et toussota pour s'éclaircir la voix.

— L'île de Jersey est une immense taupinière. Entre 1942 et 1944, les Allemands ont creusé un nombre incroyable de tunnels. Ils ont fortifié Jersey et Guernesey comme s'ils avaient l'intention de les défendre pied à pied, comme si nos chères Channel Islands avaient une importance stratégique considérable. Imaginez les Waffen S.S. s'accrochant à nos cailloux comme les Japonais aux îles du Pacifique. Enfin, je suppose que leur état-major n'était pas à une absurdité près. Adolf Hitler, paraît-il, tenait à nos îles. D'une manière symbolique. Il avait envahi un tout petit morceau de la fière Albion. Faute de mieux... Ceci pour vous expliquer cette obsession d'éventuelles attaques aériennes et cet acharnement à creuser. Notez que nous aurions réalisé le travail nous-mêmes, nous autres Britanniques, si nous avions estimé que nos îles en valaient le coup, toujours sur le plan stratégique. On peut présumer que si les Allemands n'avaient pas occupé Jersey et Guernesey nous les aurions laissées en dehors du conflit : à quelques encablures de la côte française, la position aurait été intenable. Mais bref, les nazis n'ont pas raisonné ainsi — je n'ai jamais pensé que les Teutons brillaient par leur intelligence, ce sont de bons élèves moyens qui y arrivent à force de travail. Dès le début de l'année 1942 débarque à Jersey une armée d'esclaves : les hommes de l'organisation Todt. En haillons, le crâne rasé, à moitié morts de faim, ces pauvres types — en grande majorité des Russes et des Polonais — ouvrent les chantiers : hôpital souterrain, tunnels et bunkers. Ces esclaves sont menés à la schlague. Les nazis leur prennent leurs forces, leur sueur, leur sang et leur vie. Mal nourris, ils meurent d'épuisement ou sont achevés d'une balle dans la nuque. Ils travaillent de l'aube au crépuscule et la nuit on les entasse dans des cabanes insalubres. Combien ont péri ? Malgré mes recherches, je serais incapable de le dire. Les nazis, d'ordinaire des gens scrupuleux en matière comptable — voyez les livres des camps de la mort — n'ont tenu ici qu'une comptabilité approximative. Les prisonniers russes et polonais valaient moins que du bétail. Ils ne valaient pas une ligne dans un livre de comptes.

Pierre cherchait en vain quelque chose à dire qui fût intelligent ou différent des généralités qui lui venaient à l'esprit sur les atrocités nazies. Mais Henry Morvan ne lui demandait rien d'autre que de l'écouter et il eût été maladroit de l'interrompre.

— Vous connaissez l'hôpital souterrain, vous ignorez tout des tunnels. Par endroits, ils sont plus larges que le métro de Londres. Ils relient des caches, se ramifient, aboutissent dans des impasses. Je les ai explorés, pour la plupart, quand j'étais plus jeune et qu'ils étaient — eux aussi ! — en meilleur état. Certains sont étayés de poutres énormes, d'autres sont creusés dans le roc. On en trouve des secs, on en trouve où l'eau suinte qui forme de véritables étangs souterrains. J'y ai vu des squelettes et des crânes fracassés et, dans l'obscurité de ces caveaux, ainsi que dans les barques funéraires des pharaons, j'ai découvert des quantités d'objets – qui n'ont ici rien de précieux : des montagnes de déchets et d'ordures, des masques à gaz, des chargeurs, des douilles rouillées, des caisses d'obus, des réchauds, des batteries de cuisine, des rails et des wagonnets, des bottes, des vêtements. Il y a, sous les verts pâturages de Jersey, un véritable musée des horreurs.

Pierre eut la vision d'Angeline marchant dans un tunnel jonché d'ossements blanchis, chassant devant elle une armée de rats.

— Beaucoup de ces tunnels sont restés inexplorés. Je suis certain qu'il en existe dont le secret ne sera jamais percé. Les puits d'aération ont été comblés par l'érosion. Combien de ces trous qui menaient en enfer sont aujourd'hui recouverts de ronces ? Ellington le sait bien, je n'ai pas manqué de le lui rappeler dès le lendemain de... l'affaire. Ah ! excusez-moi, je ne vous ai pas dit qu'Ellington est un ami et qu'il m'a vivement déconseillé de vous raconter tout cela. Il craignait que je ne vous fourre des idées dans la tête.

— J'ai vu Ellington hier soir.

— Il est persuadé qu'on a enlevé votre petite fille, n'est-ce pas ?

— Oui. Oui et non. Il accumule ce qu'il appelle des indices. Des recoupements.

— Quels indices ? Quels recoupements ?

— J'ai promis de le garder pour moi.

— N'ayez pas peur, je saurai garder ma langue.

Pierre parla des poubelles « visitées », des vols de nourriture dans la camionnette sur le parking de l'hôpital souterrain. Du vol de la poupée.

— Une poupée! jubila Morvan. La vieille bourrique, il ne m'en aurait rien dit! Il le sait bien, pourtant, que ces faits confortent ma théorie.
— Quelle théorie?
— Vous ne m'en voudrez pas?
— Allez-y, je peux tout entendre. Je n'en veux à personne.

Henry Morvan se caressa l'arête du nez – un tic –, et posa une main tavelée – « les mains encore plus que le visage trahissent l'âge », pensa Pierre – sur des feuillets qui débordaient d'une chemise à sangle.

— Ceci est ma propre comptabilité. J'ai recensé les Allemands présents à la libération de l'île. J'ai pointé les listes de prisonniers, étudié les documents de la Croix-Rouge, fait tous les rapprochements imaginables. Eh bien, il nous manque un homme. Le colonel Gustav Schmettow, chirurgien de l'hôpital souterrain. Cet homme! ajouta Morvan en exhibant une coupure de journal.

Une photo dont Pierre lut la légende.
Le colonel Gustav Schmettow, chirurgien-chef de l'hôpital de Jersey, chevauchant son cheval Satan sur les hauteurs de Mont Orgueil.
Son cheval SATAN.
Pierre eut un éblouissement. Morvan lui pressa le bras.

— Vous devinez où nous mène ma théorie, n'est-ce pas? Asseyons-nous, nous allons prendre un verre de scotch.

De retour à Mont aux Vignes, Pierre téléphona à Ellington.

— Sacré Henry! Alors il a réussi à vous mettre le grappin dessus? Le médecin nazi? C'est sa marotte,

son idée fixe. On se voit demain? Appelez-moi en fin d'après-midi.
– Du nouveau?
– Qui sait...

Mary Ann rentra à l'heure du déjeuner.
– Du nouveau?
– Non, rien.
– Qu'est-ce qu'il te voulait, ce Morvan?
– Un illuminé.

Il ne le pensait pas du tout mais il n'avait pas envie de partager ses doutes, ni son horrible espoir. Il se sentait las, gris et vieux. Mary Ann lui servit un verre et ils s'assirent face à la mer, sous la pergola. Elle lui prit la main et la serra entre ses cuisses, répétant le geste qui l'avait tant troublé, le premier soir, au *Nelson's*. *Tout se répétait*, oui, tout avait déjà eu lieu, il ne servait à rien de vivre plus longtemps. Mais sa mort elle-même, sans doute s'était-elle déjà accomplie. Il ne servirait à rien, non plus, de mourir. Il n'était qu'une âme errant en enfer. Il pensa qu'il était ivre bien qu'il n'eût pris que deux verres – un avec Henry Morvan, le second avec Mary Ann.

La sonnerie du téléphone les fit sursauter. Pierre alla répondre, comme soulagé d'un poids qu'il n'aurait su définir.

C'était l'*Imperial*. La standardiste croyait bon de lui signaler qu'un pli était arrivé à midi qui avait un « air officiel ».

Mary Ann l'accompagna à Saint-Hélier. Ils feraient des courses puis dîneraient sur la côte.

Le papier bleu français – texture du papier de l'enveloppe? cachets? – devait partager avec les missives officielles britanniques un « air » comminatoire pour que l'hôtesse ait estimé urgent de prévenir Pierre.

Le juge d'instruction lui écrivait qu'il « aimerait le rencontrer » au sujet de la plainte déposée par Isabelle. Il ne s'agissait pas d'une convocation : le juge insistait sur ce point mais concluait qu'une conversation ne manquerait pas de leur être utile à tous les deux.

Pierre saisit la balle au bond. Cette invitation à parler d'Isabelle lui fournissait un dérivatif, un moyen de guérir cette fièvre et ses images qu'il analysait comme les signes de la folie qui le pousserait à abandonner Angeline et Mary Ann, à prendre le premier avion, à finir ses jours abruti d'alcool et de filles dans les bas quartiers d'une ville sud-américaine – le cliché le fit ricaner.

– C'est grave? Mais non, puisque tu ris.
– Le juge d'instruction désire me voir. Autant y aller dès demain matin.

Il ne dormit pas. Toute la nuit Mary Ann se serra contre lui et il ne voulut pas dénouer le lien de ses bras et de ses jambes.

Il prit l'hydroglisseur de huit heures.
– Tu reviendras, n'est-ce pas? dit Mary Ann.

Au saut du lit, elle avait enfilé un jean et un sweatshirt. Elle ne s'était pas maquillée. Le sang avait reflué de son visage. Ses lèvres étaient blanches. Il embrassa ses cheveux, sa tempe, son front. Elle se tenait à distance, comme si elle se défiait de cet au revoir.

– Bien sûr que je reviendrai. Ce soir ou demain.

Il aurait voulu lui dire : « Cette histoire ne finira jamais et *nous ne la finirons pas ensemble* », mais la phrase lui parut verbeuse et incompréhensible.

Pourtant, c'était bien la pensée qu'il aurait aimé exprimer : *ne pas finir ensemble,* rester en suspens, indéfiniment.

Demeurer sur cet hydroglisseur, ne jamais toucher terre, rester entre deux mondes, entre deux systèmes, entre deux lois, entre deux femmes.

Entre deux eaux, entre deux vins.

– Monsieur ?

L'hôtesse de la compagnie Condor lui présentait la liste des produits vendus à bord en franchise de taxes. Il lui dit qu'il ne désirait rien acheter et la remercia.

A Saint-Malo, il croisa sur le débarcadère la file des touristes qui attendaient le départ des hydroglisseurs et des catamarans Trident. Il eut l'impression qu'on le reconnaissait. Sa photo avait-elle paru dans les journaux ? Isabelle avait-elle mis son portrait, et le sien et celui d'Angeline, dans un *press book* du malheur ? Dans certaines familles on classe pieusement l'article qui relate l'accident du neveu, le naufrage de la barque de l'oncle, l'incendie de la grange du cousin, voire l'avis d'obsèques des parents que l'on regarde de temps en temps, comme s'il fallait cela pour ressusciter la mémoire des disparus.

La Saab était poussiéreuse. Le moteur refusa de démarrer. Pierre dut appeler un dépanneur. La batterie était morte. Le garagiste la changea.

Pierre fit laver la voiture, roula quatre heures à vive allure, déjeuna dans un bourg, et c'est en approchant de la ville qu'il pensa que cette panne était un signe. Isabelle retardait son arrivée. Mais dès qu'il aurait vu le juge il se rendrait à la ferme. Il faudrait bien qu'elle s'explique.

27.

Comment se fait-il que le noir lui semble plus noir qu'avant ? Qu'avant que Bête-pappy ne meure. Les lampes n'étaient pas allumées, non plus. Mais là, vraiment, maintenant qu'elle sait qu'elle est toute seule, le noir ne peut pas être plus noir. On ne voit rien, rien de rien. Dans sa chambre, à la ferme, le noir n'était pas pareil. La lumière éteinte, l'œil accrochait quelque chose de plus clair, toujours. La faible clarté du crépuscule à travers les fentes des persiennes ou le trait jaune sous la porte. Ou son ver luisant, le gros ver rigolo dont les grosses joues brillaient quand elle lui appuyait sur le ventre – une pile, son papa lui avait montré. Ou le cadran lumineux de son réveil Mickey. Mais ici, dans le trou de souris, même en posant son doigt contre ses cils, on ne le voit pas.

Comment ils font, les aveugles ?

Avant que Bête-pappy ne monte au ciel, le noir semblait moins noir tout simplement parce qu'elle savait que le vieux bonhomme avait des allumettes et qu'il allumerait les boîtes de conserve si elle le voulait. Et puis elle l'entendait respirer, maugréer, tousser, râler.

Son donkey-kong!

A tâtons, elle cherche son sac-panda près de la paillasse. Coup de chance, elle le trouve tout de suite. Bip-bip, bip-bip-bip, biiiiii-ip. Elle soulève le couvercle. Ça éclaire un tout petit peu. Le bout des doigts. C'est rassurant.

Les allumettes sont dans une des poches de Bête-pappy. A la maison, elle n'a jamais joué avec les allumettes. Mais papa lui donnait la permission d'allumer le feu dans la cheminée. Les allumettes étaient géantes et se trouvaient dans une boîte qui imitait un paquet de cigarettes. De temps en temps papa se trompait : il croyait qu'il lui restait des allumettes et ce n'étaient que des cigarettes. Non, elle se trompe aussi : il croyait qu'il lui restait des cigarettes et ce n'étaient que des allumettes.

Bête-pappy devait les voler, les allumettes, comme il devait voler les bâtons de céréales au miel et au chocolat, le thé et les gâteaux. Et l'eau ? Elle espère que ce n'était pas l'eau des flaques qu'ils buvaient. Et l'alcool pour le réchaud ?

Oui, elle va allumer le réchaud à alcool et ça fera de la lumière. Comme ça, elle verra les lampes à huile.

Elle appuie sur le bouton *time* du donkey-kong. 9 h 59. L'alerte ne va pas tarder. Bof, elle s'en fiche.

Elle gratte une allumette au moment où la sirène commence à hurler. Elle repère la table et le réchaud. Elle s'approche, vite, vite, avant que l'allumette ne lui brûle le bout des doigts. Voilà, elle tient le réchaud dans sa main gauche. Elle a bien observé Bête-pappy : soulever le bouchon en métal, frotter une autre allumette, approcher la flamme de la grosse mèche. On dirait un pinceau ou le blaireau de papa.

Ça y est, elle y voit. Les yeux grands ouverts de Bête-pappy brillent. C'est un cadavre. Un vilain mot, cadavre.

Elle pousse une caisse-chaise contre les murs, grimpe dessus et allume les boîtes de conserve. Pas facile. Ça ne prend pas tout de suite. Et ça fume.

Toutes ces lumières ne lui procurent qu'un bonheur éphémère. Si elle veut retrouver son papa, il faut qu'elle abandonne la grotte et ses maigres soleils pour s'enfoncer dans le noir.

Le chemin qui mène dehors est certainement à l'opposé du coin toilettes. Elle va se rendre compte. Le tunnel est large. Une voiture pourrait y passer. Du moins là, au début. Mais après ?

Elle ajuste son sac-panda sur ses épaules, tâte prudemment le cul de la lampe à alcool. Bon, ce n'est pas trop chaud.

Elle s'en va.

Elle aurait dû embrasser Bête-pappy sur le front, comme elle avait embrassé sa mammie, la fois où elle faisait semblant d'être morte. Sauf que mammie n'était pas froide, puisqu'elle n'était pas morte.

28.

A travers l'hygiaphone, il s'adressa à la dame enfermée dans une cage de verre au milieu de la salle des pas perdus. Il se demanda si les vitres étaient à l'épreuve des balles et, probablement à cause des colonnes néo-romaines du palais de justice, cette cage lui fit penser à la pyramide du Louvre – deux pensées, deux visions aussi absurdes l'une que l'autre.

La dame lui dit de monter au premier étage et lui indiqua le numéro de la pièce. Il fut étonné qu'on ne lui réclamât pas de carte d'identité et qu'on pût s'introduire si facilement dans les couloirs du palais. Son angoisse était-elle si pénétrante que ce contact anodin avec la justice, avec la pègre – supposée habiter les lieux, au moins temporairement –, avec les contrevenants en général, évoquait aussitôt l'idée de terrorisme et d'attentat ? La dame sous verre l'avait-elle jugé sur sa bonne mine ? L'avait-elle pris pour un inspecteur de police ? Pour un avocat ?

En gravissant les marches de l'escalier monumental il découvrit, derrière la cage de verre qu'il surplombait, la haute porte de la cour d'assises

— *Assises* écrit en lettres d'or — dont le fronton atteignait le plancher de la mezzanine qui courait tout autour de la salle des pas perdus. Il fut étourdi par la perspective des lignes de fuite et de ce chavirement il retira la bizarre impression d'être invincible. Plus fort que qui ? Plus fort que quoi ? Plus fort que saint Georges terrassant le dragon. Quelle bête malfaisante allait-il écraser ? La bête était-elle en lui ? Pierre Roussel, notaire, baudruche gonflée de chagrin. L'eau croupie du chagrin. Soit. Il se planterait des aiguilles dans tout le corps et le malheur s'écoulerait goutte à goutte.

Ses images ne le laissaient pas en paix.

Il se demanda si un homme que les médecins ont condamné s'arrête aux feux rouges.

Une odeur de cigarette blonde flottait dans l'air. Tous les dix mètres environ, un cendrier sur pied tenait compagnie à un siège en skaï, entre deux bancs.

Il alluma une cigarette et la fuma avidement avant de frapper à la porte du greffe d'instruction.

Une voix forte — une voix de femme — lui intima d'entrer. La greffière était tellement conforme à l'idée qu'il se faisait d'une auxiliaire subalterne de la justice qu'il se crut victime d'une hallucination, en proie à l'une de ses visions. Visage à trois boules : demi-sphères jumelles des joues et menton en boule de billard. Et rondeurs : des verres épais des lunettes à monture en écaille, du front, des seins. Gros seins. Et cette bouche molle et tombante n'avait jamais appris à sourire.

Pierre se présenta et dit qu'il avait rendez-vous avec le juge. La femme fronça les sourcils, le scruta des pieds à la tête, pinça les lèvres et appuya sur la touche d'un interphone.

— M. Roussel est arrivé. Bien... M. le Juge va vous recevoir dans quelques minutes. Si vous voulez bien attendre...

Debout? Il n'y avait qu'un siège, encombré de dossiers.

— Ici ou dans le couloir?
— Comme vous voulez. Dans le couloir on peut s'asseoir.

Il sortit et s'assit sur un banc semblable à ceux que l'on voit dans les films policiers. Il imagina qu'une circulaire ministérielle – datant de Napoléon Ier, ironisa-t-il – réglementait la disposition de ces bancs dans les palais de justice, leur taille, l'essence du bois, leur couleur, la nature du rembourrage et la qualité du cuir.

Le plancher était en bois ciré avec une allée de moquette gris-bleu. Il compta les portes d'un bout à l'autre du couloir. Vingt-quatre, chiffre pair.

Un type en pull, col ouvert, beau comme un jeune premier, le regard plein de morgue, apparut sur la gauche de Pierre et marcha jusqu'à l'extrémité du couloir, mains enfoncées dans les poches, pantalon plaqué sur les fesses. Il revint du même pas de promeneur. Pierre soutint son regard, sans ciller.

Un deuxième type – cinquante ans, en pull également mais cravaté – sortit du bureau voisin et disparut en chantonnant. Deux minutes plus tard il repassa, chantonnant toujours et portant sur lui une vague odeur de désinfectant.

Un troisième larron, plus conforme aux lieux celui-là – costume gris perle, chaussures noires cirées du matin, chemise blanche et cravate sombre –, arriva silencieusement, ralentit en s'approchant de Pierre, et le fixa d'un œil inquisiteur. Pierre adopta la technique d'intimidation de la greffière : il examina Costume Gris des pieds à la tête. L'autre tira une clé de sa poche, ouvrit une porte, s'enferma — on entendit distinctement la clé tourner dans la serrure, à l'intérieur —, ressortit presque aussitôt, referma à clé et passa de nouveau devant Pierre qui s'amusa à suivre les chaussures noires. Pas à pas. Costume Gris se cogna à un banc.

Enfin la porte la plus proche du greffe s'ouvrit — Pierre pensa : *chambres communiquantes* —, un officier de gendarmerie serra la main d'un personnage d'une trentaine d'années, en pull à col roulé et pantalon de velours défraîchi, regarda Pierre avec insistance, boucla une serviette en cuir et s'en alla.

Le personnage en pull à col roulé appela Pierre.
— Monsieur Roussel, s'il vous plaît!
C'était le juge d'instruction.
La pièce était meublée Empire et encombrée de dossiers éparpillés sur le bureau, des étagères et des chaises.
— J'ai beaucoup de travail. Je vous en prie, asseyez-vous.

Il appuya sur un bouton et on entendit un coup de sonnette dans la pièce d'à côté.
— Un juge d'instruction ne reçoit jamais quelqu'un sans la présence de son greffier, en l'occurrence une greffière.

La femme prit place dans un coin, un bloc sténo sur les genoux.
— Inutile de noter, à moins que je ne vous le précise. Il s'agit simplement de clore le dossier Roussel. (Le juge s'adressa à Pierre.) Bien. Tout d'abord, merci d'être venu. Je voulais avoir avec vous cette petite conversation, mais si vous n'étiez pas venu cela n'aurait rien changé au fond du problème. Vos rapports avec la police de Jersey sont excellents, à

ce qu'on m'a dit. A ce que m'a dit le commissaire qui est allé sur place se rendre compte. Vous étiez au courant, non? Malheureuse affaire... Rien de neuf?

— Non.

— Un enlèvement. Je ne dis pas ça pour vous consoler mais en France, chaque année, il y a des dizaines de disparitions non élucidées.

— Ça ne me console pas, en effet.

— Cette épreuve est déjà insupportable, en elle-même, sans...

— Sans ma femme. Sans que ma femme...

— Oui, monsieur Roussel, c'est de cela que je voulais vous parler. Sans cet acharnement dont vous êtes victime, conséquence de la paranoïa — c'est le mot, je crois — dont est victime votre épouse. Ne m'en veuillez pas : je ne pouvais pas ne pas enregistrer sa plainte.

— Avec constitution de partie civile.

— Vous avez fait un peu de droit pénal?

Un peu.

— J'ai enregistré la plainte et instruit le dossier. Et je suis convaincu — *nous* sommes convaincus, la police de Jersey, la police française et moi-même — que vous n'êtes pour rien dans la disparition de votre fille. Comment pourriez-vous y être pour quelque chose? Voilà ce que vous deviez savoir : je clos le dossier, vous ne serez plus empoisonné par ça. Et permettez-moi d'ajouter que j'espère du fond du cœur que la police britannique retrouvera votre fille saine et sauve.

— Je n'y compte plus.

— Ça vaut peut-être mieux. Terrible à dire, mais...

« Mais il vaut mieux regarder la vérité en face », conclut Pierre mentalement. Il n'avait que faire de ces paroles. Il se leva.

— Et votre femme, comment va-t-elle ?
— Je ne sais pas, je ne l'ai pas encore vue.
— Elle était dépressive, avant ?
— Dépressive ? Il doit y avoir d'autres mots.
— N'hésitez pas à m'appeler si...
— Si ?
— Si une piste menait en France.
— Ah, une piste !...

Il prit congé. Hébété, il regretta de n'être pas coupable. C'eût été si simple. Il aurait été en sécurité, chez le juge, au tribunal, en prison. Il aurait vu clair. Il aurait su où était Angeline. Angeline aurait été *quelque part*. Et non pas *nulle part*.

Il s'égara dans les couloirs, échoua dans une cour fermée et fut obligé de demander son chemin à un huissier qui s'inquiéta courtoisement de sa santé.

Dans un café voisin, le *Bar des Plaideurs*, il but un express et une menthe blanche.

Sur la route de la ferme, il dut s'arrêter pour vomir.

29.

Le train fantôme. C'est presque pareil, mais papa, à la fête foraine, la tenait sur ses genoux, autrement elle serait tombée parce que la carriole cahotait drôlement, surtout dans les virages. Elle fermait les yeux quand les spectres poussaient des cris stridents.

Ici il y a des rails, des wagonnets abandonnés, des squelettes, des vieilles boîtes de conserve, des caisses éventrées, des vêtements en lambeaux, et la sirène, les coups de klaxon et les bombardements remplacent les hurlements des fantômes.

Ça tourne tout le temps.

Une heure auparavant, la sirène était très proche. De nouveau elle s'est éloignée. Il est 13 h 05 au donkey-kong. Elle aurait dû entendre l'alerte de 13 heures.

Elle a vu le film *Voyage au centre de la terre*. Elle n'ignore pas que dans le ventre de la terre il faut faire attention aux pièges de toutes sortes. Il y a des tunnels qui n'aboutissent nulle part.

Il faut qu'elle trouve un tunnel qui monte. Oh! bien sûr, aucune chance que ça se passe comme dans le film, l'histoire du volcan qui se réveille et projette le professeur et son neveu à l'extérieur, par la cheminée.

Ça, c'est que des histoires.

Elle a trébuché, le réchaud lui a échappé des mains. Whaouffff!... Tout l'alcool s'est enflammé, formant une rivière bleue de laquelle elle s'est écartée vivement.

Elle s'est écorché les genoux, les mains, le front et la joue.

A travers ses larmes de douleur, et grâce à la lumière bleue, elle s'aperçoit que le tunnel se sépare en deux. Par terre, dans la rue principale, les rails continuent. Dans la petite rue, elle ne voit rien.

On dirait que la rivière bleue clapote.

Elle s'éteint.

C'est fini, elle est dans le noir.

Elle suit les rails. Elle progresse à pas comptés, glissant le pied droit de traverse en traverse, les mains tendues devant elle.

Heureusement qu'elle tendait les bras. Sinon, elle se serait cassé le nez sur les cailloux. Tous ces gros cailloux qui bouchent le tunnel.

Elle sanglote.

Il ne lui reste plus qu'à retourner d'où elle vient. Attention, ne pas se tromper de côté si elle veut retrouver la petite rue. Elle réfléchit, entre deux hoquets de désespoir.

Droite, gauche... Longer la paroi et quand ses mains rencontreront le vide c'est qu'elle sera à l'entrée de l'autre tunnel. Il ne faut surtout pas qu'elle dépasse l'endroit de la rivière bleue, sinon elle reviendra en arrière et il faudra tout recommencer.

30.

La ferme avait dérivé et s'était éloignée jusqu'à lui devenir étrangère. Et dans étrangère il y avait étrange : étrangeté des platanes, des digitales géantes qui fleurissaient au pied du mur, de ce ciel gris et bas – un temps de neige, aurait-on dit, si l'on avait été en janvier et non pas en juillet.

Il remarqua que la cheminée fumait. Fumée blanche, avec des torsades sombres, qui égrenait dans la cour des papillons noirs. Il pensa à la ferme aux papillons de Jersey, au *demoleus* et au *melaneus asia* d'Angeline, à la végétation tropicale dans la serre, aux vampires de Rodrigue – idées noires accrochés tête en bas dans un crâne vide.

Isabelle brûlait des papiers. Des lettres ? Leurs lettres ? S'étaient-ils seulement écrit ? Leur vie commune n'avait été qu'un voile. Elle s'était effacée, ainsi qu'une aquarelle dont les pigments ont été épongés par la clarté lunaire. Au clair de lune le lait tourne, les femmes avortent, les louves mettent bas et les peaux verdissent. Vert du cromlech sur la couverture du livre. Vert profond, puissant et angoissant des feuillages autour de la ferme. Vert lumineux des yeux d'Isabelle baignés de larmes.

Et sous les ramures, sous les lits, sous les armoires, des ombres bleu nuit.

Dans la grande salle aux volets clos, Isabelle est agenouillée près de l'âtre. Les flammes jaunes et noires ne parviennent pas à sécher sur ses joues les larmes du chagrin et de l'accablement. Ces flammes sont des salamandres visqueuses qui sortent des fentes entre les briques du foyer, s'échappent par le boisseau, renaissent et enveloppent la plaque de fonte qui représente un chevalier terrassant le dragon.

Pierre s'assied en face d'Isabelle. Un long moment elle soutient son regard. Puis elle prend un paquet de photographies qu'elle jette une à une dans les flammes, langues noires et jaunes des salamandres.

Portraits d'Angeline, instantanés du bonheur.

A l'oreille de Pierre des voix graves psalmodient :

Sur son autel − Ô honte! −
Leurs enfants, malheureux nouveau-
nés, ils égorgeaient
Leur sang, en son nom, ils versaient
Pleurant, gémissant et accablés.

Isabelle entend-elle ces voix amies ? Elle jette dans le feu une poupée de chiffon. Des cendres légères sont soufflées et volettent.

Papillons noirs, vampires.

Un instant étouffées, les salamandres reprennent possession du nid, dévorent la poupée dont les cheveux en raphia s'enflamment en grésillant.

Sur le corps qui se tord, Isabelle jette des photographies.

Premier seau de plage d'Angeline, bébé potelé.
Châteaux de sable.
Première bouée, première brasse, premier éclat de rire à la joie de nager.
Bougies d'anniversaire.
La sorcière ne monte pas au bûcher. Elle y jette son enfant. Elle donne à manger aux salamandres. Elle vide sa poche à venin.
Défense de nourrir les animaux.
Cet animal est dangereux.
Don't feed the donkeys.
Pierre est épouvanté. Cette créature au regard fixe et aux joues brûlantes n'est plus sa femme, n'est plus une femme, n'est plus une mère, n'est plus la mère de son enfant. Elle est celle qui danse au centre du cromlech aride et blafard et qui subit l'épouvantable loi.
Chatte aux yeux verts qui tient l'enfant entre ses griffes.
L'enfant, la souris.
Angeline a disparu dans le trou de souris.
Le cromlech s'illumine, devient boule de cristal, s'élève, bulle de savon qui se pose dans les mains en conque de Pierre. A peine a-t-il le temps d'imaginer que dans cette boule on peut lire le passé qu'elle crève et l'éclabousse de déjections – la chair déliquescente d'Angeline dont il est sûr, maintenant, qu'elle est morte.
Il crie – croit-il – comme un enfant qui accuse pour se défendre :
– C'est elle !...
Elle a organisé le voyage de Jersey.
Elle a voulu donner Angeline en pâture aux gorilles.
Elle commande aux orangs-outans.

Elle est la princesse des moineaux.
Comme le diable, elle aime les voitures rouges.
Elle a respiré l'odeur pestilentielle des vampires.
Elle a prénommé leur fille Angeline.
L'ange voué aux démons.
Aux gitans marchands de pendules.
Aux vipères sous les châtaigniers.
Au cheval Satan dont les sabots claquent dans les montagnes maudites et dans les tunnels de Jersey.
Elle a coupé le cordon. Elle a tué le Receveur et la Receveuse. Et le chien Riss.
Et Louis, le professeur d'anglais. L'Irlandais du comté de Wicklow qui l'aurait dénoncée.
« Chérie, et si je te mettais ta robe blanche aujourd'hui ? »
Robe de sacrifice.
Maléfices. Le grand singe en peluche. Le donkey-kong. Le livre. Les personnages en cire de Mont Orgueil et de St. Lawrence. Les lignes dans les prairies qui vont de la Ville Noire au cromlech irlandais. Les cheveux en raphia de la poupée.
Elle est la sœur de John Paisley.
Et maintenant elle pleure et gémit, accablée.
Isabelle l'infanticide.

Pierre est à la merci de la chatte aux yeux verts dont seule la queue remue, s'enroule et se déroule comme la langue d'un fourmilier, lappe la poudre d'or de sa raison. Les yeux verticaux, meurtrières étroites éclairées de l'intérieur, lui ont jeté un dernier sort. Il s'endort puis, somnambule, se déplace à pas feutrés, gravit les marches et s'arrête un instant au bord de la mezzanine. De là-haut, il voit l'animal prostré, le front contre la malle à jouets d'Angeline et il pense à la dame dans sa cage de verre au milieu de la salle des pas perdus du palais de justice.

Le pistolet se trouve dans le tiroir de la commode. Son canon d'un pouce et demi bascule vers l'avant. Une balle, une seule, cylindre de plomb à bout rond serti dans sa robe de laiton. Un seul coup.

Il rabat le canon et le verrouille. Dans sa main l'arme est minuscule. Un pistolet de dame.

Il redescend et s'assied sur la malle à jouets.

Dans l'âtre la poupée de chiffon n'est plus qu'un tas de cendres oblong. Il pense que d'Angeline il ne reste que les os.

L'animal redresse la tête. Il a vu l'arme. Va-t-il se défendre? Miauler? Cracher? Griffer? *Piffer*, disait Angeline, « Ce chat m'a *piffé* à la figure ».

Ces bêtes-là, ça sent venir la mort.

De l'amour, dans ces yeux? Du regret, dans cette eau qui ruisselle? Désespoir ou résignation, sur ces lèvres closes?

Qu'elles s'ouvrent! Qu'elles lui disent : « Tu es fou, Pierre! Que fais-tu? A quoi penses-tu? J'ai autant de peine que toi... J'ai plus de peine que toi et c'est pourquoi j'ai brûlé les souvenirs. »

L'animal ne dit mot. Il accepte le châtiment. Il réclame la mort. Sans doute voulait-il mourir, enfermé dans la ferme, mais il n'a pas pu. Les bêtes ne se suicident pas.

Mais ne pourrait-il pas dire : « Oh! Pierre, ce que tu vas faire, moi je n'en ai pas eu le courage »?

Mais pourquoi, pourquoi avoir jeté tous ces sorts?

Il appuie le canon de l'arme sur la tempe droite de la sorcière. Ce geste est tellement audacieux qu'il s'attend a être foudroyé sur-le-champ, volatilisé, sublimé. Il s'attend à se retrouver sur les hauteurs de Mont aux Vignes, près de Mary Ann, sous la pergola aux roses trémières. Il rêve : il n'a pas quitté Jersey, la cheminée de la ferme ne fumait pas, les papillons noirs ne volaient pas.

La sorcière le provoque. Elle ironise. Les yeux verts disent : « Tu t'y prends mal. Si tu veux faire croire au suicide, il faut prendre garde à l'angle de tir. »

Il casse son poignet. Tirer de bas en haut.
La chatte bat des paupières.
Dit oui.
Il presse la détente.
Détonation. Brûlure. Hoquet de la sorcière. Ressort du corps. Le front heurte le granit de l'âtre. Le bout des cheveux s'enflamme, grésille et s'éteint tandis que le cerveau essaie en vain d'endiguer le flot de sang qui l'inonde. Ces épaules, ce dos, ces hanches, ces jambes qu'il a aimés dans une lointaine vie antérieure sont parcourus de spasmes.

Dieu, que la bête tarde à mourir!
– Isabelle! hurle-t-il en sanglotant.
A son tour d'être accablé, de pleurer et gémir. Il voit le temps et le destin : deux bulldozers jumeaux qui grondent vers lui, lames abaissées. Il touche l'épaule nue, les cheveux brûlés, les albums vides de photos et s'enferme dans sa tête.

31.

Papa serait fier de sa fille, s'il la voyait! Elle a trouvé un tunnel qui monte. Elle se déplace comme un crabe, accrochée aux pierres de la paroi qui lui coupent les mains. Ses paumes sont à vif mais elle ne sent plus la douleur. Elle s'en fiche. Elle monte, elle monte. Elle ne pense plus à regarder l'heure, elle ne pense plus à guetter les sirènes et le klaxon, les mitrailleuses et les bombardements, elle ne pense même plus à la lumière. Elle fait partie de la nuit qui l'enveloppe et qui n'abrite aucune bête, aucun crapaud, aucune chauve-souris, aucun serpent. Tiens, c'est vrai : elle se demande si elle a eu peur de ça, tout à l'heure, ou si elle n'a fait qu'y songer, sans avoir peur, comme maintenant.

Maintenant qu'elle peut toucher l'autre paroi du tunnel, en tendant le bras gauche. Un moment, cela la réconforte. Il n'y a plus de vide, à côté. Mais elle pense aussitôt que le boyau va se refermer, qu'elle ne pourra plus passer et qu'elle n'aura pas le courage de revenir sur ses pas. Pourquoi revenir, d'ailleurs? Non, si ce tunnel ne mène pas à la liberté, elle se laissera mourir sur place.

On ne la retrouvera jamais. Pauvre papa.

Elle se repose un instant, le dos appuyé contre la terre qui s'effrite. Un gros sanglot la secoue. Elle repart. Ses mains en sang palpent la pierre et la terre comme si c'étaient des êtres humains collés les uns aux autres et qui ne veulent pas s'écarter. Elle leur crie de s'en aller. Ils sont méchants.

Elle écarquille les yeux. En vain, la nuit reste impénétrable.

Elle ne monte plus, elle grimpe. Ses genoux cognent contre les cailloux, ses coudes écorchés raclent la muraille, la terre s'éboule sous ses sandales.

Et tout à coup, loin, très loin, elle aperçoit un point lumineux. Gros comme une tête d'épingle. Une épingle qui s'enfonce dans ses yeux et qui lui fait mal.

Qu'a-t-elle entendu? Un coup de klaxon! Pas celui du trou de souris. Un vrai. Celui d'une vraie voiture. Pouaim! Pouaim! Pouaim! Comme papa quand il appelait Riss.

Un chien répond, là-bas, du côté de la tête d'épingle en lumière.

Elle sera un chien, elle aussi. Elle va gratter avec ses petites pattes.

Son sac-panda se coince dans le boyau. Elle s'en débarrasse. Mais elle ne peut se résoudre à l'abandonner : dedans il y a son nounours chéri. Elle le pousse devant elle.

Nounours chéri! Nounours chéri! Nounours chéri!

— Riss! Riss! Riss!

32.

C'est un petit vallon à l'ouest de Mont Misère et de St. Lawrence Church. Au fond coule un ruisseau qui prend sa source à Avranches. Orienté plein sud, le cottage a une vue imprenable sur la vallée. La pelouse et le jardin d'agrément descendent en pente douce jusqu'à un terrain en friche. Cette bonne terre délaissée par une vieille fille grincheuse est la honte du voisinage. Afin de n'avoir pas à en supporter la vue, Thomas Goode, propriétaire du cottage et du jardin mitoyen, a planté une triple haie de conifères, il y a dix ans de cela. Fameuse et heureuse idée. Car l'an dernier, lorsque Kitty et lui ont eu les honneurs de *Homes and Gardens*, aucune photo décente n'aurait pu être prise de la terrasse. Un arrière-plan de ronces, c'eût été franchement répugnant.

Agent immobilier fortuné, Thomas Goode est passionné de jardinage, ainsi que la plupart des habitants de l'île. Son épouse Kitty se contente d'arroser et de faire visiter.

Thomas Goode est ponctuel. Tous les jours il quitte le bureau à dix-sept heures trente, gare sa Rover Sterling sur le terre-plein qui jouxte la terrasse, coupe le moteur et klaxonne trois fois. A cet appel répondent infailliblement deux personnes qu'il aime du même amour serein, avec une légère préférence, inavouée, pour la première : son setter Patch et sa femme Kitty, ce soir vêtue d'un short blanc et d'un haut de maillot vert – bon Dieu il fait si chaud que Thomas a dénoué sa cravate et déboutonné sa chemisette. Il pense qu'il faudra arroser à la tombée de la nuit.

Kitty se lève de son transat, agite la main et se rassied à trois pas de là sur un fauteuil de salon de jardin. Elle démaillote la théière et emplit deux tasses d'un terry souchong dont Thomas savourera la première gorgée – qui sera alors à température idéale – après qu'il aura joué avec son chien, autre rituel bien établi.

Le setter est couché à l'ombre d'un fusain du Japon. Il bondit sur ses pattes et fait fête à son maître. Ils échangent quelques marques d'amitié, puis le chien disparaît derrière le cottage.

– Patch a retrouvé sa balle ! crie Kitty en mettant ses mains en porte-voix.

– Formidable !

Le setter revient avec une balle dans la gueule. Il la dépose aux pieds de Thomas qui la lance de toutes ses forces. La balle rebondit sur la pelouse, le chien à ses trousses.

– Thomas ! reproche Kitty, tu l'as lancée trop loin ! Ce pauvre Patch va encore dégouliner de partout.

Thomas reconnaît qu'il a exagéré. La balle a roulé à la lisière de la friche. Le setter l'a suivie. Il n'aura aucun mal à la rapporter. Il devrait déjà l'avoir dans la gueule.

Au lieu de cela, le chien se met à l'arrêt, truffe pointée, fouet raide.

— Cet idiot arrête les grenouilles, maintenant, plaisante Thomas.

— Grenouilles ou bécassines, tout lui est bon. Ce n'est jamais qu'un chien d'arrêt.

— Patch! Au pied!

Le setter abandonne l'arrêt et aboie.

— Au pied! Au pied!

— Chéri, ton thé va refroidir.

Intrigué et un peu contrarié – il pense qu'il devra remonter cette pente au soleil –, Thomas se dirige vers les limites de sa propriété, tout en appelant son chien qui n'en a cure. Il aboie comme un fou.

— Eh bien, Patch, que veulent dire ces fantaisies?

La balle est à deux pas, dans l'herbe. Le chien l'a négligée. Il aboie en direction d'un trou. Un trou de la taille d'une assiette.

— Qu'est-ce qu'il y a là-dedans? Un lapin? Un hérisson?

Le chien gémit et se couche. Il halète, la langue pendante, et regarde son maître.

Thomas tend l'oreille.

— Mais...

Il entend une voix. Une voix de petite fille. « Riss! Riss! Riss! »

— Mon Dieu!...

La terre s'effrite autour du trou.

Thomas a un haut-le-cœur.

Une main, une menotte, une toute petite main en sang sort du trou.

Le setter se précipite.

— Patch! hurle Thomas.

Couché, le chien lèche le sang sur la petite main. Thomas s'agenouille.

— Que fais-tu? crie Kitty de la terrasse. Pense à ton pantalon!

Le chien et son maître grattent la terre. Le trou s'agrandit. Thomas s'empare de la main, tire doucement. Un bras. Des pleurs étouffés. « Riss... Riss... » Un visage tuméfié, des cheveux poisseux de sang et de terre, et des yeux, des yeux immenses et purs qui papillotent à la lumière.
Une petite fille qui dit :
— Papa, papa, papa..., d'une voix qui s'éteint.
Kitty s'est approchée.
— Eh bien, dit-elle, ton amour de setter a tout bonnement *arrêté* la petite Française qui avait disparu dans cet abominable hôpital souterrain.

33.

Depuis combien de temps le téléphone sonne-t-il? Il pose le pistolet sur la malle à jouets et regarde cette autre bête malfaisante. La sorcière l'appelle de l'au-delà.

Il se précipite vers le bahut et décroche brutalement.

— Allô?
— Pierre? Ellington.

Ellington! Il meurt d'envie de lui dire cette phrase/image que lui souffle la sorcière : « On ne retraverse pas l'Achéron à pied sec », et de rire, rire, rire!

— Pierre? Allô? Vous m'entendez?
— Je vous entends.
— Ça ne va pas? Votre voix est bizarre.
— Non, non...
— Mon vieux, préparez-vous à un choc!
— Un choc? ricane-t-il.
— Allô, papa?

Angeline.

— C'est toi, mon cœur? dit-il.
— Oui.
— Tu vas bien?

— Oui. Tu viens me chercher?
— Allô, Pierre? dit Ellington. Prenez le premier bateau, mon vieux. Arrivez! C'est fantastique! Formidable! Attendez... Oui?... Mary Ann me dit qu'il y a un avion à vingt heures. Vous l'aurez?
— Je l'aurai.

34.

Mary Ann attendait Pierre à St. Peter Airport. Elle lut dans ses pensées.

— Pas de journalistes, pas de télévision. Nous sommes des gens civilisés, Pierre. En revanche, tu n'y couperas d'une conférence de presse, demain matin.

Il l'enlaça et la tint longtemps serrée contre lui.

— Angeline est à l'hôpital.

— A l'hôpital?

— Elle était très fatiguée. Les médecins l'ont examinée. Quelques analyses, des radios, des choses qui se font dans ce genre de situation. Elle se porte bien. Elle te réclame.

— Elle a parlé de sa mère?

— On dirait qu'elle souffre d'une légère amnésie. Ce n'est pas étonnant, après ce cauchemar. Elle a fermé des petites fenêtres. Mais ne t'inquiète pas, elle va les rouvrir.

Mary Ann hésita à poursuivre. Pierre devina sa question.

— Comme tu le vois, ma femme n'est pas venue.

— Et c'est cela qui... gâche ta joie? Excuse-moi, tu as l'air...

— Elle n'a pas voulu venir. Elle est..., je crois qu'elle est au bout du rouleau.
— Que veux-tu dire ?
— J'ai peur qu'elle ne se suicide.
— Et tu l'as laissée seule ?
— Elle était en train de brûler les photos et les poupées d'Angeline.
— Oh ! Pierre !
— Elle n'a pas prononcé un mot. Je suis resté avec elle plus d'une heure. Elle ne me voyait pas. Le téléphone a sonné. Ellington. Je lui ai dit qu'on avait retrouvé Angeline, qu'il fallait qu'on parte. Elle n'a pas réagi. Je suis parti. Que pouvais-je faire d'autre ?

Il n'avait pas le sentiment de mentir. Avant de quitter la ferme, il avait serré le pistolet dans la main d'Isabelle. Les empreintes, l'angle de tir, l'heure, la brûlure du coup à bout touchant, tout concorderait. Si la police ouvrait une enquête, l'assassinat serait très difficile à prouver. Et pourquoi enquêterait-on ? La réclusion volontaire d'Isabelle, son désespoir supposé, sa névrose procédurière, les photos brûlées, tout menait au suicide. Il confirmerait ce qu'il venait de dire à Mary Ann : il avait supplié Isabelle de l'accompagner, elle n'était pas sortie de son horrible mutisme, elle avait jeté la poupée dans le feu. Alors, il avait pris une décision, sans doute hâtive, mais il n'était plus lui-même, après ce coup de téléphone. Aller *d'abord* chercher Angeline et s'occuper *ensuite* d'Isabelle. Il s'était dit qu'en voyant sa fille elle recouvrerait ses esprits. « Ah oui, tout de même, lui dirait-on, vous auriez pu sinon prévoir du moins prévenir son geste. Vous assurer d'une présence autour d'elle, appeler des amis, des voisins, voire la police. » Il rétorquerait qu'il n'y avait pas songé. Il venait d'annoncer à Isabelle qu'Angeline était saine et

sauve. Comment imaginer qu'elle se suiciderait ?
« C'est vrai, admettrait-on, qu'elle se suicide *après* est purement et simplement incroyable, mais comment savoir ce qui se passe dans la tête des gens quand ils ont été bouleversés à ce point ? » Il se trouverait bien un psychiatre pour déclarer : « Acmé de la névrose, bouffée délirante aiguë, elle n'a pas supporté le choc. Et puis rappelons-nous qu'elle avait porté plainte contre son mari, qu'elle l'avait accusé d'avoir fait disparaître leur petite fille. » Les psychiatres sont capables de prouver une chose et son contraire, de justifier les actes les plus fous. Il ne risquait rien.

Il pressa le genou de Mary Ann. Elle conduisait nerveusement.

– Ça va mieux ? Tu te remets ? dit-elle.

Il hocha la tête. Il frémit en pensant qu'Ellington aurait pu téléphoner trop tard. Après qu'il se serait livré à la police... On lui aurait accordé le bénéfice de circonstances atténuantes. Il aurait été condamné à cinq ans de prison. Ou bien on l'aurait enfermé dans un hôpital psychiatrique. Sa vie aurait été foutue. Et celle d'Angeline encore plus : un père assassin. Assassin de sa mère... Par bonheur – « Si l'on peut dire », pensa-t-il avec une ironie amère –, il avait soigné la mise en scène. Angeline en vie, il était capital qu'il ne fût pas inquiété par la police. Qu'il fût insoupçonnable.

Il abaissa la vitre de l'Austin mini et alluma une cigarette. Son pouls s'accéléra. Angeline *en vie*, Angeline *retrouvée* signifiait qu'il s'était trompé, qu'il avait déliré, oui, interprété jusqu'au délire des événements sans importance afin de justifier à l'égard de lui-même *l'exécution d'une sorcière*. Non, il n'avait pas occis un monstre : il avait tué sa femme.

Pour être libre d'épouser Mary Ann. Faux! Cette pensée ne l'avait pas effleuré quand il avait appuyé sur la détente. D'ailleurs, ce n'était ni un crime ni un suicide : euthanasie. Isabelle n'avait-elle pas voulu mourir de sa main? Il l'avait lu dans son regard. Piètre absolution qu'il se donnait à lui-même après avoir menti tout au long de l'acte de contrition, voie détournée pour gagner la paix intérieure. Qu'il n'atteindrait jamais : il avait exécuté un jugement qui reposait sur des accusations puériles, risibles et vaines. Il avait tué. Il porterait ce fardeau. Sur le tableau noir de ses images ces mots seraient indélébiles. Pourtant il sentait que quoi qu'il fît, quelque raisonnement qu'il pût tenir, rien ne le persuaderait vraiment de l'innocence d'Isabelle. Elle avait sa part de responsabilité. « Dans cette erreur *judiciaire* », ironisa-t-il. L'important n'était-il pas qu'Angeline oublie le *suicide* de sa mère? Voilà la tâche qui l'attendait. Et pour la mener à bien il avait besoin de l'impunité totale vis-à-vis de la justice des hommes. Face à cela, peu importaient les crues et les décrues le long de ses rivages intérieurs.

Dans la cour de l'hôpital, Mary Ann lui prit la main. Devant la porte de la chambre, il recula. Mary Ann lui prit les deux mains et posa son front au creux de son épaule.

– Que s'est-il passé? dit-il d'une voix pâteuse.
– Eh bien, tu y a mis le temps, chuchota-t-elle, je désespérais d'entendre cette question.

S'interroge-t-on sur la fin d'un cauchemar? Trop heureux de s'être réveillé, on ne se demande pas pourquoi le cerveau a disjoncté.

Ils s'assirent sur un banc, dans le couloir. Au palais de justice, aussi, il avait attendu sur un banc.

Pendant tout le temps qu'elle parla, Mary Ann tint sa main serrée dans les siennes, entre ses genoux, son geste familier, son geste pour le retenir et le guérir de ses images.

— Henry Morvan, l'historien, avait raison. Enfin presque. Un homme vivait dans les tunnels depuis 1945. Non pas le médecin nazi (« Avec son cheval Satan », pensa Pierre), mais un prisonnier russe ou polonais. Un rescapé. La nuit il sortait de son trou et vivait de menues rapines. Ta fille est très intelligente. Elle avait tout compris. Le bonhomme se figurait que la guerre n'était pas finie, comme les Japonais que l'on découvrait encore dans les années 60 au beau milieu de la jungle des îles du Pacifique. Les « son et lumière » de l'hôpital souterrain le rendaient dingue. Il croyait qu'on mitraillait et bombardait huit fois par jour. Il était dingue mais pas dangereux. Il a soigné Angeline. Elle était blessée à la tête.

— A la tête?

— Là-dessus l'interprète n'a pas pu lui arracher un mot.

— Comment l'a-t-il enlevée?

— Il semble qu'elle ne veuille rien dire à ce sujet. A moins que l'amnésie...

— Comment est-elle sortie?

— Le vieillard a eu un malaise cardiaque – l'autopsie a déjà eu lieu. Elle s'est échappée, si tant est qu'il la retenait prisonnière. Oui, d'une certaine manière. Oh! Pierre, tu sais qu'il avait volé une poupée pour elle?

— Il ne l'a pas?...

— Non. Elle est... intacte.

— Il était barbu?

— Quelle question! Tu penses bien! Comme un père Noël!

Il eut un éblouissement. Il se laissa aller contre le mur et se força à respirer lentement et profondément.

— Allons-y.

Il poussa la porte de la chambre.

Son œil enregistra la scène en une fraction de seconde. La chambre était rose – chambre de maternité? –, le sac-panda trônait sur la table de nuit – on avait dû le nettoyer mais il portait encore des traces de boue ocre jaune –, un homme d'une soixantaine d'années en costume élimé et cravate démodée était assis sur le lit et tenait un crayon et un bloc-notes, Ellington lui faisait face, calé dans un fauteuil, et Angeline était assise sur ses genoux, une Angeline rayonnante, vêtue d'un sweater bleu, d'un pantalon blanc et de tennis rose et vert. Ses longs cheveux châtain foncé avaient été lavés et brossés.

Ellington vit Pierre. Angeline lut le message dans le regard du policier. Elle se retourna.

— Papa!...

Elle fut dans ses bras. Il la souleva. Elle se nicha au creux de son épaule. C'était la colombe apprivoisée de ses angoisses. Il lissa ses plumes et respira son doux parfum. Les insectes s'étaient tus.

— Papa, mon papa, dit la colombe.

— Ma douce, dit Pierre qui ne pouvait retenir ses larmes.

— C'est ta copine? dit la colombe en attrapant le corsage de Mary Ann pour qu'elle s'approche d'eux. C'est elle qui m'a acheté des vêtements. Et qui m'a donné un bain.

— C'est ma copine.

— Oh! tu sais, le vieux monsieur, il était pas méchant. Mais c'était embêtant, il parlait pas français. Même pas anglais. Moi j'aurais pu lui parler en anglais, hein papa ? *My name is Angeline*, tu vois j'ai pas oublié. Ça fait rien, il m'a mis un pansement là...

Pierre palpa la blessure. Il sentit une croûte.

— Ta maman n'a pas pu venir, se décida-t-il à dire.

La fillette se raidit dans ses bras et cria cette phrase terrible qui expliquait tout, qui arrangeait tout, qui effaçait tout sur le tableau noir. Qui pourrait douter, maintenant, qu'Isabelle ne s'était pas suicidée, quel médecin ne signerait pas sans sourciller le permis d'inhumer, quel juge réclamerait une autopsie ?

L'interprète – le seul à avoir compris, avec Pierre – écarquilla les yeux. Ellington avait du métier : l'étonnement horrifié de l'homme le fit bondir sur ses pieds.

— Qu'y a-t-il ? Qu'est-ce qu'elle a dit ?

L'interprète pria Pierre de demander à Angeline de répéter. Et elle répéta les mêmes mots, avec le même entêtement enfantin, et l'interprète traduisit. Ellington soupira et dit d'une voix lasse : « J'y pensais sans y croire, c'est tellement affreux. » Mary Ann éclata en sanglots. Pierre imagina les deux prochaines heures. Il téléphonerait à Merkel qui passerait à la ferme et découvrirait le corps. Il préviendrait les flics français et le juge d'instruction dirait : « C'était ce qu'elle avait de mieux à faire. » Il ne lui resterait plus qu'à s'attacher à ôter ce chancre de la mémoire d'Angeline. Mary Ann l'aiderait. Il allait l'épouser. Elle le voudrait, il en était sûr.

Son tableau noir se déchira. De l'autre côté, le ciel était bleu.

Cette phrase d'Angeline venait de décapiter l'hydre de ses angoisses :

— Je veux plus voir maman ! Elle est méchante ! Elle a soulevé une grille, elle m'a donné un grand coup sur la tête et elle m'a jetée dans un trou.

BIBLIOGRAPHIE

These Haunted Islands, Chris Lake, Redberry (Press) Ltd.

I. Visite de l'île   15
II. Retour dans l'île   129

DU MÊME AUTEUR

Aux Éditions Gallimard

Dans les collections « Page Blanche » et « Page Noire »

MAMIE MÉMOIRE, 1999. Prix Chronos 2000.
LE CAHIER NOIR, 1992. Prix des Écrivains de l'Ouest.
STANG FALL in « Collectif », PAGES NOIRES, 1998.

Dans la collection « Folio junior, Romans Images »

L'OR BLANC DU LOCH NESS. *Photographies de Olaf Wipperfürth, n° 840.*

Dans la collection « Carré Noir »

LA CHASSE AU MERLE, *n° 533.*
PLEURE PAS SUR TON BINIOU..., *n° 551.*

Aux Éditions Denoël

LE CRIME DU SYNDICAT, 1984.
HISTOIRE D'OMBRES, 1986 (« Livre de Poche », 1990, épuisé).
LES CHIENS DU SUD, 1987.
CONNEMARA QUEEN, 1990 (repris en « Folio Policier », *n° 51*).
HÔPITAL SOUTERRAIN, 1990. Grand prix de Littérature Policière (repris en « Folio Policier », *n° 137*).
FLORA DES EMBRUNS, 1991.
OURAGAN SUR LES GRÈBES, 1993.
LE FOSSÉ, 1995.
TOUTES LES COULEURS DU NOIR, 1995.
L'ALLUMEUSE D'ÉTOILES, 1996. Prix Populiste (repris en « Folio », *n° 3029*).
LA TENTATION DU BANQUIER, 1998.
MERCI DE FERMER LA PORTE, 1999. (repris en « Folio »).

Chez d'autres éditeurs

LA MARIÉE ROUGE (Jean Goujon, 1979. NEO, 1983. Euredif, 1985. Picollec, 1986. Livre de Poche, 1989, épuisé).
QUAI DE LA FOSSE (Fleuve noir, 1981 et 1991, épuisé). Prix du Suspense, 1982.

MARÉE BASSE (Fleuve noir, 1983 et 1991, épuisé).

TOILETTE DES MORTS (Fleuve noir, 1983 et 1992, épuisé).

L'ADIEU AUX ÎLES, *Mazarine*, 1986. Prix des Bretons de Paris (repris en « Folio », *n° 3151*).

LES DOUZE CHAMBRES DE M. HANNIBAL, Stock, 1992, épuisé.

LES ENDETTEURS, *Stock,* 1994, épuisé.

LE MONSTRE DU LAC NOIR, *Syros Jeunesse*, 1987.

LA CROIX DU SUD, *Syros Jeunesse*, 1988, épuisé.

L'OISIF SURMENÉ, *Seuil Jeunesse*, 1995.

SONGES D'HOMMES, *Nathan Jeunesse*, 1999.

QUE MA TERRE DEMEURE, Presses de la Cité, 2001.

Littérature de voyage

JOURNAL D'IRLANDE 1977-1983/1984-1989, *Éditions Ouest-France,* 1990.

IRLANDE (album, texte illustré de photographies de Bruno Ravalard), *Éditions Ouest-France*, 1992.

CHRONIQUES IRLANDAISES 1990-1995, *Éditions Ouest-France,* 1995.

PETITE PROSE TRANS(E) IRLANDAISE (texte accompagnant des photographies de Georges Dussaud), *Apogée*, 1995.

LE BOIS BLEU (texte accompagnant des aquarelles de Bernard Louviot), *Éditions Ouest-France*, 1996.

LA COCAÏNE DES TOURBIÈRES, *Éditions Ouest-France*, 2000.

Traduction

L'ASSASSIN de Liam O'Flaherty, *Joëlle Losfeld,* 1994 et *Rivages/Noir*, 1996.

Impression Brodard et Taupin
à La Flèche (Sarthe),
le 23 avril 2001.
Dépôt légal : avril 2001.
1er dépôt légal dans la collection : juin 2000.
Numéro d'imprimeur : 7048.

ISBN 2-07-041400-0 / Imprimé en France.